El dilema de Ypsilon

El dilema de Ypsilon

Dimitri Clou

Traducción de Olga Martín Maldonado

Rocaeditorial

Título original: *In Zeichen des Ypsilon*
Dimitri Clou, IM ZEICHEN DES YPSILON © 2005 by Thienemann Verlag
(Thienemann Verlag GmbH), Stuttgart/Wien

Primera edición: abril de 2006

© de la traducción: Olga Martín Maldonado
© de esta edición: Roca Editorial de Libros, S.L.
Marquès de l'Argentera, 17. Pral. 1.ª
08003 Barcelona.
correo@rocaeditorial.com
www.rocaeditorial.com

Impreso por Puresa, S.A.
Girona, 206
08203 Sabadell (Barcelona)

ISBN 10: 84-96544-28-1
ISBN 13: 978-84-96544-28-4
Depósito legal: B. 2.395-2006

NOTA DEL EDITOR

La forma correcta de escribir el nombre de la letra griega «Y» en castellano es «ípsilon», pero hemos decidido escribirla con «Y» para mantener el juego de palabras que refleja el título original (*Im Zeichen des Ypsilon*) y dar una idea de bifurcación, de escoger entre dos caminos.

Para Doris-Katharina

Finn Hasselblatt

La noche en que Finn Hasselblatt salió de su guarida para tenderle una trampa a la chica misteriosa, un olor a nieve se extendía por la ciudad de los campanarios y de las chimeneas. Con cuidado, Finn empujó hacia arriba el tragaluz y husmeó el viento alegre que, a veces, lanzaba aullidos espeluznantes entre las grietas de las casas y después se metía con furia debajo de los tejados. La ciudad entera se cobijaba dentro del valle, junto al gran río, para no remolinarse en el viento, y las torres de la catedral se alzaban hacia el cielo como intentando colgarse de las estrellas.

Finn se balanceó a través del tragaluz, saltó sobre las tejas, se subió el cuello de la chaqueta de cuero y, tras unos cuantos pasos veloces, se acurrucó a la sombra de una de las chimeneas. El humo de la leña quemada salía en pequeñas bocanadas. Finn cerró los ojos y aspiró el olor como si fuera un perfume elegante. Luego cogió un guante de cuero grueso, se lo puso en la mano derecha y sacó del bolsillo un ratón muerto. Era la cena de su mejor amigo. Movió la boca rápidamente para lanzar un silbido agudo y, casi al instante, lo vio aparecer. El punto diminuto que se divisaba en lo alto aterrizó con sus garras poco después sobre el puño de Finn. Como siempre, la visión de *Six*, el halcón, era insuperable. Éste miró a su derecha y a su izquierda para comprobar que todo estaba en calma.

—Y bien, amigo mío, ¿otra vez cazando palomas? —preguntó Finn, que le acarició las plumas negras y azuladas. *Six* frotó el pico contra el guante de cuero como disculpándose—. No te preocupes, sé que no haces otra cosa en todo el día —dijo mientras *Six* tiraba del ratón hábilmente con el pico.

A Finn le daban pena las palomas de la catedral que, desesperadas, se escondían por todos sus rincones y recovecos. Pero conocía el motivo de esta enemistad: criadores de palomas habían envenenado a sus padres y habían matado a sus cinco hermanos. Sólo la sexta cría seguía con vida cuando Finn encontró el nido en uno de los canalones del techo.

Después de devorar por completo al ratón, *Six* giró la cabeza, miró hacia la catedral y luego otra vez a Finn.

—¿Alguien te espera allí? —preguntó—. Ve a vigilar entonces, pero no te alejes demasiado, pues quizá te necesite esta noche. Alguien me sigue. Una figura sospechosa ronda por aquí arriba, en mi territorio, desde hace un par de noches. Creo que es una chica, y es probable que tengamos problemas.

Six respondió con un breve *clic-clic*, como si hubiera entendido perfectamente, abrió las alas de par en par y se lanzó a toda velocidad por un desfiladero que había entre dos casas.

Finn volvió a pensar en la espía misteriosa. ¿Qué hacía ahí arriba, en los tejados, en aquel lugar adonde nunca subía nadie? ¿Acaso iba tras su guarida? Cuando la descubrió por primera vez, tuvo la sensación de que escudriñaba cada esquina como si quisiera familiarizarse con el lugar.

Ahí arriba Finn conocía todas las tejas, las entradas a las escaleras, los tragaluces de cada una de las buhardillas y la ubicación de todas las chimeneas. Había cogido una gruesa soga de una de las barcas del río y la había atado alrededor de una chimenea. Era una cuerda salvavidas, por si acaso. Estaba seguro de que la extraña caería en la trampa. En cuanto apareciera, la dejaría andar un rato por el techo para después bloquearle el camino de regreso. Se había asegurado de que la única escapatoria, el tragaluz que daba paso a la buhardilla de un edificio de oficinas, estuviera muy bien cerrada desde dentro.

Ahora sólo tenía que esperar a que cayera, y para ello se había agenciado el mejor puesto. Desde ahí, a la sombra de las chimeneas, era posible vigilar las casas contiguas. Hacia atrás podía ver el parque por entre las ramas de los árboles pelados y si se empinaba un poco podía divisar incluso el río, el viejo puerto y la isla.

El viento soplaba cada vez más helado desde la otra orilla

del río y golpeaba a Finn con tal descaro que en varias ocasiones estuvo a punto de perder el equilibrio y tuvo que balancearse con los brazos para no salir revoloteando por los aires.

Al cabo de un rato comenzó a tiritar de frío, pero apretó los puños y hundió la cabeza aún más en el cuello de la chaqueta. «Te atraparé aunque tenga que esperar toda la noche», murmuró al tiempo que se frotaba las manos sin sacarlas de los bolsillos.

Después de una hora empezó a nevar, y el cielo sólo pareció tranquilizarse cuando la ciudad quedó sepultada bajo una montaña de nieve. Finn sentía que la espalda se le había quedado congelada contra la chimenea. ¡Y justo en ese momento la descubrió! Primero vio aparecer la cabeza por encima del filo de una teja... Se había vuelto a tapar la cara con un gorro de lana, sólo los ojos estaban al descubierto. Poco después pudo ver todo el cuerpo. «Sí. Es una chica... ¡y se mueve como una bailarina!», pensó Finn. Vestía un traje azul que resplandecía bajo la luz nocturna y un largo abrigo abotonado de arriba abajo. Alrededor de su cuello se balanceaba una bufanda delgada. Llevaba guantes de colores en sus manos, de las que sólo se veían las yemas de los dedos.

La chica miraba hacia todas las direcciones y parecía escrutar con atención el terreno sobre el tejado. «Una zorra que sale de su madriguera», pensó Finn. Después empezó a saltar sobre las tejas. ¡Y cómo! Parecía que la fina capa de nieve no era más que aire. Cualquier movimiento en falso podía convertirse en un resbalón mortal hacia el abismo. Aun así, caminaba ágilmente sobre las tejas, rozándolas apenas con las puntas de los dedos, como si fueran pequeños témpanos que se desvanecían justo después de su paso.

Sin embargo, esta vez había algo distinto. Parecía como si la persiguieran, pues se detenía todo el tiempo, escuchaba atentamente y miraba por encima del hombro en la dirección por la que había venido. De repente, Finn se dio cuenta de que la chica llevaba algo en una mano; estaba seguro de que era un objeto de vidrio. Además, él conocía bien ese modo de correr y de volver la vista atrás. Él mismo había tenido que correr así muchas veces, precisamente al tener que escapar cuando lo descubrían. Así pues, si la chica misteriosa era la presa, ¿dónde estaba el cazador?

Finn miró hacia atrás e inspeccionó el remate del tejado por el que hacía poco había aparecido la chica. Se estremeció ligeramente al descubrir que, en efecto, se vislumbraba la silueta de un hombre. Éste llevaba un abrigo blanco con botones grandes y oscuros, y tenía la cabeza tan hundida en el cuello alzado que parecía como si algo pesado le hubiera caído encima. Sobre la cabeza reposaba un sombrero negro, y en la cara redonda brillaba una nariz enrojecida por el frío. Finn se rió para sus adentros, pues el tipo parecía un muñeco de nieve enfurecido.

Primero se quedó como esperando a ver qué camino había cogido la chica. Sin embargo, al ver cómo manoteaba, Finn supo que estaba a punto de estallar de ira. Después se quedó quieto, cogió una teja, apuntó hacia la muchacha y se la lanzó como si fuera un disco. Ella pudo oír el zumbido y se agachó en el último segundo. La teja se estrelló contra un muro y las esquirlas se esparcieron sobre el parque.

«¡Muy bien!», susurró Finn para sí. No obstante, el corazón casi se le para en ese instante. ¡La chica iba justo hacia la trampa que él le había puesto! «Se dirige al tragaluz», pensó. Él mismo había obstruido esa vía de escape. A la derecha y a la izquierda estaba rodeada por los desfiladeros infranqueables que había entre las casas, y el encolerizado muñeco de nieve se acercaba pesadamente por detrás. Finn no pudo alegrarse de que su trampa estuviera a punto de funcionar, aunque hasta hace poco él mismo había querido acorralarla tal como lo hacía ahora el hombre del abrigo blanco.

Pensaba qué podría hacer, pero permanecía oculto detrás de la chimenea. La chica llegó al tragaluz en ese momento, y cuando dejó el objeto de vidrio a un lado Finn pudo ver que era una botella. ¿Sería ésa la razón de su huida? ¿Iría tras la botella el furibundo muñeco de nieve? La chica tiró con fuerza de la chapa del tragaluz y se horrorizó al ver que no abría. Entonces pateó el vidrio rápida e insistentemente para romperlo..., pero fue en vano. Aun así, en vez de dejarse atrapar por el pánico levantó la cabeza con calma y miró hacia atrás. Finn se preguntaba qué haría ahora y se sentía muy mal por haberle bloqueado la salida. Entonces notó, por la actitud de la chica, que se preparaba para defenderse del ataque del muñeco de nieve. No podía permitir que se diera ese combate desigual, así que abandonó su escondrijo, salió de la sombra al borde del tejado, cogió la soga que había extendido ahí por si acaso, le hizo un nudo gordo en un extremo y la lanzó con fuerza sobre el desfiladero que había entre las casas hasta el techo donde estaba la chica. Por suerte, el nudo de la soga cayó en el canalón y se enganchó.

—¡Corre hacia la soga y salta! —gritó.

Al oírlo, la chica dudó. Intentó verle los ojos, pero estaba demasiado oscuro como para lograr ese contacto visual a través del desfiladero. No sabía si la cuerda la llevaría a una nueva trampa. En ese momento, el muñeco de nieve la cogió por el hombro, pero ella se liberó con un movimiento ágil, se sentó en el techo de inmediato y empezó a deslizarse como por un tobogán, haciendo que las tejas traquetearan al chocar contra las latas del tejado.

«¡Si el canalón no la detiene, estará perdida!», pensó Finn, sin atreverse casi a mirar. Al final del tobogán, frenó con toda la fuerza de sus pies y con las piernas bien estiradas... La lámina se dobló..., ¡pero no se rompió!

—¡Coge ya la soga y salta! —volvió a gritar Finn al darse cuenta de que el muñeco de nieve también había empezado a rodar sobre las tejas.

Le impacientaba ver que la chica seguía dudando. ¡Pero entonces supo por qué dudaba! No podía agarrarse de la cuerda con las dos manos, pues en una de ellas llevaba la botella. Tenía que decidirse: ¡se salvaba a sí misma o salvaba la botella!

«¡Vamos, suelta ya la estúpida botella!», pensó Finn desesperado. Volvió a gritar:

—¡Coge la soga y salta!

Sin embargo, no lo hizo. Se puso de pie, respiró profundamente, estiró al máximo el brazo derecho y arrojó la botella. Al soltarla, gritó como en un lanzamiento de jabalina para darle más fuerza. La botella revoloteó como un bolo entre el torbellino de copos de nieve. Finn la siguió con la mirada y calculó la trayectoria instintivamente. Avanzó a toda prisa unas cuantas tejas hacia el canalón y estuvo a punto de caerse, pero se agarró de la soga con una mano, sin perder de vista la botella ni un segundo. Si fallaba, ésta caería al abismo y quedaría reducida a un rompecabezas de mil pedazos. Por instinto, se estiró lo más que pudo y extendió un brazo hacia el desfiladero de entre las casas; podía sentir la mirada fija de la chica desde el otro lado. Finn lo arriesgó todo sin siquiera imaginar qué pasaba con la botella. Pero no fue suficiente. Hubiera tenido que saltar para atraparla, y en ese caso habría perdido el equilibrio y se habría caído. Sólo alcanzó a rozarla con la punta de dos dedos, para cambiar ligeramente el sentido de la caída y ver por un segundo el ingenioso sello rojo con que estaba cerrada. ¿Qué era eso que había ahí dentro? Antes de que Finn pudiera identificarlo, la botella aterrizó en el canalón, pero en lugar de romperse rodó tintineando por un tramo para luego caer zigzagueando entre un empinado tubo de desagüe en el que encajó perfectamente. La botella por la que la chica había arriesgado la vida se perdió en el laberinto de las tuberías, se tambaleó contra sus paredes, cambió de sentido varias veces en las curvas, dobló a la derecha, luego se alejó hacia la izquierda y chirrió sin parar a través de los infinitos tubos de hojalata, rumbo a la calle. Finn, que conocía cada metro de la red del desagüe, intentó deducir más o menos dónde caería y dónde probablemente se rompería. A lo mejor llegaría hasta las cloacas, donde desaparecería para siempre. La persiguió con la mirada hasta que el oscuro abismo de entre las casas cubrió todos los tubos en una negra nada. Entonces alzó la cabeza y miró rápidamente hacia el techo de enfrente. Desde el grito, Finn supo que la chica habría preferido morir antes que darle la botella al furibundo muñeco de nieve.

Delphine

Sólo habían transcurrido unos segundos desde la desaparición de la botella a través del tubo del desagüe, pero Finn sentía que había sido una eternidad. Volvió a mirar rápidamente a la chica, que contemplaba el abismo como si se hubiese quedado petrificada, como si se hubiera despeñado una parte de ella misma. Él se levantó y gritó impaciente:

—¡Apresúrate! ¡Salta ya, yo te sostengo!

Entonces ella por fin cogió el otro extremo de la soga, como si ahora sí confiara en él, y saltó. Finn contuvo el aire en los pulmones y tensó cada músculo del cuerpo; al oír el golpe sordo en la pared, un poco por debajo del canalón, expulsó el aire y empezó a tirar con todas sus fuerzas. Por el peso supo que la chica debía de seguir colgando de la soga. Además percibió que el hombre del otro lado meditaba cómo invertir la situación a su favor. De repente, éste gritó con una voz que temblaba de ira:

—¡Él te traerá la muerte! ¡Déjalo caer!

Finn dejó de tirar de la soga sin querer, aunque también podía sentir que su fuerza disminuía rápidamente. ¡Así pues, el muñeco de nieve no se había dado cuenta de que perseguía a una chica! ¿Y si tenía razón? ¿Y si la chica misteriosa le traía la muerte?

—¡Déjalo caer! ¡Un accidente trágico, nada más! —bramó el muñeco de nieve.

Sin embargo, en ese momento —apenas habían transcurrido unos segundos desde el grito de la chica—, *Six* surcó como una flecha el cielo oscuro. Por instinto, el halcón había detectado un enemigo en el hombre del sombrero y ahora extendía las afiladas garras hacia su cabeza. El hombre se hundió aún más en el abrigo, se agachó y manoteó con furia, pero *Six* consiguió quitarle el sombrero para luego dejarlo flotar en el abismo. Después volvió a elevarse en el cielo para preparar un nuevo ataque. Entonces, Finn pudo mirar de frente a la cara que se escondía bajo el sombrero, puesto que el ala ya no le hacía sombra. Pudo ver unos ojos rabiosos enclavados en dos huecos profundos. El muñeco de nieve agitaba las manos en el aire como buscando algo que arañar. Y antes de que *Six* emprendiera su segundo ataque, Finn volvió a tirar de la soga con fuerza. El hombre gritó:

—¡Vais a morir! ¡Los dos!

Quería escapar por el mismo camino por el que había llegado, pero *Six* le lanzaba agudos sonidos al oído y evitaba hábilmente sus golpes, de modo que no le quedó más escapatoria que acurrucarse en una pequeña esquina de la fachada. El halcón se dio cuenta de que ahí no podía acercársele y se posó un poco más arriba en el borde del tejado, esperando la oportunidad de ejecutar su nuevo ataque en cuanto el hombre asomara la nariz.

Finn tuvo que tirar de la soga cuatro veces más, con fuerza y mucho cuidado de no caerse. Jadeaba mientras la arrastraba por el borde del tejado hasta que pudo dejarla a salvo sobre las tejas y se echó, cuan largo era, a su lado. Estaba agotado. Las palmas de las manos le ardían tanto que no tuvo más opción que enfriarlas contra la nieve que cubría las tejas. Sintió que la chica lo examinaba de arriba a abajo, como buscándole el punto débil. Él le devolvió la mirada y pensó: «Está entrenada; no tiene más de catorce años». Debajo del gorro de lana que le cubría la cara, Finn pudo entrever una nariz delgada. Respiraba con dificultad a través del gorro, que también le cubría la boca, y al exhalar, su aliento caliente soltaba pequeñas nubes de vaho.

—Pensé que le harías caso y me dejarías caer —dijo la chica, resoplando y frotándose la muñeca.

—Yo no le hago caso a nadie, sólo a mí mismo —jadeó Finn.

—¿Dónde está? —preguntó, intentando ver el techo del otro lado a través de la cortina de nieve.

—Se ha escondido. Mi halcón *Six* lo tiene en jaque. ¿Quién eres? ¿Cómo te llamas? —preguntó Finn.

—Me llamo Delphine.

—¿Delphine? ¿Dónde aprendiste a saltar y a trepar así?

—En el Tíbet.

Lo dijo sin más, como si se hubiera referido a que había aprendido en el patio de juegos de la esquina y no en una gran montaña situada al otro lado del mundo.

—¿Eso era una botella? —preguntó Finn, señalando hacia el abismo.

—Sí. ¿Dónde crees que ha caído?

Finn se asomó por el canalón hacia el desfiladero.

—En alguna parte del laberinto de tubos o en las cloacas. En todo caso, olvídate del dinero del depósito: se ha roto en mil pedazos. A no ser que la haya protegido el ángel de las botellas.

—Muy gracioso —respondió seria—. ¿Cuál es la forma más rápida de bajar?

—Desde aquí tardarás por lo menos media hora.

—No tengo tanto tiempo.

—¿Por qué arriesgas tanto por una simple botella? —insistió Finn—. ¿Qué es lo que pasa?

—Que la he robado.

—¿A quién? ¿Al muñeco de nieve enardecido?

Finn notó que ella sonreía bajo el gorro y deseó verle la cara.

—Muñeco de nieve, qué bueno —dijo—. No, de una tumba.

—¿Acaso robas a los muertos su último bien?

—¡Sí! ¡Ay, no! En fin, más o menos.

—¿Y entonces? —preguntó Finn—. ¿Sí o no?

—El director de la Escuela de las Preocupaciones la había escondido en un lugar que en realidad parecía una tumba. Creo que la botella es algo así como su maldición.

—¿Cómo lo sabes?

—Porque oí cuando él…

—¿Cuando él qué?

—Estaba de pie junto a la tumba y le hablaba en secreto a la botella.

Finn no pudo dejar de reírse.

—¿Y qué le dijo?

—Uno podría deducir que le tiene miedo.

—Pero cómo es posible que alguien tan rico y poderoso como para comprarse una isla, construir en ella una escuela privada y tener en ella a los peores estudiantes...

Finn se interrumpió y se tragó sus siguientes palabras. Se había percatado, de golpe, de que Delphine debía de ser una estudiante de la misteriosa escuela de la isla que la gente de la ciudad llamaba «Escuela de las Preocupaciones». Le hubiera gustado saber qué fechoría había cometido Delphine para poder ser admitida, pero preguntó:

—Pero el director, ¿qué puede temer de una botella?

—Todavía no lo sé —contestó Delphine—. No estaba enterrada sin más, estaba encerrada en una verdadera cripta, como un animal furioso, recluida como una bestia que nunca más puede salir a la luz.

—Uf, ¡qué horripilante! —exclamó Finn, enseñando los dientes.

El asunto empezaba a parecerle absurdo. ¡Estaban hablando de una botella! Pero Delphine no se inmutó.

—Estaba en un pozo profundo cavado en la tierra. Por arriba, el pozo estaba cerrado con una gruesa reja de hierro, como la ventana de un calabozo.

Finn alzó una ceja, desconfiado. Una mirada a *Six* le demostró que éste aún vigilaba al muñeco de nieve.

—Parece casi como si la botella..., bueno, como si estuviera viva. ¿Cómo pudiste sacarla del pozo?

—Física. Abrí una tubería para que el pozo se llenara desde arriba. Pasaron casi cinco noches hasta que el agua hizo que la botella subiera hasta la superficie.

—¿Y la reja? —preguntó Finn.

—Química. Vertí gotas de ácido hasta corroerla y crear el espacio suficiente para que la botella pudiera salir —explicó Delphine.

—¿Y ese tipo te ha descubierto mientras lo hacías? ¿Acaso es uno de los doctores secretos de la Escuela de las Preocupaciones?

Delphine asintió.

—De verdad que necesito volver cuanto antes, mientras él sigue allí atrapado. ¿Puedes ayudarme?

—¿Con qué? —preguntó Finn.

—La botella tenía algo por dentro.

—¿Y qué era?

—Oye, no tengo tiempo para jugar a las adivinanzas, ¿puedes ayudarme o no?

—Sí. Con una condición.

—¿Cuál?

—¡Déjame ver tu cara! Quítate ese gorro negro horripilante.

—¡Eso es chantaje vil! —exclamó con un resoplido.

—Tú decides. ¿Quieres que te ayude o no?

Delphine pareció meditarlo. Luego se aseguró de que el doctor secreto no pudiera ver el lugar donde estaban acurrucados y se quitó el gorro de un tirón.

Finn la observó fijamente y se topó con la mirada rebelde de unos grandes ojos azules. Su piel tenía el color de la arena suave y cálida; el cabello estaba empapado en sudor y completamente despeinado.

Delphine era tan bonita y singular que él se quedó mirándola boquiabierto y sin musitar palabra.

—¿Y tú? ¿Quién eres? —preguntó ella.

—Yo, eh, me llamo Finn.

—Mentira —dijo ella serenamente—. Tu verdadero nombre es Silber.

Él la miró incrédulo. ¿Acaso había oído mal?

—¿Silber? ¿Conoces ese nombre? —La voz le temblaba.

—Eres el famoso Silber, ¿no?

Finn calló.

—Sí, eres tú, lo sé. Antes pintabas figuras en la ciudad, en lugares hasta los que sólo tu halcón puede llegar. Hasta el día en que desapareciste de repente. Dejaste de pintar de un día para otro, como si te hubieran roto las dos manos.

Finn mantenía la cabeza agachada, como si Delphine le hubiera leído una sentencia. Entonces hizo un esfuerzo y respondió con calma:

—Parece que tienes imaginación, y me honra que me tomes por el gran Silber, pero te equivocas. Silber está muerto.

Delphine se puso de pie, se sacudió la nieve y sonrió misteriosamente.

—Lo curioso es que te pareces bastante a la foto de Silber que la policía publicó en el periódico en esa época.

Finn se encogió de hombros y miró hacia las tejas sin decir nada.

—De acuerdo, Silber o como sea, me tengo que ir. Tu halcón no puede vigilar eternamente al doctor secreto. Me debes una.

Volvió a cubrirse la cara con el gorro.

—¿Y qué tengo que hacer?

—¡Encontrar la botella y destruirla!

—Lo más probable es que eso ya haya sucedido...

—No se trata de la botella en sí, sino de lo que contiene. ¡Libéralo!

—¡Pero entonces dime por qué es tan importante!

Delphine lo pensó un rato y volvió a espiar al doctor secreto, que asomaba la cabeza con cuidado por el salidizo.

—El director tiene miedo de la botella como el conejo lo tiene de la serpiente. Si no, no la habría enterrado de esa forma. La botella tiene una fuerza misteriosa que lo puede destruir. ¡Y hay que desatar esa fuerza cuanto antes!

Finn la miró fijamente.

—¿Y por qué he de contribuir yo a eso? El director de la Escuela de las Preocupaciones me da igual. Toda ella me da igual.

—¡En realidad no pareces ser Silber! ¡A él no le habrían dado igual los niños que no reciben un nombre después de nacer!

—¿Por qué no reciben un nombre? —susurró Finn sorprendido.

—Porque no vale la pena que los padres les den un nombre. Los niños mueren muy poco tiempo después de nacer.

—¿Y qué tiene que ver el director en todo esto?

—Él conoce el secreto que puede salvar a esos niños. Sé que lo tiene escondido en alguna parte de la isla. Y si no lo revela, morirá. Con o sin tu ayuda...

Delphine no dijo nada más. Un chillido de *Six* hizo que se apresurara. El doctor secreto se había cubierto la cabeza con el abrigo blanco y corría por el tejado dando trompicones bajo los ataques del halcón. Pronto lograría escapar a través del tragaluz por el que había perseguido a Delphine hacia el techo.

—Debo regresar a la escuela antes de que se den cuenta de que me he ido.

—¿Por qué regresas? ¿Por qué no te quedas aquí? —preguntó Finn.

—Porque todavía tengo algo que resolver allí... —Delphine sonó melancólica.

—¿Y qué hago cuando haya hecho añicos la botella?

—Avísame.

—¿Cómo?

—El sello. La botella tiene un sello, un sello artístico. Píntalo en el techo de cristal de la escuela. Allí no pasará inadvertido. A la noche siguiente, regresaré.

—¡Yo ya no pinto! ¡No volveré a pintar jamás! ¿Acaso no lo entiendes? Silber está muerto. ¡Muerto! Y aunque estuviera vivo... Ni siquiera Silber podría trepar al techo de cristal de la Escuela de las Preocupaciones. ¡Eso sería un acto suicida! —gritó Finn.

Ella guiñó los ojos y lo miró como si tuviera visión de rayos X.

—Entonces deberías haberme dejado caer... —susurró con una voz que no disimulaba la decepción.

De repente, y una vez más con la agilidad de una bailarina tras una breve pausa para tomar aliento, descendió por la vertiente del tejado con unos cuantos pasos y se perdió en la oscuridad de la noche.

Finn se quedó mirándola boquiabierto, pero enseguida recobró su energía y se arrastró a toda prisa por el borde del tejado. Sin embargo, ya no había rastro de Delphine.

Entonces subió hacia el tragaluz que estaba detrás de la chimenea, y mientras volvía a trepar por el tejado creyó escuchar el eco del nombre Silber, como una llamada que le llegaba desde una época que Finn Hasselblatt quería olvidar con todas sus fuerzas.

Konstantin York

Para alguien que quería mantenerse alejado de las visitas no deseadas, la isla del río era un buen sitio. Para alguien que tramaba un plan tenebroso y quería impedir por todos los medios que éste saliera a la luz antes de tiempo, la isla era un paraíso.

Ésta parecía haber perforado el lecho del río en tiempos inmemoriales, como un puño de piedra que irrumpe de las entrañas de la tierra para plantarse, soberbio e inaccesible, entre la marea gris. Desde que en la Edad Media unas monjas descubrieron en ella un manantial de aguas termales, le atribuyeron propiedades benéficas y construyeron allí un convento sanatorio, la isla fue considerada como un lugar curativo. Sin embargo, después de la venida mortal de la peste, sólo quedaron los enfermos y leprosos, aislados de los sanos, a la espera de la inexorable muerte negra. En aquella época, el Bien parecía haber abandonado para siempre aquel lugar. Más adelante, desde ahí operaban piratas fluviales que exigían peaje a los buques de los comerciantes, asesinaban y robaban. Ahí cavaron un legendario laberinto subterráneo en las profundidades del río para encarcelar a los detenidos. Posteriormente, un tirano erigió una cárcel para encerrar a los disidentes por el resto de sus vidas. Y hace no mucho más de lo que dura una vida humana se había construido ahí una fábrica de medicamentos. El dueño había mandado instalar un delgado puente de hierro que comunicaba la isla con la ciudad para que los trabajadores pudieran llegar directamente a las máquinas para cumplir su jornada. Pero a pesar de la existencia de este puente, la isla era considerada prácticamente inaccesible, ya que las pesadas cadenas podían hacer que el paso se hundiera en el agua en cualquier momento. Los trabajadores que llegaban tarde se encontraban ante un puente sumergido y debían buscar otro trabajo. Nadie podía entrar o salir de la isla sin el consentimiento del fabricante. Después de que un fuego devastador destruyera la fábrica, el mecanismo siguió funcionando y, al alzarse, las cadenas rechinaban sobre sus rodillos. Por lo demás, sólo las dos oscuras chimeneas que señalaban al cielo como ennegrecidos dedos admonitorios evocaban aquellos tiempos.

La Roca de las Preocupaciones era el nombre que la gente había dado a la isla a lo largo de los siglos y parecía de lo más acertado. Después del incendio, durante muchos años, no fue más que una gran roca desierta en medio del río. Hasta que un día un hombre delgado y de ojos oscuros, que aparentaba más años de los que tenía y que no llevaba consigo más que una pequeña maleta de cuero, apareció en la ciudad junto al río y manifestó su deseo de comprar la isla. Ese hombre era Konstantin York.

Desde el momento en que se iniciaron las negociaciones para la compra, Konstantin York difundió un clima inquietante que hechizó misteriosamente a sus interlocutores, a los vendedores y a las autoridades de la ciudad, de quienes debía solicitar el permiso para la construcción y la utilización de la isla. El encuentro con ese hombre dejaba a algunos con una sensación extraña, una ansiedad inexplicable, como la que debe de tener una joven mosca en su primer encuentro con una araña astuta. Sobre todo, su mirada era la que parecía paralizar a quienes lo miraban, como si les clavara su veneno con una flecha imperceptible.

Aunque algunos estaban desconcertados, ninguno reconoció en Konstantin York al muchacho feliz que alguna vez había vivido en la ciudad, antes de abandonarla en medio de la noche y la niebla. Nada evocaba al joven de andar ligero, del que todos pensaban que en cualquier momento saltaría al viento para abrazar el cielo. Aquel que con sus ojos azul de luna comprendía como nadie la naturaleza de las cosas. Aquel que, cuando hablaba de los elementos y los planetas, agitaba las manos desenfrenadamente para dirigir su saber como si fuese una sinfonía. Nada en Konstantin York hacía pensar en ese chico. Su andar se había hecho pesado, como si estuviera encadenado. La cara se estiraba lisa sobre los pómulos, borrando las huellas que suele dejar la vida en los rostros humanos. Ninguna arruga delatora rodeaba su recta boca, cuyos labios ya no mostraban ni una sola sonrisa. Era como si Konstantin York se hubiera extraído de dentro al chico que alguna vez fue, como quien se saca una espina venenosa. Y pronto se vería que con la compra de la isla Konstantin, York urdía un plan digno del nombre de la Roca de las Preocupaciones.

Muy poco después mandó construir un edificio que parecía un transatlántico, por sus ventanas redondas y las antiguas chimeneas de la fábrica incendiada; y de noche, cuando todas las ventanas brillaban como puntos, aquel paisaje hacía pensar en un enigmático cuadro sideral. Una gran torre dividía el recinto en dos mitades. En la cima, York ordenó hacer una enorme cúpula de cristal con un telescopio en el centro, cuyas lentes y espejos fueron elaborados en las fábricas más prestigiosas del mundo. A su lado instalaron unos más pequeños, por debajo de las enormes ventanas redondas. Vista desde la ciudad, la cúpula con sus miles de cristales parecía el ojo compuesto de un ávido insecto, que escruta el firmamento en busca de alimento.

Como se supo rápidamente, el observatorio astronómico sólo era una parte de los diversos talleres que York mandó construir en el edificio. Para su sorpresa, los habitantes de la ciudad se enteraron de que en la Roca de las Preocupaciones se estaba creando algo que necesitaban desde hacía mucho tiempo: una buena escuela para los mejores estudiantes de la región. Laboratorios con aparatos modernos, salas de experimentos, una biblioteca, un cuarto de mapas, un auditorio central y un inmenso planetario... Sus instalaciones se podían equiparar con las de una importante universidad de astronomía. Los habitantes de la ciudad se asombraban cada vez más ante los propósitos de Konstantin York, pero el asombro pronto se convirtió en gran decepción.

Durante las obras llegaron a la ciudad cuatro hombres que aconsejaban a York en la planificación del edificio. Puesto que nadie entendía bien cuál era su labor, y como llevaban siempre unos largos abrigos blancos con grandes botones negros, la gente los llamó los «doctores secretos». Se pensaba que serían los futuros maestros de la escuela que York estaba construyendo en la Roca de las Preocupaciones. Los cuatro doctores secretos servían a York de una manera insólita. Dormían muy poco, o nada. Se pasaban las noches enteras inclinados sobre mapas y planos, dibujando y calculando, ajustando aparatos, preparando máquinas o calibrando telescopios, a través de los cuales contemplaban el firmamento. El mismo Konstantin York los había instruido. Los cuatro tenían más o menos la misma edad, unos treinta años, y por sus nombres se podía deducir que venían de los cuatro rincones del mundo. Sin embargo, era un misterio cómo York había logrado que le juraran esa lealtad absoluta que uno sólo cree encontrar en los perros.

Una vez terminadas las obras, las preguntas acerca de los estudiantes que acudirían próximamente a la escuela se multiplicaron. Ante la opulencia de las instalaciones, las familias notables e influyentes querían lograr una plaza para sus hijos. Pero cuando se supo quiénes serían los futuros aspirantes, todos en la ciudad quedaron estupefactos. No se trataba de los mejores estudiantes de la región, ni de los más exitosos, sino todo lo contrario. En su calidad de director, Konstantin York se cuidó personalmente de que sólo se admitieran niños y adolescentes desheredados por sus padres o que vivieran escondidos. Jóvenes de la calle que se alimentaban de las basuras; tipos arruinados con quienes los chicos normales no querían tener nada que ver. Fugitivos, jóvenes ladrones, delincuentes y matones que los doctores secretos sacaban de sus escondrijos para llevarlos a la isla. Cuanto peor fuera el historial de un estudiante, mayor era la posibilidad de ser admitido en la escuela. Los habitantes de la ciudad veían la isla con ojos incrédulos y desconfiados, pero se alegraron secretamente cuando el puente volvió a hundirse en las profundidades del río, dejando al otro lado a esos chicos que no solían dar sino dificultades, borrando, de este modo, de su vista a la indigencia. Desde entonces, la escuela de la isla fue conocida como la Escuela de las Preocupaciones, y aunque parecía bastante inofensivo, nadie pronunciaba ese nombre sin estremecerse y sin dar rienda suelta a nuevos rumores.

Se hablaba de investigaciones y experimentos prohibidos, de visitas misteriosas en barcos oscuros que llegaban a la isla por la noche y desaparecían antes del alba. Se murmuraba acerca de las inquietantes conexiones de Konstantin York con el resto del mundo; se decía que la escuela no era sino la fachada de un plan secreto. Sólo muy pocos intuían cuánto se acercaban a la verdad.

También pululaban cuentos espeluznantes acerca de las clases en sí. Se contaban historias sobre ritos mágicos y ceremonias estremecedoras, y todos se asombraban a voces de que nunca se tuvieran noticias de algún ayudante de laboratorio —como se les llamaba a los estudiantes de la Escuela de las Preocupaciones— que hubiera abandonado la isla.

Más allá de las habladurías de la gente, no había ningún indicio de que la Escuela de las Preocupaciones fuera algo distinto a un lugar en el que jóvenes por los que ya nadie daba ni un céntimo mejoraban su vocabulario, estudiaban gramática y eran instruidos en las ciencias naturales, al observar el firmamento, al descubrir cómo nacen y se apagan lentamente las estrellas, al aprender a calcular la edad de los planetas por medio de análisis de gases y al entender cómo los grupos de estrellas se convierten en galaxias y cómo universos enteros se extinguen y desaparecen del horizonte cuando la energía de sus soles se acaba.

Sin embargo, esa noche, los telescopios de la cúpula de cristal situados en la cima de la imponente torre no estaban en uso. Las pantallas estaban veladas por un largo y oscuro cortinaje de terciopelo, y miles de pequeños reflectores brillaban desde la bóveda. Los cuatro doctores secretos llevaban sus abrigos blancos, que nunca se quitaban, y estaban sentados en torno a una gran mesa de mármol azul oscuro en la que estaban talladas las estrellas de nuestra galaxia. Hablaban en voz baja mientras esperaban a Konstantin York, y de sólo pensar en lo que se avecinaba sentían la garganta seca como si se hubieran comido una resma de papel secante. Sabían que algo había salido mal. Algo que no tendría que haber sucedido jamás.

En ese momento entró en la sala un ayudante que llevaba una bandeja con una tetera y cinco tazas. Era bastante joven, y sus movimientos inseguros delataban que no había realizado esa labor con mucha frecuencia. Mientras ponía con el mayor cuidado posible las tazas sobre la mesa de mármol frente a los doctores secretos, uno de ellos decidió desahogar sus nervios y empezó a interrogarlo.

—Ayudante, ¡una pregunta! —dijo el doctor secreto Lámass.

El interrogado se quedó de una pieza.

—¿Sí? —preguntó inseguro.

—¿Qué elemento designa la abreviatura «H»? —inquirió el doctor secreto con tono de mediocre presentador de concursos. Después de su excursión nocturna por los tejados, todavía tenía la nariz roja y se la sonaba todo el tiempo.

—La «H» designa al agua —respondió rápidamente el ayudante.

—¿«Al» es la abreviatura de...?

—¡Aluminio!

—¿«P»?

—¡Fósforo!

—¿«Fe»?

—¡Hierro!

Muy poco le gustó a Lámass que el estudiante conociera tan bien los elementos químicos, en cambio los demás doctores secretos sonrieron sarcásticamente como si disfrutaran con las respuestas inmediatas del estudiante.

El doctor secreto Smith, que llevaba unas gafas pequeñas y redondas, preguntó con cierta ironía:

—¿Acaso no se lo puede poner un poco más difícil, colega Lámass?

Smith quería provocar a Lámass, quien además de enseñar astronomía como los otros doctores secretos, ya que ésa era la asignatura obligatoria de la Escuela de las Preocupaciones, era profesor de química y física y no gozaba de buena reputación entre ellos por su mala fe. Disimuladamente, paseó la mirada sobre la rueda de los elementos inserta entre las estrellas en el mármol azul de la mesa.

—¡Bueno, colega, como quiera! Ayudante, esta mesa de mármol azul nos muestra nuestra galaxia. En el centro puedes ver la rueda de los elementos: 113 elementos, de los cuales se compone el universo entero y cuya abreviatura está tallada en el borde de la rueda. En el centro de ésta puedes ver, espero, la figura de un hombre, ¿verdad? ¿A quién representa este hombre?

El ayudante frunció el ceño y estudió con la mirada la figura desnuda que estaba en el centro de la rueda. Miró de soslayo el pelo rizado y contempló fijamente las comisuras de los labios del rostro tallado en el mármol; éstas estaban torcidas hacia abajo con disgusto, y no se podía distinguir la mirada de las oscuras cuencas de los ojos. Tenía las piernas abiertas y los brazos estirados como las alas de un pájaro. Las puntas de los dos índices y las de los dedos gordos del pie señalaban cada una hacia un elemento. El chico no sabía a quién representaba esta figura y se notaba que luchaba por encontrar una respuesta. Empezó a sudar.

—¡Representa al director como Maestro de los Elementos! —respondió en su rescate el doctor secreto González, un hombre calvo y gordo.

—¡Muy bien, González! ¡Por lo menos usted ha hecho su tarea! —se burló Lámass.

Aunque no quería participar en ese jueguecito, otro de los doctores secretos, un hombre casi dulce, que hablaba poco y siempre parecía sumido en sus pensamientos, quiso cerrarle el pico a Lámass en ese instante.

—Ahora una pregunta para usted, colega Lámass. ¿Sabe qué significa la abreviatura «Yo»?

La pregunta no erró su objetivo. A Lámass le cambió el color. Se imaginaba qué pretendía su colega, pero no dejó que se le notara. El ayudante, por su parte, se sintió aliviado de poder liberarse de la atención de Lámass y abandonó la sala.

—¡«Yo» significa «yorkium»! Pero no es un elemento, sino una composición de distintas sustancias —contestó Lámass.

—Bravo. Y usted que es doctor en química sabe también

con seguridad de qué sustancias está compuesto el yorkium, ¿verdad?

Lámass sintió cómo la rabia, mezclada con el orgullo, le hervía por dentro. Otra vez se veía impotente, como en los tejados, cuando se le escapó Delphine y *Six* lo atacó. Se le notaba lo mucho que le hubiera gustado saber la respuesta.

—Usted sabe, tan bien como yo, que la composición del yorkium es un secreto del director, una sustancia que ha buscado la mitad de su vida y que está a punto de terminar. ¡Y usted, Jungbluth, será el primero en poder tomar una sobredosis de la misma, pues se supone que el yorkium le da a uno la inteligencia de un gran genio con tres cerebros!

Jungbluth sonrió entre dientes.

—Y usted la tomará justo después, Lámass, pues se supone que el yorkium detiene radicalmente el envejecimiento y...

—Señores, cálmense si quieren conservar su cabeza. ¡Ya llega el director!

En la entrada de la sala de cristal se oyeron unos pasos. Ninguno de los doctores secretos musitó otra palabra.

Konstantin York llevaba un abrigo blanco y fino, con un cuello alto y largo que le llegaba casi hasta el rostro. Calzaba unos zapatos blancos de cuero y por debajo del abrigo llevaba un pantalón blanco tan perfectamente planchado que se podía ver impecable la raya de delante. El pelo gris plateado estaba peinado hacia atrás, lo que resaltaba la peculiar forma de su cabeza. Sus pasos, que parecían más pesados que de costumbre, lo llevaron hasta una silla alta ubicada en la cabecera de la mesa. Se sentó. Lanzó una mirada superficial hacia el rostro de los presentes y después aspiró profundamente por la nariz.

—¡Infórmenos! —ordenó, mirando fijamente a Smith.

—Muy bien, señor director. Un ladrón ha podido infiltrarse en su cueva personal en las profundidades de la Roca de las Preocupaciones. ¡Y ha robado la botella!

La mirada de York pareció congelarse en un abrir y cerrar de ojos.

—¿Cómo ha podido suceder?

—Trabajábamos en los laboratorios, como siempre, cuando descubrimos que alguien había abierto una tubería. La huella del agua nos guió hacia la cueva, bajo la escuela, y allí vimos que la cripta en la que usted había guardado la botella estaba inundada.

—¿Inundada? ¿Quién puede haber hecho esto sin ser descubierto? —susurró York, que hablaba en voz baja cuando estaba a punto de explotar.

Examinó lentamente el rostro de cada uno de los doctores secretos.

—Creemos que sólo puede haber sido un ayudante, señor director —respondió Smith.

—¡Continúe! —exigió York.

—El ladrón había preparado su huida con mucha antelación. Subió al tejado del recinto de los ayudantes en la punta norte de la isla y desde ahí se balanceó a través del cable de energía que se extiende entre la isla y la otra orilla. El doctor Lámass lo persiguió.

—¡Lámass, infórmenos! —dijo York.

—Pude perseguir al ladrón hasta los tejados de la ciudad e intenté hacerlo caer desde uno de ellos. Sin embargo, justo cuando estaba a punto de capturarlo, una bandada de aves de rapiña me atacó y tuve que suspender la persecución. Un cómplice, un chico fuerte, de unos catorce años, le ayudó a saltar el desfiladero, entre las casas, con una soga.

—¿Qué sucedió con la botella? —preguntó York.

—Desapareció en el laberinto de tubos del desagüe, señor director. Cuando pude ponerme a salvo de los pájaros, bajé de inmediato y golpeé en todos los tubos, pero la búsqueda no dio resultado. —Y añadió atormentado—: Me temo que la botella se rompió en mil pedazos, señor director.

Sólo por los movimientos del músculo de la mandíbula se podía vislumbrar el volcán que hervía en las entrañas de Konstantin York.

—Nada, ningún poder mundano, puede destruir esa botella. Yo mismo lo he intentado en vano. ¡Sólo es posible esconderla para que la desgracia que anida en su interior nunca salga a la luz!

York respiraba pesadamente.

Los doctores secretos miraron furtivamente las manos de

su jefe que, cual tornillos, se habían quedado prendidas al respaldo de la silla como si quisieran exprimir las últimas gotas del jugo de la vieja madera.

—¡Encuentren esa botella! ¡Registren toda la ciudad, desmenucen cada tubo, centímetro a centímetro, derriben los muros de las casas, rompan las calles! ¡Encuentren al ladrón y a su cómplice! Y presten atención a las aves de rapiña, aunque de todos modos no hay tantas en la ciudad. ¡No me importa cómo, pero tráiganme esa botella! Cuando la hayan encontrado, no toquen el sello, éste no debe romperse jamás. ¡Abandonen cualquier otra labor hasta entonces!

Los doctores secretos se quedaron en silencio, hasta que González se atrevió a preguntar:

—Señor director, ¿significa esto que el primer día de febrero no tendrá lugar la subasta?

No era difícil notar que González esperaba que, en vista de los acontecimientos recientes, el director cancelara la subasta.

Konstantin York no respondió enseguida. Parecía sopesar sus diversos y ordenados pensamientos como un general que pasa revista a su tropa. Llevaba años preparando la subasta, que sería el clímax de la Escuela de las Preocupaciones. El yorkium, un polvo compuesto de elementos que sólo él conocía, debía quedar ahora a disposición de los hombres. Se esperaba una gran afluencia de cazadores de polvos del mundo entero, quienes utilizarían todas sus tretas para apoderarse del yorkium que el director se disponía a subastar. Se hablaba de famosos cazadores de polvos que llevaban años preparándose sólo para ese día. Había una gran expectación ante la presentación del yorkium, aunque sus efectos sólo se conocían a través de rumores.

—¡Por supuesto que la subasta tendrá lugar tal como se ha planeado! —replicó York enfurecido—. Y para que nada vuelva a salir mal, he mandado a llamar a Van Lunteren.

—¿Bleck van Lunteren? ¿El cazacabezas? —preguntó Lámass aterrorizado—. ¿Qué puede hacer él que no podamos hacer nosotros?

El doctor secreto expresó lo que también estaban pensando los otros tres.

—Van Lunteren no ha fracasado nunca. Hace mucho tiempo que le encargué que investigara el misterio de la botella, y ahora comprobaremos qué es lo que ha descubierto. ¡Hagan lo que les he dicho! ¡Y váyanse! ¡Más adelante recibirán nuevas instrucciones! A menos que insistan en recibir el castigo que depara nuestra escuela a los que fracasan.

La advertencia infundió vida a las piernas de los doctores secretos, que abandonaron la sala en desbandada.

Daphne Roth

Finn Hasselblatt vivía en la guarida más segura de la ciudad. Ni siquiera quien le hubiera seguido la pista en los días que siguieron al momento en que súbitamente cambió su vida podría haber pensado en buscarlo en el techo abandonado de la jefatura de la policía.

Era la guarida ideal para él. Desde ahí podía llegar a los tejados de las casas vecinas y vagar por la ciudad sin arriesgarse a que lo reconocieran por la calle. Estaba sólo a un brinco del vestíbulo de la estación, donde solía encontrar algo que comer y donde podía confundirse disimuladamente entre la gente cuando bajaba a tierra para buscar en las basuras de la ciudad lo que le urgía.

Así había conseguido, con el tiempo, todo lo que necesitaba para vivir. Un horno pequeño para el que no siempre tenía madera o carbón, pero que lo calentaba durante días enteros cuando encontraba algo con qué prenderlo. También tenía un pequeño armario de madera al que le faltaba la puerta porque ya la había quemado; una silla de plástico coja; y un marco negro, desvencijado, con un vidrio opaco, en el que guardaba una foto de Coco. Cuando pensaba en él, sentía como si un enjambre de avispas le picara el corazón. En momentos como ésos se golpeaba el pecho con el puño para ahuyentar el dolor.

Finn dormía en una hamaca que había cosido con viejos uniformes de policía encontrados en el techo. Al principio se asustaba con el ruido de los trenes que entraban y salían de la estación de enfrente, pero ya se había acostumbrado. Ninguna de las muchas personas que día tras día consultaban la hora en el reloj de cristal de la jefatura de policía tenía ni la menor idea de que miraba directamente hacia la ventana de la guarida de Finn Hasselblatt.

Echado en su hamaca, no podía dejar de pensar en su encuentro nocturno con Delphine. ¿Quién era? ¿Por qué había arriesgado la vida por esa extraña botella que ahora reposaba en su armario? ¿Qué significaba esa botella? ¿Qué cuentas tenía que saldar la chica con el director de la Escuela de las Preocupaciones, el maestro de los doctores secretos? ¿Por qué conocía el nombre «Silber»? Las preguntas le zumbaban en la cabeza como los mosquitos bajo el sol del atardecer.

Desde el primer momento, Finn sintió que había algo fascinante en Delphine. ¿En realidad era una ayudante de la Escuela de las Preocupaciones? No quería creerlo. Delphine era muy distinta a los ayudantes que él había visto alguna que otra vez durante sus expediciones nocturnas. Ella sonreía. ¿Y qué era eso de los niños que morían sin haber recibido un nombre? ¿El director de la Escuela de las Preocupaciones de verdad tenía la capacidad de ayudar a esos niños?

Le dio vueltas al asunto hasta que se le enrojecieron las orejas. Había jurado no volver a pintar nunca más en ninguna otra parte que no fuera su guarida. Las paredes de la enorme buhardilla eran un solo mar de colores, figuras y fantasías. Nadie más, aparte de él mismo, podía volver a ver sus dibujos. ¿Acaso debía romper su juramento para poder ver de nuevo a Delphine? Y después, ¿qué pasaría después?

Finn se puso la chaqueta y se pasó la mano por el pelo negro desgreñado. Se le acaba de ocurrir una idea y meditaba si debía ponerla en práctica… ¡Una visita a Daphne Roth! Ir a verla implicaba siempre un riesgo. El resultado, con seguridad, serían consejos que no quería oír y un corte de pelo con el que podría apuntarse al circo. Pero Finn confiaba en Daphne, pues ella lo había escondido en los primeros días después de lo de Coco y lo había protegido para que no lo descubrieran. Además no tenía a nadie más con quien hablar. Sin embargo, para llegar hasta donde estaba Daphne tenía que abandonar los tejados y abrirse paso hacia el viejo puerto. Allí tenía ella su «salón», en una barcaza pequeña y bastante destartalada.

Esperó hasta el anochecer y abandonó su guarida por el camino de siempre. Salió a través del tragaluz hacia el tejado de la jefatura de policía y después lo cerró con cuidado. Sacó del bolsillo una madeja de un hilo delgadísimo y amarró un extremo al borde de una teja y el otro al tragaluz. Si alguna vez al regresar lo encontraba roto, sabría que alguien había descubierto su guarida y no volvería a poner un pie en ella, como los pájaros que abandonan su nido cuando ha sido tocado por un extraño.

Corrió un poco por la parte más alta del tejado, tomó impulso y saltó por encima de una delgada claraboya entre dos casas hasta el techo plano del edificio de correos. Desde ahí se escurrió por la bajante de lluvias hasta caer en el parque que estaba justo al lado y que tenía que atravesar para llegar al puerto.

El viejo astillero, en el que hacía mucho tiempo que no se construía ningún barco, estaba vacío. En las rojas galerías de ladrillo, que ahora servían de depósito para diversas mercancías, brillaban unas pocas luces aisladas. En el patio de enfrente había un par de barcas secas dispuestas sobre bases de madera. Llevaban una eternidad esperando para ser reparadas y ahora la nieve las había sepultado bajo un manto blanco, como si no pudiera soportar esa triste imagen.

Caminó en zigzag entre las barcas y al cabo de un rato llegó hasta el río, cuyas aguas grises corrían en silencio y echaban vaho por el frío. En el pequeño desembarcadero había algunos botes de carga y una sola barca habitada. Por un tubo de hojalata salía un humo espeso y las dos ventanas estaban a oscuras. A estas horas Daphne ya se había dormido.

Finn recorrió el puente estrecho, se acercó a la barca e intentó abrir la desvencijada puerta de madera, pero estaba cerrada con llave. Echó una mirada al letrero que había en ella: DAPHNE ROTH: PITONISA DEL PELO. VISITAS SEGÚN ACUERDO PREVIO, y llamó con fuerza.

—¡Daphne, abre! ¡Soy yo, Finn!

Sin embargo, ningún ruido pareció revelar que Daphne le hubiera oído.

Volvió a intentarlo.

—¡Por favor, Daphne! ¡Es urgente!

De pronto sintió un movimiento dentro de la barca. Oyó cómo crujían las tablas al otro lado de la puerta y a través de la madera percibió que Daphne estaba ahí, a la escucha. Sabía que de un momento a otro decidiría si le abría o no.

—¡Daphne, por favor!

—¿Cuál es la forma correcta de hablarme? —preguntó ella de repente, escuchando a través de la puerta.

Finn puso los ojos en blanco y se mordió el labio inferior.

—No me acuerdo —mintió.

—¡Hasta luego! —Sonó un gruñido desde el otro lado de la puerta.

—Bueno, bueno. Pido que me concedas una audiencia, honorable Pitonisa del Pelo —refunfuñó Finn.

—Un momento que me pongo algo encima... —exclamó ella, casi alegre.

Un minuto después, la puerta se abrió y Daphne Roth examinó a Finn con sus astutos ojos marrones y una mirada adormilada. Llevaba una bata roja; en el bolsillo del pecho, que tenía un dragón bordado, se balanceaban un peine y unas tijeras. Daphne clavó la mirada en el pelo de Finn.

—Es cierto. ¡Realmente lo necesitas! Pero muchacho, ¿acaso no puedes aparecer a una hora normal? Pasa.

Finn entró en la barca y Daphne cerró la puerta.

—Espérame en el salón, ahora vuelvo —dijo ella, suspirando, antes de desaparecer tras una puerta pequeña.

Él conocía el camino hacia el estudio de Daphne, que estaba en la proa de la barcaza y era la última morada de todos los trastos perdidos del mundo: pequeños jarros con flores artificiales, velas de colores, figurillas de porcelana. En las paredes, en unos rudimentarios marcos de papel aluminio, colgaban unas fotos de grandes personajes. Había reyes y princesas, ricos y famosos. A Finn le parecía que era como un santuario de imágenes, pues estaban rodeadas de flores por todas partes, pero no eran más que muestras para los clientes. Se sentó en la vieja silla de peluquería de cuero rojo que estaba en el centro de la habitación, cerró los ojos y giró sobre su eje lentamente. Le encantaba esa sensación.

Al oír los pasos que se acercaban por detrás, volvió a abrir los ojos. Daphne llevaba sus instrumentos en la mano, pero antes de empezar a trabajar se sentó frente a él en un taburete. La mirada intensa de sus ojos buscaba algo que analizar en profundidad. Finn la esquivó.

—Finn Hasselblatt, ¿por cuánto tiempo vas a seguir escondiéndote? —le preguntó. Y pudo ver que esta pregunta lo atormentaba.

Él contestó con la cabeza agachada:

—Hasta que lo haya olvidado. O hasta que pueda enmendarlo.

Daphne suspiró.

—No sé, tal vez se pueda olvidar algo así, pero enmendarlo…, nunca.

Finn hundió aún más la cabeza y se golpeó el pecho con el puño. Daphne le acarició el pelo con cariño.

—¿Por qué has venido a verme, muchacho? —preguntó.

—Ha pasado algo. Y no sé si tiene algún significado.

Daphne frunció el ceño.

—Bien…, nada pasa porque sí, sin más. Uno sólo tiene que saber interpretar las cosas.

Finn sabía a qué se refería. Daphne estaba convencida de que el significado de las cosas se podía leer en el pelo. Aunque el resultado de sus lecturas podía ser que negras nubes de pensamiento desataban fuertes tormentas en la cabeza.

—Alguien me llama desde ayer…, pero no sé si me lo estoy imaginando —dijo Finn.

—Bueno, averigüémoslo. Tú sabes que el pelo no miente.

A Finn esto le pareció una amenaza. Daphne le puso una toalla sobre los hombros y se dispuso a peinarle las greñas negras.

—¿Y sabes quién te está llamando? —preguntó.

En lugar de responder, él hurgó con cuidado en el bolsillo de su chaqueta y sacó una cosa.

—Esto.

Finn le dio a Daphne la botella.

—¿De dónde has sacado esto? —preguntó ella.

Finn le contó de su encuentro nocturno con Delphine.

—Cuando Delphine se marchó, bajé a la calle. Ya era tarde y no había nadie por ahí. Sólo el doctor secreto. Lo vi buscar la botella desesperadamente, pero lo único que encontró fue el sombrero que *Six* le había destrozado. Cuando por fin desapareció, volví a golpear en todos los tubos del desagüe, pero la botella no estaba ahí. Estaba a punto de abandonar la búsqueda cuando vi algo rojo que brillaba a través de la nieve, al borde de la calle. Al principio parecía sangre, pero entonces reconocí el sello rojo de la botella.

Daphne dejó a un lado el peine, cogió la botella y se la llevó a los ojos.

—Ajá… —murmuró, sacando del bolsillo de la bata unas gafas con una gruesa montura roja y poniéndoselas sobre la punta de la nariz—. Un barco en una botella. Al parecer hay gente que dedica su tiempo a confeccionar estos barquitos para después meterlos, con toda la parsimonia del mundo, dentro de botellas. Por cierto, éste es un ejemplar especialmente bello.

Daphne quiso dejar a un lado la botella, pero Finn le preguntó:

—¿No oyes nada?

Daphne se la acercó al oído.

—No.

—¿En serio? ¿Nada? —preguntó Finn.

—Silencio sepulcral.

—Vuelve a mirarla con cuidado, por favor.

—¿Has venido a hablar de este juguete, o quieres que lea el oráculo de tu pelo? —preguntó Daphne.

—Después. ¡Primero vuelve a mirar con más cuidado! —clamó Finn.

Daphne suspiró y se acercó la botella a los ojos.

—¿Qué ves? —preguntó Finn.

Daphne aspiró profundamente por la nariz.

—Veo un barco pesado y soberbio atrapado en una botella. Un velero con casco negro y cubierta roja. Un buque de tres palos, atrapado en un viento intenso. Parece como si estuviera en medio de una tormenta. Por detrás ondean unas diminutas banderas misteriosas. El barco lleva un nombre, pero ni siquiera alcanzo a leerlo con las gafas, es demasiado pequeño. En la parte delantera hay dos figuras que saludan con la mano.

—Son un chico y una chica, pero no están saludando —afirmó Finn.

—¿Entonces?

—Ambos tienen la mano derecha levantada. Están jurando algo.

—¿Ah sí? —Daphne volvió a inclinarse un poco y contempló la botella un largo rato. Finalmente dijo—: Puede que tengas razón. En realidad, parece que tienen las manos levantadas como en un juramento.

—Daphne, desde que la encontré en la calle siento que la botella me llama, o mejor dicho, que alguien me llama desde la botella.

—¡Ay, yo sé lo que es eso! —exclamó Daphne—. A mí también me llama algo cada vez que paso frente a las vitrinas de las tiendas. Mi armario está lleno de cosas que se han quedado afónicas de tanto llamarme.

Finn sabía que Daphne pensaba que él se estaba imaginando aquellas llamadas, pero no se dejó desviar del asunto.

—¿Y qué grita ese alguien? —preguntó Daphne.

—Pide ayuda.

Daphne suspiró profundamente.

—¿Y te suena conocida la voz de la botella? —preguntó con tono astuto.

—Sé lo que estás pensando, pero no tiene nada que ver con Coco. Es otra cosa. Mira bien el sello, ¿no te parece extraordinario?

—Sí, lo es —observó Daphne—. Un sello pesado, de plomo teñido. Muy dispendioso. Con seguridad debe impedir que se abra la botella. En el plomo han grabado una especie de escudo. Una figura con alas. Y las piernas están totalmente dobladas, como mangueras de goma.

—No son las piernas de la figura. Son dos serpientes.

—Bueno. —Daphne calló por un momento. Después sonrió—. Dime, Finn, ¿no será que tu imaginación está acabando contigo?

—¡Daphne! El doctor secreto habría hecho lo que fuera con tal de devolverle la botella a su jefe.

—Los doctores secretos y Konstantin York hacen muchas cosas que son un enigma —dijo Daphne.

Finn volvió a sentir ese tono amargo que le salía cuando hablaba de la Escuela de las Preocupaciones.

—¿Qué quieres decir? —preguntó Finn.

—Siempre andan buscando jóvenes que ya no tienen nada que perder…

—… ladrones, matones, estafadores… —murmuró Finn.

—No solamente —rezongó Daphne, y su mente pareció empezar a divagar—. Incluso alguien que ha cometido un grave error es un posible candidato. Fracasados, traidores, tipos que han abandonado a sus amigos. Sólo tienen que ser jóvenes. Los llaman ayudantes de laboratorio y los instruyen en eso que ellos denominan el aprendizaje de los polvos. Les enseñan sobre el cielo y la tierra, pero, aun así, lo esencial sigue estando vedado a sus ojos.

—Sí…, pero ¿qué tiene que ver la botella con eso?

—Ay, sí, ¿qué podrá significar?

En vez de responder, Daphne cogió las tijeras y empezó a cortarle el pelo a Finn. Durante un buen rato sólo se oyeron los chasquidos, y los rizos cayeron sobre el suelo como negros copos de nieve.

Al terminar, sin decir nada, Daphne le pasó un espejo a Finn y se quedó absorta contemplando la botella. Entre tanto, Finn comprobó el resultado en el espejo: era peor de lo que se temía. ¡Demasiado ordenado! Entonces se lo restregó bien con las manos hasta que volvió a quedar completamente despeinado.

De repente, mientras recogía los rizos en una lámina, Daphne preguntó:

—La chica, la tal Delphine…, no puedes sacártela de la cabeza, ¿verdad?

Finn asintió con timidez.

—Y tampoco puedes dejar de pensar en los niños que no reciben un nombre, ¿verdad?

—Verdad.

—Yo tampoco. ¡Bueno, ven! —dijo—. Veamos qué significa todo esto.

Finn la siguió hasta el otro extremo del barco. Daphne se detuvo frente a un armario de madera clara y, con el pie, movió una pequeña alfombra hacia un lado.

—¡Levanta la puerta! —ordenó.

Finn cogió el pomo de una escotilla que había quedado al descubierto al retirar la alfombra y la levantó. Daphne pulsó un interruptor de luz y descendió por los pocos escalones de madera que llevaban hacia el bajo vientre del barco.

Finn, que no conocía esta habitación, se quedó mudo. Era casi tan grande como toda la barcaza. Unos tubos de neón la bañaban con una luz resplandeciente. A la derecha y a la izquierda había dos mesas de madera tan grandes como las de un banquete, y entre las dos se extendía un largo corredor. Sobre las mesas había una cantidad de aparatos que Finn ni siquiera podía imaginar para qué servían, por encima se extendían unas estanterías llenas de botellas barrigonas pulcramente marcadas con etiquetas. En la cabecera de cada mesa había un lavamanos bastante grande.

—¡Bienvenido a mi cocina! —exclamó Daphne, que sacudió un poco del pelo de Finn en un pequeño bote de vidrio. A continuación puso el recipiente sobre un pequeño soporte de alambre, cogió una de las botellas de la estantería y revisó la etiqueta. Abrió la botella y olisqueó el interior con cuidado—. Buenooo…, ¡vaya olor! ¡Sublime!

Finn olió y arrugó la nariz, era un hedor violento. Con cuidado, como si se tratara de un aceite muy valioso, Daphne vertió un poco del contenido de la botella sobre el bote de vidrio en el que estaba el pelo de Finn. Por último, encendió un fósforo, atizó la boquilla de una hornilla de gas y puso el recipiente con el pelo del chico sobre la llama. Después sonrió satisfecha y miró a Finn.

—Daphne, ¿qué es todo esto?

—Como he dicho, mi cocina. Dos mesas de experimentos con mis ayudantes. —Daphne recorrió el pasillo entre las mesas—. Los instrumentos necesarios para entender de qué están compuestas las cosas. Esto sí que lo conoces: una balanza, pero ésta indica el peso de una partícula de polvo. También has visto microscopios como esos de ahí. Esto de aquí es un espectroscopio, con él puedo identificar cualquier metal y saber si una pulga ha escupido en él. O esto, esta cosa se llama Aparato de Kipp, me ayuda a manipular gases explosivos sin que mi barcaza vuele por los aires como un cohete. Con él puedo mezclar ácido clorhídrico y una pizca de hierro sulfúrico para así crear sulfuro de hidrógeno, y con sólo diez gotas de esto puedo volver papilla una piedra de granito. En fin, casi todo lo que uno necesita.

—¿Necesita? ¿Para qué? —Finn sentía que estaba soñando.

—Para leer el oráculo de las cosas, por supuesto. Para entender de qué se componen las cosas. Para examinar los elementos, separarlos, mezclarlos... y, si todo funciona, convertirlos en nuevas sustancias. Eso lo aprendí en algún momento y es lo que más me gusta hacer. ¡Ahora, dame la botella!

Finn la volvió a sacar del bolsillo de la chaqueta y se la dio a Daphne. Ella la puso sobre una de las mesas de experimentos y acercó un aparato que parecía un telescopio encogido. A lo largo del tubo había varias ruedas pequeñitas. Daphne se sentó en un taburete y miró a través de él haciendo girar las ruedecitas constantemente.

Poco después, sin apartar la vista del ocular del espectroscopio, murmuró:

—Pues el barco se llama «Y». Un nombre curioso para un barco.

Volvió a quedarse en silencio. Después cogió recipientes con líquidos, echó unas cuantas gotas en la botella y observó la reacción. Finn sentía que Daphne se había olvidado de su presencia por completo.

—¡Qué interesante! Supremamente interesante —declaró al cabo de un rato—. Lo que ha soportado esta botella no lo habría resistido nadie. Ha sido bañada en ácido cáustico, presionada con un duro objeto de hierro y, si todo esto no me engaña, ha soportado el ardor de un horno. ¡Alguien ha intentado destruirla por todos los medios! ¡Pero el sello no ha sufrido ni el menor rasguño a pesar de que es muy suave!

Finn se inclinó sobre la botella y la observó.

—Hubiera sido más fácil tirarla en vez de intentar destruirla —opinó.

—¿Qué dice esa Delphine? ¿La botella pertenece a Konstantin York? A lo mejor le recuerda algo de lo que no quiere acordarse, algo que no debe saberse. Quizás un crimen. Puede esperarse tratándose de él. La botella es una prueba de algo.

Como un cuchillo ensangrentado. Uno no tira algo así sin más.

—¿Crees que por eso guardó la botella en un lugar en el que uno no encerraría ni a su peor enemigo?

—Bueno..., puede ser. Creo que al no poder destruirla, al menos debía estar donde no la pudiera ver nadie. Él teme el poder de esta botella.

—Daphne, ¿qué debo hacer con ella? Claramente no la puedo destruir, que fue lo que me pidió Delphine.

—Bueno..., creo que mejor será que lo dejemos así... —Daphne suspiró, tanteó un poco el borde del sello y desprendió un pedacito—. El plomo se deja doblar fácilmente, mira. Supongo que podría abrirlo. Pero a veces es mejor no abrir ciertas cosas, sobre todo, cuando uno no sabe qué secreto esconden. Abrir a veces es más fácil que cerrar, ¿sabes? Así que, Finn, si me lo preguntas: esconde la botella. Sí. ¡Escóndela! En un lugar en el que Konstantin York y los doctores secretos no puedan encontrarla nunca. Si te quedas con ella, quizá los guíe hacia ti. Y no quiero ni imaginar lo que harían contigo si descubrieran que tienes la botella.

Finn se quedó pensando.

—Tienes razón. Además ya sé el lugar en el que la puedo esconder. Sólo un pájaro puede volar hasta allí.

—Bien, entonces veamos lo que nos dice tu pelo.

Daphne arrastró los pies hasta el otro extremo de la mesa, donde se seguía cocinando el pequeño bote con el pelo de Finn. Cogió el recipiente, vertió un par de gotas del líquido en una placa de vidrio y, por último, puso la placa en un microscopio.

—El Sherlock Holmes de mis ayudantes —señaló, acariciando el aparato—. ¡No se le escapa nada!

Lo dijo como si se tratara de un viejo amigo. Después de observar un rato a través de él, alzó la mirada y la clavó fijamente en Finn.

—Ay, muchacho. ¡En tu pelo reina un caos absoluto, Finn Hasselblatt! Parece que la tal Delphine te tiene descontrolado. Lo mejor es que te olvides de ella rápidamente. ¡Y aliméntate bien! Más vitaminas. Te recomiendo que te comas una rica ensalada de vez en cuando.

Bleck van Lunteren

Sentado en la sala de cristal, Konstantin York miraba absorto a través del gran telescopio. Había pasado así toda la noche, contemplando el firmamento. Ni siquiera el amanecer le había hecho despegar los ojos del ocular del telescopio gigante. Completamente absorto en otro mundo, observaba el cielo, murmuraba esto y aquello para sí o anotaba en uno de los inmensos libros de mapas celestes dispuestos sobre un atril inclinado junto a una enorme mesa. Las investigaciones de Konstantin York eran un enigma no sólo para los ayudantes, quienes levantaban furtivamente la mirada hacia la cúpula de cristal al pasear por el jardín de la isla durante los recreos, sino también para los doctores secretos.

La pesada puerta de la sala se abrió de repente y York se volvió como si le hubiera caído un rayo. Su mirada se inundó de ira por un segundo, pero un asomo de esperanza le iluminó el rostro al ver a la persona que se atrevía a molestarlo. Entonces observó cómo se le acercaba el hombre de paso firme. El traje verde oscuro, con la chaqueta y el pantalón llenos de bolsillos, recordaba al uniforme de un cazador. La cabeza afeitada al cero era demasiado pequeña para su cuerpo, y en el rostro áspero, entre los ojos penetrantes y muy juntos, se asomaba una nariz ancha y corta. A la oreja derecha le faltaba un pedazo, y sobre la delgada boca se posaban unos bigotes finos pero largos y casi parejos. Era el rostro de un ratero voraz y experimentado en combates, que ahora enseñaba los dientes en una sonrisa torcida.

—¡Mi apreciado señor York! —exclamó al detenerse.

—¡Bleck van Lunteren! —York se puso de pie. Los dos hombres se dieron la mano y se sentaron—. ¡Llega usted tarde!

—Tarde, sí, señor York..., pero no demasiado.

—¿Cómo puede estar tan seguro?

—Desde mi llegada a la Escuela de las Preocupaciones esta mañana temprano he hecho unas averiguaciones interesantes.

—Y espero que también antes, durante todo el tiempo que ha pasado desde que se lo pedí.

—Por supuesto, señor York. He averiguado cosas sobre la botella que nadie más sabe.

York aspiró por la nariz lanzando un resoplido. Estaba ansioso por oír el informe del cazacabezas, a quien tenía un gran afecto.

—Desde el momento en que encontré la botella supe que era un recordatorio. ¡Un mal presagio! ¡Una señal de mi hundimiento!

—¡Sí, señor York, sus presentimientos no lo engañaban! Pero, por mi honor de cazacabezas, la botella es un recordatorio sólo para el ladrón y su cómplice. ¡Y yo acabaré con todos!

Van Lunteren formó con las manos unas garras capaces de destruir todo lo que se interpusiese en su camino.

—Bravo, Van Lunteren. ¡Ahora el informe!

El hombre se alisó un bigote con las puntas de los dedos y empezó:

—Para cazar el secreto de la botella tuve que recorrer medio mundo. Al principio di con muchas botellas que tenían barcos por dentro, sobre todo en las ciudades costeras, pero no eran más que inofensivos juguetes de niños. Ninguna tenía una elaboración como la suya. Encontré muchos hombres que tenían botellas de ese tipo, y cuando las lanzaba contra las paredes las destruía; así pues, casi todos me tomaban por loco y se enfurecían. Durante el viaje a Islandia me vi envuelto en una violenta pelea con un pirata que poseía un ejemplar muy valioso, con un enorme velero por dentro. Después de destruirla, nos dimos a una lucha en la que él me arrancó de un mordisco parte de la oreja antes de que yo lo lanzara por la borda... —Van Lunteren se rió eufórico. Después continuó—: Ninguna de las botellas que encontré era indestructible, y me di cuenta de que por ese camino no iba a llegar muy lejos. Así que empecé a investigar en bibliotecas y pasé noches enteras estudiando mitos y leyendas olvidadas que me llevaron por un laberinto de pistas. Sin embargo, todas conducían a callejones sin salida. Simplemente no conseguía descubrir nada. No obstante, poco antes de Navidad, en el camino de regreso desde Zaragoza, quedé, a causa de la nieve, atrapado en un pueblecito. Una condesa anciana me ofreció alojamiento. Se estaba quedando ciega, ya no podía leer; así pues, me puso la condición de que le contara un cuento cada día que gozara de su hospitalidad. Entonces se me ocurrió que podía hablarle de la botella como si fuera un cuento: que un remitente anónimo se la envía a un hombre poderoso; que ella le hace recordar algo que él quiere olvidar; que él intenta destruirla, pero descubre que es indestructible; que él presiente que dentro de ella habita una fuerza que lo puede destruir; que manda construir una cripta infranqueable para esconderla, donde nadie pueda encontrarla, cueste lo que cueste.

Konstantin York puso los ojos como platos.

—¿Usted le contó mi historia? —gruñó.

—Sí, señor York. Y mientras se la contaba, noté cómo la condesa se iba transformando. Se iba poniendo cada vez más nerviosa y no podía esperar a que llegara el final. No musitó palabra, así de conmocionada estaba. Finalmente me tomó de la mano y me llevó hacia el enorme portal de su casa. El suelo estaba cubierto por pesadas láminas de mármol. De repente, la condesa se quedó quieta en un punto concreto y dio dos golpes con el pie. Me pidió que quitara la lámina, y yo lo hice. Debajo había un hueco.

—¿Y qué encontró ahí dentro?

York se esforzaba poco por disimular su impaciencia.

—Una cuchara de hojalata, viejísima y sin valor, con la que algún día los más pobres habrán alimentado a sus hijos. Nada más. Una simple cuchara de hojalata. Sin embargo, entonces la condesa debió de notar mi decepción y con un extraño tono de voz, me pidió que la doblara.

York se pasó la mano impacientemente por la cabeza y la nuca.

—¿Y qué sucedió?

Bleck van Lunteren bebió con avidez un sorbo de vino de

una botella de cuero que llevaba colgada del cinturón, y luego continuó:

—Examiné la cuchara. Una cuchara barata, de hojalata, como he dicho. Hasta un recién nacido la habría podido doblar con un movimiento torpe, al parecer. Pero ni siquiera toda mi fuerza pudo deformarla ni un solo un milímetro. Salí de allí y la golpeé con una piedra pesada, pero no logré hacer ni un solo rasguño a ese pedazo de hojalata. Entonces descubrí que tenía restos de comida. Cogí mi enorme cuchillo e intenté quitarle los restos... ¡Imposible!

—¡Como con la botella! —exclamó York.

Van Lunteren asintió.

—Le pregunté a la condesa de dónde había salido la cuchara, pero lo único que pudo decirme fue que un día la encontró en la puerta de su casa. ¡Venía envuelta en papel de regalo!

Konstantin York abrió los ojos de par en par.

—¡Como la botella!

—Así es. La cuchara de la condesa me encaminó a la pista definitiva. Ahora sabía que no sólo tenía que buscar botellas sino diversos objetos con características similares. Y desde aquel día empecé a encontrarlos. Un reloj que resistía cualquier golpe de martillo. Una rosa que nunca se marchitaba... ¡No pude arrancarle ni un solo pétalo! Una tarta en forma de corazón a la que no se le podía quitar ni media miga. Un libro cuyas páginas no pude doblar ni rasgar.

—¿Qué significan esas cosas? —preguntó York.

—Sus dueños no lo sabían. Nadie me pudo decir nada acerca de su significado ni de su origen. Nadie excepto un hombre que conocí después, en Grecia. Era un simple pastor que cuidaba de sus ovejas en un campo perdido en las montañas griegas. El hombre era viejo, ya no le quedaba ningún diente en la boca y tenía un bigote en el que pululaban más bichos que en los arbustos de las orillas de la Roca de las Preocupaciones. Sin embargo, lo que me dijo me dejó electrizado. Me contó que él también tenía uno de esos objetos indestructibles. Lo había escondido en un agujero en el tronco de un viejo olivo. Le pregunté si me lo podía mostrar y dijo que sí. Viajamos durante dos días hasta llegar al escondite. Era un árbol viejo y lleno de nudos. Del fondo de un agujero disimulado y bien escondido en el tronco, el pastor sacó una pequeña bolsa de cuero. La abrió y sacó de ella un papel y tres lápices amarrados con una goma. Me pidió que mirara el dibujo del papel. Era un dibujo de un niño. Se veía un avión en una tormenta sobre un mar; tenía las alas dobladas y a punto de romperse. En el mar se arremolinaban peces voraces que parecían esperar a que el avión cayera para devorar a los pasajeros. Detrás de una de las ventanillas pude ver el rostro de un niño que sonreía y no parecía tener miedo de la caída. El pastor cogió uno de los lápices y empezó a garabatear sobre el dibujo sin quitarme la vista de encima al hacerlo. ¡Y no pasó nada! El lápiz no dejó ni una sola raya. Ni siquiera intenté destruir el dibujo.

—¿Le preguntó qué significaba? —se interesó Konstantin York de inmediato.

—Por supuesto. ¡Y por fin recibí una respuesta a esa pregunta! El pastor me contó que desde que había nacido, su padre había ahorrado para pagarle un viaje en avión hasta América. El muchacho debía escapar de la pobreza del pueblo para vivir con unos parientes en América y labrarse ahí un futuro mejor. Cuando tuvo doce años, el padre lo sentó en un avión. El chico llevaba sólo una bolsa de cuero con un trozo de pan, una carta del padre para los parientes y una flauta de madera que siempre había tocado. Mientras atravesaba el Atlántico, el avión entró en una tempestad y parecía que iba a caerse. Al menos eso fue lo que creyó el chico y casi se muere del susto. Entonces juró que si sobrevivía a ese vuelo regresaría a Grecia y llevaría una sencilla vida de pastor. Llegó sano y salvo a América y, así son las jugarretas de la vida, al poco tiempo ya había echado por la borda su promesa y siendo aún muy joven empezó a hacer carrera con negocios oscuros que llevaban a la ruina a otras personas. En fin, no era la clase de futuro que su padre se había imaginado. Sin embargo, un día volvió a caer en sus manos la bolsa de cuero, ya que de vez en cuando sentía nostalgia y la promesa incumplida volvía a su mente para remorderle la conciencia. Abrió la bolsa y encontró el dibujo, envuelto como un regalo. No podía comprender cómo había llegado hasta ahí, pero se acordó de su promesa, regresó a Grecia y se dedicó a ser pastor. En los años siguientes, en sus excursiones en busca de prados jugosos para sus ovejas, el pastor pensaba siempre en el dibujo misterioso. Hasta que llegó a la conclusión de que se lo había enviado la reina del País de Y.

—¿La reina del País de Y? ¿Quién rayos es ésa? —preguntó York—. ¡Usted se burla de mí, Van Lunteren!

—Nada más lejos de la verdad, señor York. El pastor estaba convencido de que la reina del País de Y envía los objetos como el dibujo, la cuchara de la condesa o la botella de Konstantin York. Esos objetos son recordatorios del día Y.

—¿Quiere decir que alguien me mandó esa botella para recordarme algo?

—Para que se acuerde específicamente de un día, una hora, un minuto de su pasado. Sí, señor York, eso quiero decir —contestó Van Lunteren—. Un día en el que tuvo dos posibilidades. Un día como una «Y». Un día en el que su vida se encontró con una encrucijada del destino y usted tuvo que tomar una decisión irrevocable.

—¡Eso es ridículo! Todos los días tengo cientos de posibilidades. ¡Miles! ¡Todos los días tengo que pescar en el océano de las posibilidades! ¡Todos los días! Desde que me levanto hasta que me acuesto —bramó York.

—Pero este día Y fue distinto. Usted tuvo que tomar una decisión muy seria. Y tuvo sólo dos posibilidades. El día Y usted tomó una decisión irrevocable que condujo su vida por un camino específico. Ese día, usted se convirtió en otra persona.

York se quedó mirando al vacío.

—¿Tengo que acordarme de ese día?

—Por si intenta olvidarlo, le enviaron un recordatorio que le recuerda la otra posibilidad del día Y.

—Van Lunteren, ¿usted también tiene un recordatorio de un día Y?

Van Lunteren mostró una sonrisa sarcástica.

—No, no que yo sepa.

—¿Y cómo explica eso? Seguro que un cazacabezas despiadado como usted habrá tenido alguna vez la posibilidad de escoger otro camino.

—Por supuesto, pero yo no quiero olvidarlo. A mí me encanta acordarme de esos momentos de mi vida. Cuando he tenido que escoger entre dos posibilidades, siempre me he decidido, de todo corazón, por la más cruel.

Van Lunteren se rió y cerró los ojos; su vista pareció volverse hacia su interior para saborear en la memoria los momentos pasados, como hace el paladar después de una gran comida.

—¿Y por qué alguien me roba el recordatorio? ¿Por qué no lo deja simplemente ahí donde está? —preguntó York.

—Quién sabe. Quizás el ladrón iba tras otra cosa y se topó con la botella por casualidad. ¡Pero eso mejor preguntémoselo al malhechor mismo!

York saltó de su silla.

—¿Qué? ¿Usted sabe quién robó la botella?

—Como he dicho, desde mi llegada esta mañana he averiguado cosas interesantes. Para este propósito puse una cucharadita del polvo de la verdad en el desayuno de los ayudantes.

—¿Qué? ¿Polvo de la verdad? ¡Pero si lo tengo guardado en estricto secreto!

—Bueno, pues..., yo me permití buscar los ingredientes necesarios en su laboratorio secreto.

—¡Van Lunteren! El polvo de la verdad puede tener consecuencias peligrosas. Una tristeza infinita, por ejemplo.

—¡Para más información acerca de los riesgos y los efectos secundarios nunca consulte a Bleck van Lunteren! Un cazacabezas ve sólo el resultado.

—¿Quién es el ladrón?

—Una joven ayudante, señor York.

—¿Su nombre?

—Se llama Delphine. Una bestia testaruda. Incluso el polvo de la verdad hizo apenas un efecto mínimo en ella.

La respuesta del cazacabezas pareció desconcertar por completo a Konstantin York. Cuando se hubo recuperado un poco, murmuró:

—¡Yo la conozco! Le he dado clase. Me pareció apta para nuestra escuela porque pensé que había cometido un error excepcional. Pero en vez de eso es una ladrona común y corriente.

—Bueno, mejor que ser inocente —exclamó Van Lunteren de buen humor, pero Konstantin York no le prestó atención.

—Pensaba que tendría la base suficiente para convertirse en una doctora. Hasta la habría iniciado en el misterio de la isla.

—Eso de por sí es sospechoso —gruñó Van Lunteren, en una mezcla de celos de Delphine y repugnancia por los doctores secretos—. No recuerdo haberle traído a la tal Delphine.

—No, no. Ella vino por sí misma. Tenía un brillo en los ojos que me recordó a alguien, por eso la recibí.

Konstantin York se sumió en sus pensamientos, que ni siquiera el insidioso cazacabezas podía adivinar.

Después de un rato se puso de pie y caminó hacia la puerta, pulsó un interruptor y las cortinas negras se corrieron lentamente hacia un lado.

El sol se ocultaba detrás de las colinas de la ciudad y una luz pálida caía sobre la sala a través de la cúpula de cristal. York se acercó a una de las ventanas, la abrió y se quedó contemplando la ciudad.

Entonces sintió cómo los músculos y los nervios de la cara le jugaban una mala pasada. De repente sonrió por un instante. Esto lo asustó, y sólo consiguió espantar la sonrisa con un esfuerzo. Después, las comisuras de los labios se le doblaron hacia abajo en un gesto de infinita tristeza. No podía dejar que Bleck van Lunteren lo notara.

Cuando pudo volver a controlar sus gestos, York se volvió hacia el cazador y dijo finalmente:

—En el pozo. ¡Enciérrela en el pozo! Unos cuantos días allá abajo le harán soltar la lengua. ¡Tengo que saber por qué lo hizo! Hay que averiguar qué sabe sobre la botella.

—¿Quiere que prepare más polvo de la verdad? —exclamó emocionado el cazacabezas.

York sacudió la cabeza violentamente y atravesó a Van Lunteren con la mirada:

—¡Ni se atreva! ¡Y si vuelve usted a husmear en mi laboratorio secreto yo mismo me encargaré de asfixiarlo con unos polvos de los que el simple sonido del nombre lo dejará de piedra!

Van Lunteren intentó mostrar una sonrisa de disculpa, pero sus largos bigotes le temblaban, como hacían siempre ante el peligro. Entonces se retiró rápidamente y dejó solo al director.

La caída de la botella

Cuando Finn regresó a su guarida después de la visita a Daphne Roth, el hilo seguía intacto.

¡Ensalada! Daphne podía decir lo que quisiera, pero ¿de dónde iba a sacar él una ensalada? Que él supiera no crecía en los tejados ni se servía en los basureros. Entró en la buhardilla a través del tragaluz y encendió el horno. Se quitó la chaqueta y los zapatos, sacó un trozo de pan y un poco de queso rancio de su lata de provisiones, le quitó una punta al queso y la puso de señuelo en una ratonera que había en un rincón. Después, con la botella en la mano, se acomodó en la hamaca de tal forma que los calcetines mojados quedaban sobre el horno para que se secaran.

Mientras sus dientes luchaban por mordisquear el pan duro, Finn examinó la botella. Lo intranquilizaba. Tenía la sensación de que era de mal augurio y estaba seguro de que los doctores secretos inspeccionarían cada recoveco de la ciudad en su busca. Lo último que quería era arriesgarse a que la botella guiara a esos tipos misteriosos hacia su guarida. ¿Qué había dicho Daphne? «Andan siempre en busca de jóvenes que hayan cometido errores graves.» Bueno… ¡Felicidades! ¡Él sí que sería una buena presa para los doctores secretos! Con él no se equivocarían. A lo mejor la botella enviaba señales secretas a su dueño, tal como había leído una vez en algún libro. Se acercó la botella al oído, pero desde la visita a Daphne ya no había vuelto a oír nada. Delphine también quería seguirle la pista al secreto de la botella. ¿Qué pretendería ella? Finn olisqueó el queso y después se lo metió en la boca. Sabía asqueroso, pero se lo tragó de todos modos.

¡No! Incluso aunque lograra destruir la botella, no rompería su promesa justo por la chica que había hecho que uno de los doctores secretos se acercara a su guarida. Por muy fascinante que ella le pareciera. Pero eso de que supiera su nombre anterior era sospechoso. ¿Quién se creía? Él vivía escondido en los tejados para olvidar y no para asumir la responsabilidad de nada. Tenía que deshacerse de la botella, y ya sabía dónde.

De repente se oyó un chasquido en el rincón de la buhardilla. Finn se levantó y encontró la cena de *Six* en la ratonera. «¡Esta misma noche! No puedo perder ni un solo minuto, tal vez ya estén en camino buscándola...», murmuró mientras metía en la chaqueta el ratón muerto. Con el último bocado de pan todavía en la boca, se deslizó entre los zapatos y se los ató un poco más fuerte que de costumbre. Después de ponerse la chaqueta, guardó la botella en el bolsillo interior y trepó al techo, volvió a sellar el tragaluz y esta vez se encaminó en la otra dirección, hacia la catedral.

Desde el techo de la jefatura de la policía podía llegar, después de varias estaciones intermedias, a uno de los andamios que había frente a la catedral, que rodeaba una de las inmensas torres como un enmarañado vendaje de yeso. Finn llegó hasta ahí con un brinco enérgico; por el momento, subir los peldaños era un simple juego de niños. Sin embargo, el andamio se acababa más o menos a la mitad de la torre.

Finn miró hacia arriba. La punta de la torre se clavaba en las nubes como si quisiera abrir un hueco en busca de nieve fresca. Ahora tenía que planear con cuidado su ruta de escalada, pues ya empezaba la parte espinosa. No podía dejar que lo alumbraran los rayos de los reflectores, que se apagaban a media noche.

Ningún otro punto de la ciudad era tan difícil de escalar como las torres de la catedral, a excepción quizá del techo de cristal de la Escuela de las Preocupaciones, en el que sencillamente no había asidero al que agarrarse. Pero esta escalada se podía comparar con la pendiente de una montaña. A veces, cuando llovía, verdaderas cascadas caían sobre los tejados grandes y pequeños del edificio, o desde las elevadas y majestuosas gárgolas. Después de una intensa nevada como la de la noche anterior, Finn debía tener cuidado, sobre todo, con las avalanchas.

Otro problema eran los violentos campanazos. Las ocho campanas colgaban de la punta de las torres cual enormes bocinas de hierro fundido, sostenidas desde arriba por la parte más delgada. Una mirada hacia el reloj iluminado de la estación le mostró que faltaba menos de media hora para que las campanas dieran las doce. Si entonces seguía a la altura de las campanas, se le podría romper el tímpano.

Rápidamente se puso los guantes, con los que perdía sensibilidad en las manos, pero de este modo se libraba de tocar los excrementos de las palomas en los ángulos y salidizos de las piedras.

Tras unos pocos minutos ya se había olvidado de todas sus angustias. Sólo pensaba en el próximo asidero, el próximo paso. No pensaba en Coco, ni en su vida anterior, ni en Delphine, ni en la botella. Sólo al oír un chillido que sonaba a *Six* y que venía del sur de la inmensa nave de la iglesia, la cual alcanzaba a ver ahora, volvió a pensar en el objetivo de su expedición.

Faltaban siete minutos para el toque de las campanas, así que debía darse prisa. Acababa de dejar la parte maciza de la torre y empezaba a escalar por la punta expuesta al viento. A partir de ahí, ésta se hacía cada vez más y más delgada hasta terminar, mucho más arriba, en la corona.

No había alcanzado la cima cuando sonó la primera campanada. Rápidamente buscó apoyo firme, se reclinó contra el muro y se tapó los oídos con las dos manos. Le vibró todo el cuerpo, pero ya estaba bastante lejos de las campanas como para sufrir daños en el oído o caerse. Contó las campanadas, y justo después de la duodécima siguió escalando.

Poco después se apagaron los reflectores, y Finn quedó solo en medio de una oscuridad absoluta. Abajo, a lo lejos, centelleaban los faroles de la calle y los carteles de publicidad. Entonces escaló aún más rápido los últimos treinta metros, en parte también para que las manos se le calentaran. Por aquí y por allí se topó con alguna que otra piedra congelada y se resbaló dos veces, pero alcanzó a sostenerse justo en el último minuto, hasta que finalmente llegó a la cima de la torre sur de la catedral. Jadeando, y apoyado en los pies y las manos, disfrutó la vista desde el punto más alto de la ciudad.

Entre tanto, las nubes se habían dispersado. Así pudo ver

las luces de las ciudades vecinas a la orilla del río. Las pocas personas que salían de la estación a estas horas parecían hormiguitas desorientadas.

No podía ponerse de pie, pues lo habría tumbado la más mínima ráfaga, y era muy probable que su cuerpo no tuviera las mismas características que la botella. Se acostó boca abajo, cerró los ojos, giró sobre su propio eje y respiró profundo. A Finn le encantaba esa sensación, que le hizo pensar en *Six*. Lanzó un silbido agudo y vio cómo se acercaba zumbando desde lo lejos.

Esta vez le arrojó su cena de frente y se rió con fuerza al ver la majestuosidad con que el halcón interrumpió la caída libre de su presa, la atrapó en el aire con sus garras y se retiró a un lugar tranquilo para devorarla en paz.

Sólo entonces volvió a acordarse del motivo de su escalada. Allí, en el punto más alto de la ciudad, escondería la botella. La imponente corona de la punta tenía una pequeña cavidad que parecía hecha ad hoc. Allí se podía pudrir esa maldita cosa, fuera lo que fuese, y Konstantin York podía devanarse los sesos,

pero ni él ni ninguno de los doctores secretos la encontrarían jamás. Y tampoco Delphine. El chico tuvo que reconocer que esto no le gustaba. Por otra parte, si ella hubiese preparado mejor su huida, tal como Finn lo había hecho siempre, no se habría visto en esa situación. Quizá le confesaría dónde la había escondido, si es que se volvían a ver. Entonces ella podría demostrarle si sus habilidades alpinistas también le servían para escalar la torre... Siempre y cuando antes no cayese un rayo en la corona e hiciera trizas el misterio de la botella.

Con cuidado, Finn sacó la botella del bolsillo interior de la chaqueta y la miró por última vez. Estaba a punto de meterla en la cavidad de la corona cuando se resbaló sobre la superficie congelada y el objeto de vidrio se le escurrió de la mano. Lanzó un grito e intentó atraparla como a un jabón mojado. Imposible. Miró hacia abajo: no se veía ni un alma, por suerte.

Six, que había visto todo desde su posición, confundió la botella con un buen trozo de comida y se lanzó en picado. Finn, después del sobresalto inicial, pudo disfrutar de la escena. Mientras la supuesta presa se hundía en el abismo, el halcón dio varios picotazos en ella, uno tras otro, lanzando chillidos cortos y agudos con la euforia del cazador. Pero poco antes de llegar al suelo volvió a elevarse y se posó sobre el arco de un farol, como si quisiera contemplar en calma el espectáculo de la caída. Finn también se acomodó y miró hacia abajo. Ya no podía ver la botella desde ahí arriba, pero calculó el punto aproximado en el que caería. Y cuando *Six* volvió a lanzar una especie de chillidos y a revolotear emocionado, supuso que su halcón celebraba la visión de la botella hecha añicos. No podía imaginar que la botella sobreviviría a esa caída, indestructible dondequiera que fuera, y escudriñó con la mirada para tratar de distinguir algo.

Abajo, el lugar estaba vacío y tranquilo. Sin embargo, de pronto, el rostro se le congeló en una mueca. Cuatro figuras diminutas salieron desde distintos lados y se reunieron en un mismo punto frente a la catedral. Llevaban largos abrigos blancos y sombreros negros.

El chico de la nada

Finn contuvo el aliento y escondió la cabeza automáticamente cuando los doctores secretos se reunieron y escrutaron el cielo alrededor de las puntas de la catedral. ¿Podrían verlo, parado frente al fondo oscuro de los bloques de piedra? ¡Imposible! Con cuidado, asomó la nariz por fuera de la sombra de la corona de la torre. Temblaba. Se preguntaba qué diablos los había atraído hasta allí. Y la respuesta le vino a la mente justo al preguntárselo. ¡Habían seguido a Six! Con sus sonidos agudos y sus llamativas maniobras aéreas, su mejor amigo los había guiado hacia la botella. Además, uno de los doctores secretos y el halcón ya se conocían. Six se desprendió del farol en ese momento, aleteó con fuerza varias veces y se puso a salvo entre las grietas de la inmensa nave lateral de la catedral.

Finn se rió maliciosamente al ver cómo los doctores secretos escarbaban entre la nieve que cubría el suelo. No mucho después, y a pesar de la distancia, advirtió cierta agitación en el atrio de la catedral entre el cuarteto de los abrigos blancos, que abandonaron la búsqueda, juntaron las cabezas y se organizaron. Poco después salieron corriendo y desaparecieron por la calle que iba de la catedral hacia el río.

Finn decidió descender de inmediato. ¿Habría sobrevivido la botella a esa caída? ¿Habría puesto él en manos de los doctores secretos el secreto de Konstantin York? ¡Ojalá Delphine no se enterara nunca! Durante el descenso, Finn se asomaba desde ciertos lugares, divisaba la calle que iba hasta el río y vigilaba la orilla que llevaba hacia la isla donde estaba la Escuela de las Preocupaciones. Así pudo ver que los doctores secretos cruzaron a toda velocidad el puente en cuanto éste se elevó a través de las aguas del río. Claramente no podían llegar a la escuela tan rápido como querían. Cómo le habría gustado a Finn saber qué tenía de especial la botella que hacía correr de esa forma a los doctores secretos.

Casi en el mismo instante en que ellos llegaron a la isla, él puso los dos pies en la tierra. En el atrio de la catedral no había ni un alma a diestro y siniestro, pero aun así tuvo mucho cuidado. Quién sabe qué estrategias utilizarían esos tipos. Finn corrió hasta el lugar donde debía de haber caído la botella y se arrodilló sobre la nieve. Deslizó la mirada lentamente sobre la superficie blanca. Los doctores secretos habían registrado cada centímetro cuadrado y las siluetas de sus pesados zapatos negros habían dejado en la nieve un caótico muestrario de surcos. Para su sorpresa, no encontró ni una sola esquirla. ¿Acaso habían recogido absolutamente todo para llevarle a su maestro un rompecabezas, la botella hecha añicos?

Finn se levantó y recorrió el área con pasos muy cortos, pisando la nieve por aquí y por allí y pateando como un futbolista los trozos congelados y endurecidos. Registró la base de la fuente dispuesta sobre una columna de piedra, por la que en verano manaba agua en una pileta cubierta de mosaicos. Caminó frente a la fachada del café donde los turistas se pasaban el día entero martirizando sus cámaras para retratar la catedral desde todos los ángulos posibles. Se agachó, miró de reojo bajo los coches estacionados y tanteó por detrás de los neumáticos. Pero no encontró nada, ni una sola triza. Los doctores secretos habían hecho su trabajo a conciencia, y Finn no pudo dar con ningún indicio sobre la suerte de la botella. Entonces se acercó a la estatua del caballero, que estaba hacia un lado del atrio, para hacer un último intento. Levantó la vista hacia el pedestal y contempló al caballero sentado sobre su caballo y cubierto de pátina. Antes, éste era uno de los lugares que más le gustaba pintar. Primero, porque no podía soportar al tonto ese con su espada. Y segundo, porque estaba especialmente prohibido y todos se escandalizaban cuando lo hacía. Todavía no podía entender por qué los anuncios que brillaban sobre los edificios más bellos y antiguos de la ciudad no molestaban a nadie y en cambio perseguían a los muralistas como si fueran asesinos.

Pero ¿acaso le importaba eso ahora? No. ¡Esos tiempos se habían ido para siempre!

Paseó la mirada por el suelo. Ni rastro de la botella o de sus restos. Sin embargo, fue otra cosa la que le llamó la atención. ¿Qué era? Cerró los ojos e intentó recordar. Los doctores secretos llevaban zapatos, ¿no? Claro, unos zapatos negros y pesados con suelas gruesas. Pero entonces ¿qué era eso de allí? Finn se agachó y examinó detenidamente su descubrimiento. No se había equivocado. Al otro lado de la estatua había unas pisadas, y aún estaban frescas. De repente, al comprender por qué lo sorprendían, no pudo contener un grito ahogado. ¡No eran pisadas de zapatos sino de pies descalzos! Por ahí tenía que haber pasado unos pocos minutos antes, quizá justo en el instante en que él descendía de la torre, alguien que iba descalzo.

Finn siguió las huellas, que sólo podían ser de un loco que se entrenaba para una expedición por las regiones árticas. ¿Acaso pretendía comprobar si los dedos gordos en verdad se congelan cuando hace el suficiente frío?

Al otro lado de la estatua, las huellas subían por una escalera y seguían hacia el terreno rodeado por un muro en el que trabajaban los picapedreros. Ahí reposaban las piedras de los frescos de la catedral, cabezas de santos misericordiosos y demonios tenebrosos, que habían tenido que abandonar temporalmente su lugar en el frontispicio de la catedral porque el ácido de la lluvia había corroído sus rasgos con el pasar de los años. De día, uno podía ver cómo los picapedreros renovaban el rostro de sus pacientes con el cincel y el martillo.

Las huellas pasaban por un hueco entre el muro y el suelo, pero aquél era demasiado estrecho para Finn. Miró a la derecha y a la izquierda para confirmar que no había moros en la costa y con un brinco trepó a la parte superior del muro. Desde ahí pudo ver que las huellas seguían hasta el otro lado.

Bajó con otro brinco y se encontró ante una legión de estatuas enfiladas como un ejército de soldados, dispuestas sobre unos soportes de madera. Algunas lo miraban con espanto, y Finn creyó percibir en esos rostros el dolor causado por las inclemencias del tiempo.

Al oír un lamento, se estremeció. ¿Acaso su imaginación

volvía a burlarse de él haciendo que objetos inertes gritaran y se quejaran? ¡Ahí estaba otra vez ese quejido lastimoso! Finn siguió el ruido y se deslizó entre dos gigantes de piedra descompuestos por el clima. Tenía que ir con mucho cuidado, pues si uno de esos monstruos se le venía encima lo aplastaría como a un insecto.

De repente, entre dos tristes ángeles a los que les habían roído las alas los ratones, Finn se topó con el rostro abatido de un chico que tenía más o menos su misma edad y que, claramente, no era de piedra. Se había escondido detrás de dos cajas de madera llenas de serrín con la esperanza de que éstas lo calentaran. Las huellas de los pies descalzos eran suyas, sin duda.

Finn se quedó como congelado, mirándolo fijamente. El chico llevaba una camiseta naranja de manga corta y un pantalón azul claro. Su pelo rubio rojizo estaba mojado. Tenía los labios azules por el frío y la mirada de sus ojos oscuros estaba tan vidriosa que parecía como a punto de despedirse de este mundo.

Al despertar de su estupefacción, Finn se precipitó hacia el chico y tuvo que tocarlo para asegurarse de que no era un espejismo. El cuadro era demasiado irreal. Le pellizcó las mejillas para ver si todavía reaccionaba.

—¿Cómo te llamas? ¿Qué haces aquí? —le gritó.

En respuesta recibió una vez más ese quejido lastimoso.

«Tal vez los doctores secretos lo han perseguido para convertirlo en un ayudante», pensó. Finn se quitó rápidamente la chaqueta y lo envolvió con ella. Levantó hasta las orejas el largo cuello de piel y le frotó los pies, que estaban tiesos y helados. De inmediato supo que tenía que llevarlo a un lugar caliente. Aunque era más delgado que Finn, no podía cargarlo al subir por los tubos del edificio de correos hasta su guarida. Además su provisión para el horno sólo alcanzaría para una hora más.

Finn se echó al chico sobre los hombros y corrió por el camino más corto hacia la guarida de Daphne Roth.

El sello

Una vez más, los cuatro doctores secretos estaban sentados en sus puestos en la sala de cristal. Sin embargo, esta vez no hablaban sino que se llevaban las manos a la cara nerviosamente, aunque el director aún no había llegado.

El motivo era Bleck van Lunteren. Ahora se veía más fresco y voraz que un par de horas antes, pues había dormido lo suficiente como para aguantar una larga cacería despiadada y sin descanso. De pie junto a la silla del director, contemplaba a los doctores secretos como si marcara con la mirada la parte de sus cuerpos que se disponía a morder, para lo que sólo necesitaba la autorización de su jefe.

Cuando Konstantin York irrumpió en la sala, los doctores secretos estaban desesperados. En lugar de su vestimenta blanca de trabajo, llevaba una bata de terciopelo verde; en el cuello se podían ver, en letras plateadas, las iniciales «Y. K.». Todos sabían qué significaban esas iniciales, pero Konstantin York no podía dirigirse a ninguno de los doctores secretos por su nombre.

—Señores míos, ¿tienen algo que decirme? —preguntó York. Su voz tenía un tono malicioso, como si le hubieran anunciado un hecho sensacional en el que no creía del todo.

—Ciertamente, señor director. ¿No podemos discutirlo entre nosotros? ¿Acaso «él» tiene que estar presente? —preguntó Smith, intercambiando miradas furtivas con los demás doctores secretos.

—¡Empiece ya mismo, Smith! —exclamó York sin hacer caso a la petición.

—Sí, señor director. Desde que oscureció, rastreamos toda la ciudad. Dos de nosotros fuimos hacia el lugar en el que la botella había sido vista por última vez para romper los tubos e inspeccionarlos. Los otros dos registraron el alcantarillado bajo las calles hasta su desembocadura en el río. Aun así, no dimos con ningún rastro de la botella por ningún lado. Así que decidimos prestar atención a las aves de rapiña. Y entonces, en efecto, oímos unos chillidos sorprendentes. Venían del gran atrio frente a la catedral. Todos nos reunimos allí de inmediato y vimos a un joven halcón.

—Ah, ¿sólo uno? ¿No una bandada entera? —gruñó Konstantin York, lanzándole una mirada mortal a Lámass, que se enrojeció como un colegial descubierto in fraganti.

—Sólo uno —dijo Smith—. A continuación, el halcón revoloteó frenéticamente y luego se posó sobre un farol. Poco después oímos un golpe sordo. Todos corrimos al tiempo, registramos el suelo y sobre la fina capa de nieve encontramos la botella.

—¡Muéstrenmela! —ordenó York.

En ese instante, González extendió sobre la mesa, frente al director, una base de madera labrada expresamente para la botella. Smith, por su parte, hurgó en la maleta de cuero negro que estaba junto a su silla, sacó la botella y la puso sobre la base, como si se tratara de una botella de vino costosísima.

Con mucho cuidado, Konstantin York la levantó con las dos manos y la observó un buen rato. Le dio vueltas por un lado y por otro, revisándola como un médico a un paciente especialmente delicado. Cuanto más se prolongaba la revisión, más nerviosos se ponían los doctores secretos.

Después de un tiempo, York volvió a dejar la botella sobre la base y exclamó:

—¡Les estoy muy agradecido, señores míos! Hoy se han hecho merecedores de la gratitud de la Escuela de las Preocupaciones. ¡Bleck van Lunteren custodiará esta botella para toda la eternidad! Ahora ocúpense de los preparativos para la subasta. Todo depende de ustedes. Sólo faltan unos pocos días para el gran momento.

Bleck van Lunteren se acercó al director por detrás de la silla.

—¿Me permite, señor York?

Apartó de la base la botella, sacó una enorme lupa de uno

de los bolsillos laterales de su pantalón de cazador y la examinó por su cuenta, prestando especial atención al sello que cubría el pico. Los doctores secretos casi ni se atrevían a respirar. Una tensión inexplicable les cubría el rostro.

Van Lunteren, que parecía haber concluido su revisión, se inclinó y susurró algo al oído del director. Éste frunció el ceño, como si no hubiera entendido bien, pero después asintió. Van Lunteren tanteó con dos dedos la posición de su bigote y exclamó para todos:

—¡Ustedes querían engañar a su director, el señor York!

Los doctores secretos se lanzaron entre sí miradas fugaces. Ninguno miró al cazacabezas. Finalmente intervino Smith, con el rostro enrojecido:

—¡Claro que no, Van Lunteren! Cuando encontramos la botella, el sello estaba roto. Se le había desprendido la mitad, pero se lo volvimos a poner con mucho cuidado. Estuvo abierta sólo unos instantes, ¡se lo aseguramos!

—Van Lunteren, nosotros creemos —añadió Lámass con cierta arrogancia— que ahora la botella está mejor cerrada que antes.

—¿Ah sí? ¿Eso cree usted, Lámass?

Lámass se atrevió a asentir. Van Lunteren añadió de inmediato:

—Resumamos: la botella se precipitó a través de un laberinto de tubos del desagüe. Alguien, a quien no conocemos, la encontró. Después cayó casi en sus narices en el atrio de la catedral. Quizás alguien la lanzó desde alguna de las coronas de las torres de la catedral, uno de los puntos más altos de la ciudad, ¿quién sabe? ¿La botella tenía algún rasguño cuando al encontraron?

Van Lunteren gritaba tanto que las paredes temblaban.

Aparte de Jungbluth, los doctores secretos menearon la cabeza enérgicamente.

—¡No, ni uno solo!

La mirada de York se oscureció. Parecía intuir hacia dónde apuntaba Van Lunteren.

—¿Y cómo explican que la botella no se rompiera? —preguntó el cazacabezas.

—No podemos explicárnoslo, Van Lunteren. La botella parece estar hecha de un vidrio normal, más bien delgado, y tendría que haberse roto a pesar de la capa de nieve sobre la que cayó.

Ahora se podía oír la respiración de York. Van Lunteren pesó la botella con la mano derecha lentamente, formó una garra firme con sus dedos largos y anchos y aumentó la presión hasta que se le enrojecieron las mejillas. De repente, ¡la botella estalló! Se rompió en miles de esquirlas de vidrio que les rozaron las orejas a los doctores secretos. Todos se pusieron a salvo en un santiamén. Konstantin York se cubrió los ojos con una mano.

El director no estaba menos sorprendido que los doctores secretos. Miraba fijamente el barco que se había liberado de la botella y ahora reposaba frente a él sobre la mesa. De pronto, alzó un brazo y le dio golpes con el puño, una y otra vez, hasta que el orgulloso buque quedó reducido a un naufragio de tablas y astillas. Cuando los doctores secretos se atrevieron a mirar de nuevo, notaron que la mano de York sangraba, pero a él esto no pareció importarle.

Van Lunteren señaló:

—La fuerza que alguna vez estuvo encerrada en esta botella y que la hacía indestructible, se escapó de ella al romperse el sello. La fuerza es virulenta.

La palabra «virulenta» recorrió la habitación como algo espantoso. Como si la fuerza misteriosa de la botella fuese una enfermedad.

Los doctores secretos se miraron fijamente unos a otros. Parecían no tener ni la menor idea de lo que decía Van Lunteren.

El cazacabezas volvió a inclinarse y susurró algo al oído del director. York asintió sólo ligeramente, mientras limpiaba los escombros del barco con la mano izquierda, y dijo:

—Váyanse. Hagan su trabajo. La subasta tendrá lugar dentro de siete días. Cazadores de polvos venidos de todas partes del mundo visitarán la Roca de las Preocupaciones. No se puede producir ni el menor error durante los preparativos. En el momento adecuado recibirán más instrucciones.

—Disculpe, señor director. Al parecer usted y Van Lunteren consideran que la botella es peligrosa. ¿Me permite preguntarle qué clase de peligro emana de esa botella? —Sólo Jungbluth se atrevía a hacer ese tipo de preguntas.

Era evidente que York le tenía cierto respeto. Van Lunteren formó dos garras con sus puños y, en respuesta y gustosamente, habría cogido a Jungbluth por el cuello. No obstante, Konstantin York se lo impidió levantando la mano. El director formuló su respuesta como otra pregunta.

—La rueda de los elementos que vemos en esta mesa muestra 114 abreviaturas. Cada abreviatura designa un elemento. ¿Cuál es la característica de un elemento?

—Los elementos son materias básicas, de las que se compone todo lo que existe en nuestro universo. Un elemento no se puede descomponer, señor director.

—¿Y no podríamos pensar en descomponer un elemento?

Smith, Lámass y González no pudieron contener una risita. Sólo Jungbluth permaneció serio.

—¡Es completamente imposible! —respondió—. ¡El intento de descomponer un elemento lo destruiría! Y una devastadora reacción en cadena destruiría todo lo que contiene ese elemento. Como un océano que se evapora en el transcurso de una hora.

—Así es, perfecto. Ésa es la respuesta a la pregunta acerca del peligro que emana de la botella. En este caso nosotros somos el océano, para seguir con su ejemplo, Jungbluth.

La sonrisa en el rostro de los doctores secretos se transformó en una mueca de espanto. Para los investigadores de polvos, evaporarse era una de las visiones más aterradoras.

—Ahora váyanse —repitió York, y un lúgubre bufido de Van Lunteren puso en marcha a los doctores secretos, que abandonaron la sala a toda velocidad.

Cuando se fueron, York se hundió en su silla.

—Van Lunteren, ¿qué pasó con la botella? ¿Cómo fue posible que la destruyera?

El cazacabezas dejó escapar un quejido.

—Yo, eh, aún no lo sé. Debe de tener algo que ver con lo que sucedió en su día Y, señor York. Deme una pista para saber por dónde puedo empezar.

Al decirlo, Van Lunteren olisqueó el aire con su nariz de ratero. York saltó de su silla y dio vueltas por la sala. No parecía que fuera a revelar nada sobre su día Y. A lo mejor tampoco podía. No conseguía dejar de pensar en la botella y en el peligro que emanaba de ésta. Mientras seguía dando vueltas alrededor de la mesa, ponía a prueba la paciencia del cazacabezas. De repente se detuvo justo bajo la cúpula de cristal, inmóvil, como petrificado. Ningún movimiento delataba que, en ese momento, rebuscaba recuerdos en su memoria como un perro pastor rebusca en las praderas las ovejas que se le han escapado. Tardó una eternidad en volver a moverse. Su mirada clara le reveló al cazacabezas que finalmente había llegado a una conclusión.

—¡Preste mucha atención, Van Lunteren!

El cazador se dio cuenta de inmediato de que el director ya no era el mismo que, hasta hacía poco, había aceptado que se le hicieran preguntas y se le contradijera. Había vuelto a ser el director, el gran maestro de la Escuela de las Preocupaciones.

—¡Quiero hablar con la ladrona mañana temprano! Espero que la estancia en el pozo le haya traído las ganas de hablar. Le pondré una trampa para averiguar qué está tramando.

Van Lunteren gruñó:

—¿Y qué hacemos si es tan astuta como para salirse con la suya?

—¡Entonces usted podrá darle todos los polvos que encuentre y encerrarla en el pozo hasta que entre en razón!

York abandonó la sala a toda prisa, sin siquiera volver a mirar a Van Lunteren. El cazacabezas sonrió maliciosamente y murmuró: «Esto por fin empieza a volverse divertido».

Rímini

Finn llegó casi sin fuerzas al refugio de Daphne Roth. El chico que llevaba en hombros no daba señales de vida. Golpeó tres veces en la puerta de la barcaza:

—¡Daphne, rápido! ¡Abre! ¡Por favor!

Entonces oyó el gruñido soñoliento a través de la puerta.

—¡Ya es suficiente, Finn Hasselblatt! ¿Y ahora qué puede ser tan importante?

Al abrir la puerta y ver que Finn tenía el rostro bañado en lágrimas, Daphne supo que iba en serio.

—Es como cuando lo de Coco. Un chico. Ha dejado de temblar y de quejarse. Con seguridad está muerto —sollozó.

Daphne le tomó el pulso rápidamente.

—No digas tonterías. ¡Está vivo! Llévalo hacia donde está el horno.

Finn corrió hacia el interior de la barcaza y acostó al chico en un sofá verde que estaba junto al horno. Daphne iba detrás.

—¡Échale leña! ¡Toda la que quepa! —ordenó, mientras empezaba a examinar al chico. Le alzó los párpados y le revisó las pupilas. Corrió al dormitorio y regresó con un termómetro—. ¡Ve al fondo y trae una olla con agua! ¡Ponla sobre el horno! ¡Luego ve al cuarto de baño y trae el calientapiés! En el dormitorio hay unas mantas. ¡Rápido!

Finn no desperdició ni un segundo. En cuanto terminó de hacerlo todo, se acurrucó junto al sofá y arropó al chico mientras Daphne leía el termómetro.

—Muy por debajo de la temperatura normal. Voy a hacer té. Enseguida vuelvo.

Finn observó la cara del chico. Aunque no era ni más grande ni más fuerte que él, quizás era unos dos o tres años mayor. El azul empezó a desaparecer lentamente de sus gruesos labios y éstos recuperaron su color normal. Las comisuras de la boca estaban arqueadas como en la gente a la que le gusta contradecir. El frío de sus dedos largos y delgados también empezó a ceder. Poco a poco, el chico empezó a tiritar de nuevo, una señal de que tal vez estaba a punto de despertar.

Daphne regresó con una tetera humeante, unas tazas y un kilo de azúcar. Finn se sirvió una taza; acababa de darse cuenta de que había hecho todo el camino desde la catedral hasta el refugio de Daphne sin chaqueta. Tal vez también era el susto lo que le hacía temblar. Daphne vertió el agua caliente en el calientapiés y lo puso sobre los pies del chico. Luego sirvió un poco en una taza.

—¿Dónde lo has encontrado?

—Junto a la catedral, donde trabajan los picapedreros. Se había escondido allí. Creo que lo perseguían los doctores secretos.

—Entonces ha de ser una buena pieza. Qué ropa más rara lleva. Como si se hubiera vestido para congelarse.

Finn sorbió el té y sintió cómo la taza caliente ahuyentaba el frío de sus manos. Le contó a Daphne su escalada a la catedral y lo que había sucedido después.

—Daphne, tú crees que él..., bueno, ¿será que todo está relacionado con la botella?

Daphne sonrió.

—Ay, Finn. Yo he vivido cosas tan absurdas. Sabes..., abajo, en mi cocina, preparo ungüentos prodigiosos. Cremas de hierbas que hacen parecer más jóvenes a mis clientas; pomadas que hacen desaparecer los granos como por arte de magia; pócimas aromáticas que le devuelven a uno el ánimo... Pero las botellas mágicas sólo existen en los cuentos.

—Entonces ya estoy tranquilo —dijo Finn, pero no lo estaba.

—En todo caso, no parece un candidato para los doctores secretos y la Escuela de las Preocupaciones. Mírale las manos. Delicadas y bien cuidadas, como las de un pianista. No me sorprendería que viniera de una familia completamente normal, que en este momento se preguntará dónde está el muchacho.

—Veré si tiene algo en los bolsillos —dijo Finn. Pero antes de empezar a buscar notó que el chico llevaba un collar en el cuello y tiró de él con cuidado para alzar la medalla. De inmediato, reconoció el parentesco con el sello de la botella. Tenía la misma forma: dos serpientes entrelazadas, adornadas con piedras verdes; arriba, dos alas alzadas orgullosamente. Y en medio, la fina cabeza de una figura pequeña—. ¡Daphne, mira, un amuleto!

Daphne dejó la taza de té a un lado y contempló fijamente la joya:

—¡Cielos! ¡Esto debe valer una fortuna! Es titanio, creo, recargado de turmalinas. Algo así sólo puede pertenecerle a un príncipe. Y esa forma me hace pensar en una Y…

Finn hurgó con cuidado en el bolsillo derecho del chico, pero no encontró más que unos grumos de arena. Mientras buscaba en el otro bolsillo, el chico suspiró y Finn se asustó.

—Está a punto de despertarse —supuso Daphne.

Finn siguió tanteando en el otro bolsillo. Al final sacó un papelito, lo desdobló y lo examinó.

—Un billete de un transbordador —comprobó decepcionado y dejó el papel en el suelo—. ¡Nada más!

—¿Un transbordador? Déjame ver. —Daphne cogió el papel y lo revisó—. Ajá…, en efecto. La letra es demasiado pequeña, luego lo investigaremos. No ha de ser tan importante.

El chico abrió los ojos en ese momento. Ahora había más vida en ellos que una hora antes, cuando Finn lo encontró. Su mirada se paseó del rostro de Finn al de Daphne y de nuevo al de Finn, luego deambuló por el salón de la barcaza, se detuvo en una de las imágenes de santos de Daphne y siguió hacia el horno. Parecía como si lo fotografiara todo y lo comparara con sus modelos mentales. Después se palpó el cuerpo con las dos manos, como comprobando que no se le había congelado nada. Finalmente tocó el medallón de su pecho y lo miró.

—¡Hola! —exclamó Finn, que no podía seguir guardando silencio más tiempo—. Yo soy Finn. Y ella es Daphne.

El chico volvió a mirar a Finn, luego a Daphne y otra vez a Finn.

—¿Y ése? —preguntó con una voz tan ronca que parecía

como si necesitara un litro de aceite lubricante. Levantó un dedo y señaló hacia un punto en la pared.

Finn y Daphne siguieron el dedo y se llevaron un susto al ver el gran espejo que colgaba de la pared al pie del sofá.

—Eh, pues, ése... eres tú... —respondió Finn.

—¿Tú? —preguntó el chico.

Finn le lanzó a Daphne una mirada de desamparo. Ella dejó a un lado la taza de té y puso una mano sobre el pecho del chico.

—Ya pasará, muchacho. Bebe un poco primero.

Y le dio una taza de té con mucha azúcar.

Él inclinó la cabeza hacia delante, sorbió un poco y después se bebió toda la taza de un trago.

—Aaaah —exclamó, volvió a poner la cabeza sobre el cojín y cerró los ojos—. Por cierto, «Tú» no es mi nombre —murmuró—. No sé cuál es mi nombre. No logro encontrarlo en mi cabeza.

Finn se puso pálido. ¡Un chico sin nombre! ¿Sería uno de aquellos a quienes sus padres no les daban un nombre porque morirían pronto? La idea surcó su mente como una flecha.

—¿Puedes ponerte de pie? Tienes que moverte —exclamó Daphne de repente. Recogió las mantas y le ayudó a levantarse—. Ven conmigo —dijo, guiándolo hacia el dormitorio.

Finn iba detrás y comprobó que el chico casi no se tambaleaba; parecía que recuperaba sus fuerzas.

—Mira, yo ando en este aparato un rato todas las mañanas. ¿Puedes hacerlo? —preguntó Daphne señalando una bicicleta estática—. Es tan exigente como una bicicleta normal, pero te quedas siempre en el mismo lugar. ¡Sube e inténtalo!

Sin dudarlo, el chico subió a la bicicleta y empezó a pedalear. Parecía que se estaba divirtiendo.

—¿Cuál es la montaña más alta del mundo? —preguntó Daphne súbitamente.

El chico no dejó de pedalear al responder:

—El monte Everest, en las montañas del Himalaya. Tiene 8.848 metros de altura. Los primeros en escalarlo fueron Edmund Hillary y su compañero Tensing Norgay, en 1953.

—¿Cómo se llaman tus padres? —Daphne parecía un detective.

—¿Mis padres? ¡Ni idea! —respondió el muchacho.

—Tampoco es tan importante —murmuró Finn melancólico.

Daphne lo miró rápidamente.

—¡El caso está clarísimo! —exclamó y regresó al salón. Finn la siguió, mientras el chico seguía pedaleando en el dormitorio.

—¿Clarísimo? ¿A qué te refieres? —preguntó Finn en voz baja.

—Nuestra memoria tiene, a grandes rasgos, cuatro partes. Una para el lenguaje, una para los impulsos del movimiento y otra para todo lo que aprendemos en la vida. El chico tiene estas tres partes en orden —respondió Daphne.

—¿Y la cuarta?

Daphne bebió otro sorbo de té y dejó la taza en posición vertical sobre la boca hasta que el resto de azúcar que estaba en el fondo empezó a caerle en los labios; aun así respondió:

—La cuarta parte... —retumbó desde la taza— es la memoria personal. Se conoce como memoria episódica: lo que uno ha vivido, de dónde proviene, cómo se llama, etcétera. Lo que tiene que ver con la vida personal, con datos de lugares y de momentos. Todo eso se le ha olvidado.

—¿Para siempre? —preguntó Finn, que se sentó en el sofá.

—Eso está por ver... ¡Muchacho! ¡Ven!

El chico regresó al salón.

—¿Te molestaría que te corte el pelo?

Él se llevó las manos a la cabeza y se pasó los dedos por su melena rubia rojiza como si fuera un peine:

—¿Duele mucho?

Daphne se rió.

—No, ven, siéntate aquí —dijo, dando dos palmadas en la silla roja de peluquería que estaba en el centro de la habitación.

El chico se sentó y Daphne hizo girar la silla para que pudiera verse en el espejo. Le puso una pequeña toalla sobre los hombros y le tanteó el pelo con los dedos; de repente, sacó las tijeras del bolsillo de la bata y empezó a cortárselo con movimientos rutinarios. Finn se quedó mirándola y de pronto tuvo la sensación de que estaba en otro mundo. El chico, por su parte, contemplaba fijamente el espejo, como para acostumbrarse a su propia imagen.

Después de terminar, Daphne recogió el pelo y dijo:

—Regreso dentro de un rato.

Finn asintió distraído y se quedó pensando en qué nombre podría darle al chico. Estaba tan feliz de que hubiera sobrevivido. Por un instante había pensado que tendría que volver a vivirlo todo como aquella vez... Finn se apretó el pecho con el puño para ahuyentar esos pensamientos.

—¿Por qué haces eso? —preguntó el chico mientras giraba en la silla lentamente, igual que hacía Finn cuando se sentaba en sillas giratorias.

—Ah, porque sí —respondió Finn.

Sin embargo, por dentro, se preguntó por qué tenía que acordarse de la postal justo en ese momento. Buscó su chaqueta en el otro extremo del sofá, hurgó en uno de los bolsillos interiores y sacó una postal que estaba tan sucia y gastada como si la hubieran enviado tres veces alrededor del mundo. Finn la llevaba siempre consigo. Se la sabía de memoria. Pero de todos modos la leyó mentalmente. «Hola, Silber, aquí en Rímini todo es fantástico, ¡como en un paraíso! La arena caliente es genial, y el mar es tan azul como el cielo. Aquí uno se olvida de la diferencia entre arriba y abajo, de dónde venimos, de lo que hay que hacer después y de todas esas tonterías. Ni siquiera toda la gente que hay en la playa es un estorbo. Lástima que no estés aquí. En la calle hay un largo muro de cemento en el que podríamos haber pintado todo un ejército de figuras. Hasta pronto, Coco.»

—¡Rímini! —exclamó Finn—. Te llamaremos Rímini.

—¿Rímini? —preguntó el chico—. Suena gracioso.

Finn sintió que se quitaba un peso de encima al encontrar un nombre tan rápido. «Rímini, allí donde uno se olvida de todas las tonterías...», murmuró.

Daphne regresó de su cocina en ese momento. Estaba pálida como un cadáver y le hizo una seña a Finn para que se acercara. Cuando él llegó a su lado, susurró:

—Finn, el muchacho...

—Se llama Rímini —dijo Finn—. ¿Qué pasa con él?

—El muchacho morirá pronto —dijo Daphne con voz ronca.

—¿El muchacho morirá pronto?

Finn no pudo evitar que las piernas le empezaran a temblar.

—Sí, eso por un lado.

—¿Y por el otro? —preguntó Finn a media voz.

—El muchacho vivirá.

—¿Las dos cosas al tiempo?

—Sí, de alguna forma.

—¿Cómo es posible? ¿Morir y vivir?

—No lo sé. Yo sólo sé lo que dice su pelo. Una mitad dice esto, la otra aquello. A mí tampoco me había pasado antes.

Finn tuvo que luchar contra las lágrimas. Una vez más comprobó por qué a Daphne la llamaban también «la Pitonisa Ambigua». Sus profecías eran tan enigmáticas que a veces uno sentía que le iba estallar la cabeza.

—¡No! ¡No puede ser! ¡Nunca! ¡Rímini no puede morir! ¡Si acabo de salvarlo!

Finn se golpeó tan duro el pecho que Daphne tuvo que detenerlo.

—¡Cálmate! Su pelo es muy rebelde. Habla de la muerte y, al mismo tiempo, de la vida más pura, de una energía descomunal capaz de atravesar montañas.

—¿Qué enfermedad tiene? ¿No hay ninguna medicina para curarla?

—No lo sé, Finn. Tampoco estoy segura de que vaya a morir por una enfermedad.

—¿Cuánto falta? Quiero decir, ¿cuánto tiempo nos queda? ¿Cuándo sabremos cuál de las mitades del pelo tiene la razón?

—Ay, Finn —susurró Daphne, acariciándole la cabeza—. Lo sabremos en unos seis días; siete, a más tardar. Ahora acuéstate un rato.

Él apretó el puño.

—¿Crees que me voy a quedar tumbado y sin hacer nada? ¡Si apenas acabo de darle un nombre!

Finn se apartó y se dirigió hacia el salón. Rímini se había quedado dormido en la silla. Respiraba intranquilamente. Finn se quedó mirándolo un buen rato. Con cuidado, le quitó el collar con el medallón y lo guardó en su bolsillo. Luego se puso la chaqueta.

—Daphne, ¡cuídalo bien! ¡No lo pierdas de vista ni un segundo! ¡Regresaré pronto!

Los ojos oscuros de Daphne se estrecharon como ranuras.

—Finn, ¿qué pretendes?

—¡Tengo que ayudarle!

—¿Y cómo piensas hacerlo, Finn Hasselblatt? Casi ni puedes ayudarte a ti mismo.

—Tal vez yo no pueda. ¡Pero conozco a alguien que no se rinde jamás!

Daphne tragó saliva, parecía haber entendido.

—Cuando te encontré aquella vez en la orilla del río...

Finn se puso nervioso al instante.

—... entonces llevabas una mochila plateada.

—Después de lo que pasó con Coco, la arrojé al río —dijo Finn arrepentido.

—Lo sé. Pero lo que tú no sabes es que yo la saqué del agua. Está en el cuarto de baño, detrás de la lavadora. ¡Cuídate mucho, Finn!

Daphne desapareció en su dormitorio.

Finn quedó como petrificado, pero la sola idea de lo que tenía que hacer lo puso en movimiento. Poco después salió a través del puentecillo crujiente y caminó sobre la nieve que cubría el muelle. No se dio cuenta de que una cortina gris se había abierto tras una de las ventanas de la barcaza. Daphne lo siguió con la mirada. Al ver la mochila plateada en el hombro de Finn, el rostro de «la Pitonisa Ambigua» se cubrió de una mezcla de confianza y de preocupación.

Silber

Esa noche, Finn Hasselblatt rompió su promesa. Había trepado desde su guarida hacia el monstruoso cobertizo sobre los andenes de la estación y, sentado entre los soportes de hierro fundido en forma de medialuna —como una sardina entre las costillas de una ballena—, contemplaba a los hombres y los trenes de abajo, a lo lejos. Se quedó inmóvil un rato, persiguiendo con la mirada absorta los trenes que entraban y salían. Vio cómo bajaban las familias, cómo los que llegaban caían en brazos de los que esperaban mientras otros subían solitarios, con una sola maleta, veloces y serenos, cómo si huyeran de la ciudad. Oyó los anuncios de los horarios de los trenes, que ahí arriba en la bóveda se convertían en un zumbido incomprensible. Cuando volvió a entrar un tren largo y el chirrido de sus frenos inundó la estación, Finn aúllo: «¡Cocoooooooooo!», hasta ganarle el duelo a los frenos. «¡Por favor, perdóname! Tengo que hacerlo», murmuró. Se echó al hombro la mochila plateada y descendió del techo de la estación hacia la calle.

Empezó a correr tan pronto como volvió a pisar suelo firme, pues aunque la noche acababa de caer, podía resultar demasiado corta para su plan. Corrió por toda la avenida que llevaba directo a la zona en la que solía estar su hogar, donde había casas con jardines hacia la calle y mucho espacio para pocos habitantes.

Al divisar una casa blanca con postigos verdes, se detuvo y titubeó. Sabía que esos últimos pasos serían los más difíciles. Pero entonces tomó impulso, saltó el pequeño muro del jardín de delante y recorrió de puntillas el estrecho sendero que bordeaba la casa y atravesaba un gran césped hasta la espaciosa caseta de herramientas que estaba en una esquina del terreno. Palpó por arriba el pequeño salidizo que había sobre la puerta y encontró la llave de inmediato. Abrió, entró y cerró la puerta sigilosamente tras de sí.

Antes de encender la luz, aspiró profundamente el olor de la habitación. Después paseó una mirada inquisitiva en derredor hasta descubrir unos costales viejos doblados sobre un estante. Los cogió y los puso en el suelo delante de la puerta para que la luz no se escapara por la ranura.

En el rincón del fondo había un tablero de tenis de mesa plegado sobre unas ruedas. Finn caminó hasta ahí en silencio, husmeó por detrás del tablero perpendicular, tocó ligeramente una capa de plástico, la quitó y sonrió. «¡Estela Plateada!», gritó como si se hubiera encontrado con un viejo amigo: el pequeño manillar con los mangos cortos a la derecha y a la izquierda del tacómetro circular; la parte delantera barrigona y plateada, donde reposaba un reflector redondo que parecía un ojo dormido; el guardabarros semicircular apoyado como un casco sobre la pequeña rueda delantera, que daba la sensación de que algún día se convertiría en una rueda adulta; el asiento plateado con dos puestos que se podían levantar, y por debajo, el depósito; el maletero, en el que colgaba la luz trasera, roja y brillante; y, por detrás, la otra rueda pequeña cubierta por láminas laterales, bajo las que se ocultaba la propulsión. No había ni una sola mancha, ni una sola gota de aceite bajo el motor. Como si alguien hubiese limpiado la moto justo el día anterior.

Finn la sacudió un poco, revisó algunos cables y comprobó si todavía había gasolina en el tanque: casi lleno. Lentamente, puso las manos sobre los pequeños mangos del manillar, se aferró bien y empujó hacia la puerta. Después le quitó el seguro a la moto y la movió un poco hacia atrás. Alzó el asiento e inspeccionó el depósito. «¡Todavía está todo!», susurró. Cogió la mochila plateada, la puso sobre el asiento y la abrió. No era la primera vez que Daphne, esa extraña mujer, lo sorprendía. Había guardado su mochila durante todo ese tiempo y había esperado el momento adecuado para decírselo.

Finn vació los bolsillos del pantalón y la chaqueta, echó un vistazo a la postal de Coco y la guardó rápidamente en la mochila. Después se desvistió y puso la ropa sobre una vieja silla de plástico junto al tablero de tenis de mesa. Por último, sacó de la mochila un traje plateado. Lo cogió con las dos manos y cerró los ojos. El corazón le latía como un tambor desenfrenado. Desdobló el traje, deslizó los pies en él, se lo subió por las piernas hasta la cintura, metió los brazos y se lo ajustó en el tronco. Para terminar, cogió con las dos manos la capucha de atrás y se la acomodó sobre la cabeza.

El traje le venía justo, pero el material elástico se adaptaba a su cuerpo como una segunda piel. Lo único que no estaba cubierto ahora por la tela plateada y brillante eran las manos y los ojos. Sobre la boca había unos pequeños huecos que le permitían respirar rápidamente cuando tenía que hacer grandes esfuerzos. Aunque era muy delgado, el traje resistía el viento y el frío extremo y conservaba el calor del cuerpo.

Finn se lo ajustó en algunas partes hasta que quedó perfecto. Luego volvió a buscar en la mochila y sacó un par de zapatillas plateadas. Zapatillas para escalar, con una suela especial y ojales para asegurar las cuerdas. Le apretaron un poco por delante al ponérselas, de modo que, después de cerrar la lengüeta ancha y negra, pisó con fuerza varias veces para que los pies se acomodaran.

Lo que necesitaba ahora estaba en el depósito, bajo el asiento. Lo levantó y hurgó por dentro. Sacó un cinturón ancho y plateado, se lo puso sobre la cadera y se apretó la hebilla negra y pesada. Del cinturón colgaban doce lengüetas que tenían unos atomizadores de colores por dentro y parecían los protectores de un pistolero. Finn sacó uno y ensayó el pulverizador. Estaba un poco seco, pero después de presionar ligeramente sobre el botón, una niebla de colores salió silbando. Entonces volvió a guardar el atomizador en la lengüeta.

Sin embargo, una parte del cinturón seguía vacía. Finn rebuscó en el depósito y la encontró: la agarradera semicircular de madera, especialmente diseñada. Era más gruesa que una normal, pues en su interior se escondían unos treinta metros de cuerda de acero para alpinismo. Estaba enrollada en espiral y era delgada como un filamento, pero fuerte como para atrapar a un elefante. Por un pequeño hueco al borde de la agarradera, Finn podía tirar de la cuerda; una pluma la mantenía tensa por dentro. Si se utilizaba con habilidad, con ella se podían traspasar abismos infranqueables.

Estaba casi listo. Los guantes plateados y las gafas estaban a la vista. Guardó la mochila y la ropa bajo el asiento y lo cerró. Sólo faltaba una última cosa: ¡la llave! Se deslizó hacia la otra pared de la caseta y buscó en la estantería una copa plateada que tenía grabado su nombre. Sonrió para sus adentros, cogió la copa y le quitó la tapa. ¡Estaba vacía! Finn quedó perplejo. Revolvió todas las latas y las tapas, y abrió todos los cajones de una vieja cómoda en la que se guardaban puntillas y tornillos. Ni rastro de la llave de su Estela Plateada.

—¿Buscas esto? —exclamó de repente una voz, cuya dueña estaba junto a la puerta de la caseta.

Finn estaba como electrizado y se volvió despacio. Miró fijamente a su hermana menor, que sostenía la llave entre el dedo gordo y el índice, agitándola.

—¡Merle! ¿Por qué me asustas así?

Finn dio un paso hacia ella.

—¡Quieto, Finn! Si te mueves, gritaré tanto que despertaré a toda la calle.

Finn contuvo la respiración y se quedó inmóvil.

—Dame la llave. ¡Tengo que irme! —gruñó.

—¿Es en serio? ¿Te metes aquí como un ladrón y pretendes irte sin al menos decirle «hola» a papá? Está totalmente desesperado desde que desapareciste. Hizo que te buscaran durante semanas. Sacaron fotos tuyas en el periódico. ¡Él cree que no te volverá a encontrar!

—¡Deja que se lo crea!

—¿Qué te hizo para que lo trates así? —Finn se quedó en silencio y cogió los guantes. Su hermana prosiguió—. Finn, esto está acabando con él.

—¡Pues se lo merece! ¡Él se lo buscó! Y tú sabes muy bien por qué. ¡Vamos, dame la llave!

—¿Crees que con castigar así a papá Coco va a resucitar?

Finn dio un brinco hacia delante y le quitó la llave de la mano a su hermana. Merle empezó a llorar.

—¡Finn, por favor!

Él se acercó y la abrazó.

—Merle, lo siento. Yo sólo he hecho lo que considero correcto. Pero ahora ha pasado algo extraordinario. De repente tengo como una sensación, siento que puedo enmendar de alguna forma lo que le hice a Coco. Puedo salvar a alguien que se le parece un poco. Tengo que hacerlo. Por eso ha vuelto Silber. Y si todo sale bien, te revelaré dónde está mi guarida y nos veremos en secreto. ¿Bien?

Merle sollozó y asintió. Sabía que cuando a su hermano se le metía algo en la cabeza no había forma de disuadirlo.

Finn se montó de un brinco en la moto e insertó la llave. Presionó el botón de arranque y el motor zumbó como un abejorro. Se puso los guantes y las gafas, aceleró con el mango derecho del manillar y dio un brinco hacia delante con su Estela Plateada. Se detuvo junto a Merle y la besó en la mejilla fugazmente. A continuación, atravesó la puerta a toda velocidad, giró frente a la casa y salió a la calle rumbo a la ciudad.

Mientras conducía, abrió la boca de par en par bajo la capucha plateada y dejó que el viento helado entrara en sus pulmones. De repente volvía a sentirse fuerte, como en los viejos tiempos. Soltó la mano izquierda y se dio dos golpes en el pecho.

Un anciano que salía de una taberna en ese instante se quedó inmóvil y pasmado al ver la figura plateada sobre la moto del mismo color.

Silber sabía que parecía un superhéroe con su traje de combate. Cualquiera que lo viera así no se imaginaría que bajo el vestido plateado no había más que un chico normal. Un chico que sólo pretendía valerse de sus piernas, de sus brazos y de sus deseos para descubrir cómo podía conseguir que Rímini sobreviviera.

Y

Konstantin York, vestido con su abrigo blanco, trabajaba en el laboratorio privado en el que sólo él, y nadie más —ni siquiera los doctores secretos o el cazacabezas—, podía entrar sin una autorización especial. Estaba absorto en la investigación de un polvo al que le había dedicado ya media vida y al que incluso había dado el nombre de yorkium. El director mantenía un silencio absoluto acerca de su composición y de su efecto. A lo sumo hacía alguna vaga insinuación de vez en cuando; de este modo, los doctores secretos se habían enterado de que se trataba de un polvo que cambiaría el mundo. Además, éste parecía tener una misteriosa relación con los estudiantes que el director admitía en la Escuela de las Preocupaciones. Cada uno de ellos hacía que su investigación avanzara un paso más. Y siempre que Van Lunteren —cuya misión era llevar a la escuela nuevos estudiantes con conductas «sospechosas» distintas o que nunca antes se habían visto por allí— encontraba un nuevo candidato, el director lo hacía sumirse en un sueño profundo durante el cual lo examinaba minuciosamente.

El laboratorio secreto del director ocupaba toda la bóveda subterránea bajo la Escuela de las Preocupaciones. En el centro, donde manaba la pequeña pero inagotable fuente que en otros tiempos impulsara la colonización de la isla, había una enorme caldera de cobre que brillaba como si alguien acabara de limpiarla y lustrarla. Parecía la cabeza de un pulpo gigante de la que salían mangueras y tubos de cobre en todas las direcciones; algunos goteaban, mientras que por otros fluían líquidos de colores como por las venas de un cuerpo. Los tubos iban desde la caldera hasta unos recipientes de vidrio más pequeños, en los que el director controlaba cuidadosamente el resultado.

York echó un vistazo al gran reloj de pared que colgaba sobre una de las muchas puertas que comunicaban con otros laboratorios más pequeños. Se quitó el guante de plástico y se retiró la mascarilla que le tapaba la boca, dos cosas que usaba siempre mientras trabajaba.

Después de lavarse las manos, subió por una escalera de acero y llegó directamente a la planta baja de la torre, en el centro de la escuela. De ahí subió en ascensor hasta la cúpula de cristal.

La habitación estaba completamente a oscuras, pues aunque ya había amanecido, a través de las cortinas negras no penetraba nada de luz. York meditó si debería dejar que entrara un poco, pero Bleck van Lunteren abrió la pesada puerta de la sala justo en ese momento.

—Señor York, la ladrona parece estar dispuesta.

—Bravo, Van Lunteren. Que venga entonces.

York se sentó en su gran sillón y se frotó los ojos. Mientras para otros el día apenas empezaba, él llevaba ya varias horas trabajando.

Van Lunteren regresó al cabo de un rato.

—¡Tú, entra! —chilló y empujó a Delphine hacia la sala. Ella le lanzó una mirada que le hizo arder la piel.

—¡No sea tan brusco, Van Lunteren! —exclamó York—. Y tú, siéntate aquí —dijo a Delphine, esforzándose por poner un tono amistoso y señalando la silla que estaba a su izquierda.

Delphine se sentó. Llevaba el conjunto de falda y camisa azul claro que debían usar todas las ayudantes y el pelo recogido en una trenza. Sus ojos se veían cansados, pero tenía la mirada totalmente despierta.

Van Lunteren se sentó junto a Delphine y no le quitó los ojos de encima ni un minuto.

York la observó con una mirada penetrante, como si buscara algún mensaje secreto en su rostro.

—Aquí está su acta, señor York —dijo Van Lunteren.

York tomó el acta y la hojeó. Leyó en silencio algunas partes. «Delphine Blanche, trece años. Procedencia: desconocida.

Conducta sospechosa: interés por la mitología, fábulas y leyendas. Falta comprobar el resto. Padres: desconocidos, se cree que han fallecido. Calificaciones: extraordinariamente talentosa. Excelentes resultados en el análisis de sustancias y elementos. Creatividad especial para la preparación de polvos. Intereses particulares: polvos contra la fiebre. Sospechoso: poco contacto con los demás ayudantes. Capacidades destacadas: defensa personal, idiomas. Comportamiento social: solitaria silenciosa. Rehúsa tomar *bronf*.» York hojeó el resto del acta, se detuvo en ciertos puntos, los examinó y leyó unas líneas que hicieron que se le abultaran las venas del rostro. Pero sólo un instante. Después dejó los papeles sobre la mesa.

—¿Por qué no tomas *bronf*? Es uno de los fundamentos de nuestra educación. En dosis pequeñas es totalmente inofensivo. Sólo ayuda a obedecer. ¿Cómo crees que puedo dirigir una escuela con semejantes estudiantes?

Delphine apretó los labios.

—¡Contesta cuando el director te hace una pregunta! —gruñó Van Lunteren, sacudiendo a Delphine por el hombro.

Ella se volvió como un rayo y le dio un puntapié en la rodilla con tal agilidad, que él sólo lo notó al sentir el dolor intenso.

—Van Lunteren, baje a la cocina. Pida que preparen una bandeja con pan y chocolate y tráigala.

El cazacabezas abrió los ojos de par en par. Podía sentir el temblor de su bigote.

—Con mucho gusto, señor York —dijo. Al salir de la sala de cristal cerró la puerta de hierro con mucha más fuerza que de costumbre.

—Fuiste muy tonta al robar la botella. Sin embargo, resulta que también fuiste lo bastante astuta como para salir de la escuela. Explícame por qué regresaste. ¿Por qué no te escapaste del todo? —preguntó York—. ¡Contesta! Si no lo haces, cuento con los medios necesarios para hacerte hablar.

El tono amistoso había abandonado su voz. Ahora actuaba como un jugador de ajedrez que busca arrinconar a su contrincante con cada jugada. Y acababa de abrir su juego.

Delphine pensaba en lo peligrosa que podía resultar una

partida con ese hombre. ¿Acaso podría burlarse de él? ¿Podría engañarlo? Intentó relajar los músculos del rostro.

—Regresé porque quiero ver cómo lo devora el miedo.

La táctica de Delphine estaba clara: ¡ataque! York se irritó por un instante, pero después se calmó.

—¿De dónde sacas que la botella me da miedo?

—Quien esconde algo de esa forma tiene miedo.

—¿Y de qué? Yo no tengo nada que temer. En pocos días seré tan poderoso como nadie lo ha sido nunca. Quienes han de temer son los demás.

La risa de York sonó genuina.

—¡Usted le teme a la botella! Mis amigos que están fuera de la Escuela de las Preocupaciones saben exactamente lo que hay que hacer.

Un ardid. Delphine intentaba sacarlo de su reserva.

—¿Ah sí? Mira, ¿sabes qué es esto? —York sacó de debajo de la mesa una pequeña bandeja con los restos de la botella—. La botella es historia. Van Lunteren la destruyó con una mano.

Delphine contempló las esquirlas y los añicos del barco, pero no dio ninguna muestra de alteración. Se acercó con cuidado a la bandeja y cogió el sello abollado. Rozó con un dedo las dos serpientes e intentó sonreír.

—Estas dos serpientes llevan el nombre de Laquesis. Usted sabe quién era Laquesis, ¿no? La diosa Fortuna, la que decide la extensión del hilo de la vida. ¿Usted cree que ha destruido el poder de la botella? ¡Aquí sobre la bandeja sólo está la piel de la serpiente, pero no la serpiente misma! La fuerza de la botella está libre. Usted lo sabe muy bien.

La mirada de York se oscureció. No podía subestimar a esa niña.

—Con seguridad comprenderás que yo, un investigador de los elementos, me abstenga de esas tonterías mitológicas. ¡Diosa Fortuna! ¿Y dónde está ahora tu Laquesis? ¿Te está ayudando? Si no me he equivocado al revisar tu acta, llevas por dentro el bacilo de una fiebre maligna. Malaria. —Una jugada traicionera. Delphine apretó los dientes y York continuó—. Uno puede morir de eso. Es más, por desgracia, es bastante probable —añadió, fingiendo un tono de preocupación para dar en el blanco.

—¡Como si eso le importara! ¡Millones de personas mueren de eso! Pero a usted le da igual, aunque podría impedirlo.

Error. Delphine lo supo de inmediato. Le había dado una pista de sus verdaderas intenciones. Había sido demasiado directa. Y York, por supuesto, lo había notado. ¿Por qué sabía ella que él tenía la capacidad de curar enfermedades terribles? Sin embargo, no pareció alegrarse con la revelación de Delphine. El tono de su voz se tornó amargo.

—Vaya, vaya. ¡Una quejumbrosa reformadora del mundo! ¿Y por esa razón te colaste en mi escuela? ¿Acaso creías que aquí podrías encontrar un polvo contra la malaria? Eso ya lo han intentado muchos, durante siglos. Jóvenes idealistas que usualmente entran en razón muy tarde y se quedan atascados en la pubertad. Cobardes que huyen de la realidad.

Ahora York se había dejado llevar. Si se contaban los errores, el marcador estaba empate a uno.

—Su realidad asquerosa se la imagina sólo usted, que es un ser repugnante.

—¿Eso crees? Pues bien, te diré cuál es la realidad. ¡Todos los medicamentos y los polvos fueron descubiertos hace mucho tiempo! Las fórmulas yacen en los armarios, o deambulan en las cabezas. Ya todo está dado, pero sólo se prepara lo que hace ricos a unos pocos. ¡Ésa es la realidad! ¿Quién quiere, hoy en día, hacerle un bien a la humanidad con sus fórmulas? ¿Quién pretende aún darle sentido a lo que no tiene sentido? En cinco días tendrá lugar una subasta aquí, en la Roca de las Preocupaciones. ¡Entonces te daré una lección sobre la realidad! ¡Una lección de la que no te olvidarás en el resto de tu corta vida!

York contempló el efecto de sus palabras: había puesto a Delphine en jaque mate, pero aun así no parecía alegrarse.

Delphine intentaba ingeniar una jugada salvadora cuando Van Lunteren regresó con una bandeja.

—¿Puedo abrir las cortinas, señor York? —preguntó el cazacabezas.

York balbució un ligero «sí», y Van Lunteren oprimió un interruptor que movió silenciosamente el pesado cortinaje hacia un lado, como un telón. La luz atravesó la cúpula de cristal. Era un día despejado y frío.

Van Lunteren puso la bandeja sobre la mesa y fue el primero en servirse varios panes con avidez. A Delphine le crujía el estómago, pero no tocó nada, al igual que Konstantin York. El duelo aún no había terminado. Los contrincantes buscaban febrilmente la jugada definitiva.

York miraba a Delphine como si quisiera aprenderse de memoria cada fibra de su rostro. En su propio rostro no había ni un solo músculo ni ningún nervio que delatara sus verdaderos pensamientos, que llevaban varios minutos dándole vueltas a una misma pregunta: ¿era posible que esta niña, esta ayudante insolente, le recordase a alguien cuyo nombre estaba sepultado en su memoria como en una tumba? ¿Estaría ahí la relación entre ella y el secreto de la botella? Para ocultar sus nervios, escondió las manos sobre las rodillas por debajo de la mesa. ¿Cómo podía averiguar si era cierta esa intuición? La crueldad de la idea que se le ocurrió en ese instante era insuperable. Aun así, las reglas de este juego no prohibían la maldad ni la traición.

Van Lunteren presintió que algo se cocía en la cabeza de su jefe y dejó de masticar el tercer pan que se había llevado a la boca.

Konstantin York se puso de pie y caminó hacia una esquina donde había un escritorio de madera oscura. Abrió uno de sus muchos cajones y sacó un cofrecillo plateado que tenía una pequeña ranura en la tapa. Se desabrochó el último botón del abrigo blanco y sacó una pequeña llave que colgaba de un collar de plata que llevaba al cuello. Abrió el cofre con la llave y sacó una foto. La rompió en dos y guardó una de las mitades en el bolsillo. Cerró el cofre y regresó a la mesa con la otra mitad en la mano. Van Lunteren volvió a masticar rápidamente.

—Delphine Blanche, hoy recibirás la oportunidad de un trato único —empezó a decir York sin esforzarse por ocultar la malicia en su mirada—. Abajo, en mi laboratorio, hay una sustancia muy efectiva contra la malaria. Una fórmula que ya está lista, sólo falta prepararla. ¡Es tuya!

El cazacabezas se atragantó y empezó a toser.

—¿Y qué pide usted a cambio? —preguntó Delphine, aflojando todos los músculos para que no se notara su agitación.

—Según tengo entendido, eres capaz de saltar por los tejados como un gato. Puedes pelear como un hombre y sabes defenderte... y eres inteligente. No sé dónde habrás desarrollado todas estas habilidades, pero quiero que las pongas en práctica para encontrar a este muchacho.

Konstantin York le entregó a Delphine la otra mitad de la foto.

Delphine la examinó con un vistazo.

—¿Quién es?

—Te gustará, es un idealista de los más patético —respondió York.

—¿Y qué hago cuando lo encuentre?

—¡Traérmelo!

—¿Y qué pasará con él?

—Me pertenecerá, así como a ti la fórmula contra la malaria.

Delphine le dio mil vueltas al asunto. ¿Qué trampa se le habría ocurrido a York? ¿Quién sería ese muchacho? ¿Por qué pretendía York pagar por él con un secreto que le permitiría aumentar su poder y su riqueza? ¿Y por qué suponía que ella podría encontrarlo antes que su ruin cazacabezas?

—¿Qué me garantiza que usted cumplirá el trato?

—Tú misma decides si hay o no hay trato. Puedes salir inmediatamente de la escuela. ¡Puedes ir a donde quieras! De ti depende que regreses con el muchacho..., pero te advierto: si me lo quieres traer, tendrás que mentir y engañar y, en el momento preciso, callar.

Van Lunteren se puso verde. ¿Mentir? ¿Engañar? ¡Nadie podía hacer eso mejor que él!

Delphine miró fijamente a York y, por un momento, consideró la posibilidad de echársele encima. Ese hombre era un diablo. El trato que le ofrecía era perverso: salvar su propia vida y la de muchos más, y a cambio engañar a un chico inocente para llevárselo a la bestia de York. ¿Qué debía hacer?

—¡De acuerdo! —dijo Delphine, al tiempo que agachaba la cabeza.

—Pero hay un pequeño problema... —dijo York—. Como te he dicho, en cinco días empezará aquí, en la Roca de las Preocupaciones, una subasta a la que acudirán invitados de todas partes del mundo y para la cual necesito al muchacho, sin falta. Si para ese entonces no lo has traído, nuestro trato perderá toda validez.

Konstantin York le extendió la mano a Delphine. Ella dudó un poco, después accedió.

—Uno de los doctores secretos te abrirá el portal y activará el mecanismo del puente. Puedes irte.

Delphine se puso de pie. Al hacerlo, su mirada se topó casualmente con la cúpula de cristal. Lo que vio hizo que su corazón se regocijara en secreto y abandonó la sala de cristal con una sonrisa oculta.

—Señor York, ¿está seguro de haber hecho lo correcto? —preguntó el cazacabezas.

—¡Cuide sus palabras, Van Lunteren! La chica acaba de convertirse en mi instrumento. Si en realidad tuviera alguna idea acerca del secreto de la botella, no habría aceptado el trato. ¿Y qué pierdo yo con que se vaya? En cambio, para darle el último toque al yorkium necesito a ese muchacho a toda costa. Y ella hará todo lo posible por encontrarlo y regresar. Si no lo hace, la malaria que dormita en su cuerpo se despertará y tarde o temprano hará el trabajo que, de lo contrario, tendría que hacer usted.

Van Lunteren se sintió engañado con esa pobre historia.

—Entiendo, señor York —murmuró desalentado.

—No pretenda entender lo que no puede entender. ¡Yo mismo empiezo a presentir apenas cuál es el verdadero secreto de la botella! Y éste contradice todas las reglas de la ciencia. Es un puñetazo en la cara de la razón. Pero lo cierto es que esta chica me recuerda algo que no debería haber pasado nunca. Un día como ninguno. ¿Cómo lo llamó ese pastor imbécil?

—El día Y.

—Ya. Escúcheme con atención, Van Lunteren. Averigüe quién es en realidad esa chica, de dónde viene, dónde nació, quiénes eran sus padres, sus abuelos. Haga lo que considere necesario para descubrir cualquier mínimo secreto de su vida.

—¡Con sumo gusto, señor York! ¿Me dará alguna pista?

Van Lunteren husmeó a su alrededor con su nariz de ratero. York buscó en el bolsillo del abrigo y le entregó la otra mitad de la foto.

El cazacabezas la contempló espantado, la olisqueó, miró fijamente a York y exclamó:

—¡Pero si es la chica!

—Eso es imposible, Van Lunteren. La foto es demasiado vieja, pero seguro que con ella en la mano podrá averiguar algo.

—¡Perfecto, señor York! Ya estoy en camino.

—¡Espere! Antes de irse, contrate a una docena de los peores ejemplares de su pandilla. Cazacabezas con el olfato de ávidos perros sanguinarios. ¡Rápido! La Escuela de las Preocupaciones debe quedar sellada herméticamente hasta que empiece la subasta. ¡Ni una sola mosca del río puede posarse en la isla sin mi autorización! ¡Ninguna ola puede rozar la orilla sin mi consentimiento! ¡Y nadie puede abandonar la isla excepto usted! ¿Entendido?

—¡Entendido, señor York!

—¡Si llega a mencionarle a alguien mi trato con la chica, yo mismo lo bañaré en un polvo que lo dejará más seco que una cecina!

Tras esta orden de despedida, Van Lunteren se inclinó sumisamente y se retiró de la sala de cristal.

Había momentos en que el cazacabezas deseaba desobedecer las órdenes de su jefe. Se sentía como un perro al que se le exigía el mayor rendimiento, pero al que al final se le negaba la recompensa prometida. En esos momentos, rechinaba los dientes en secreto, dispuesto a morder a su propio jefe.

Konstantin York, en cambio, estaba satisfecho. Le había ganado la partida a la chica, cuyas jugadas misteriosamente confiadas le habían inspirado una intuición acerca del secreto de la botella. De este modo, había abonado el camino hacia su gran victoria. Se reclinó en el sillón, puso la cabeza sobre el respaldo y miró hacia la cúpula de cristal. Sin embargo, en lugar de tranquilizarlo, como de costumbre, ese panorama hizo que la sangre se le congelara en un santiamén.

Una Y gigante, con los colores del arco iris, resplandecía en el centro del ojo compuesto como si fuera una inmensa pupila de cristal. Las cabezas de dos serpientes voraces lo miraban fijamente. Incluso podía distinguir en la distancia los colmillos venenosos, tal era la nitidez de los contornos de esa obra de arte.

¡El sello de la botella! Alguien, un maestro de su oficio, lo había pintado allí arriba, en la noche, sin que ninguna de las alarmas de la isla se hubiera activado.

En ese momento, Konstantin York supo que aún no podía cantar victoria en su lucha contra la fuerza de la botella.

Delphine y Silber

Una vez más, Silber esperaba a Delphine. Sin embargo, esta vez no le había tendido una trampa, porque, a diferencia de Finn Hasselblatt, Silber no tenía nada que temer ni necesitaba esconderse de nadie. Hacía más frío que en las noches anteriores y, entre tanto, la nieve se había congelado sobre los tejados. Tampoco había rastro de *Six* por ningún lado. Con seguridad el halcón se había provisto de aire entre las alas y se había resguardado del viento en algún nicho de la catedral.

Esa noche, Silber no resistiría la espera por mucho tiempo. El traje plateado lo aislaba del frío, pero al no estar en movimiento el hielo penetrante le subía por las piernas hasta la espalda. Añoraba su hamaca. Por otro lado, había echado al horno un cajón del viejo armario de madera para que el tejado sobre la jefatura de la policía se mantuviera caliente toda la noche.

Silber no dejaba de mirar hacia el tragaluz por el que Delphine había aparecido la última vez. ¿Por qué tardaba tanto? ¿Tal vez no conseguiría salir de la escuela como en la noche en que robó la botella? ¿Sabría algo de Rímini? ¿Era éste un ayudante de la escuela que había escapado de los doctores secretos y había perdido la memoria por el frío inclemente? Silber estaba seguro de que Delphine le ayudaría a responder estas preguntas. Se había arriesgado bastante para volver a verla. La noche anterior había pasado horas enteras sobre el techo de la Escuela de las Preocupaciones y había pintado la Y gigante, consultando una y otra vez el amuleto que se había atado al cuello. En una ocasión se había resbalado, pero había alcanzado a clavar su agarradera de madera entre las vigas metálicas para sostenerse en el último minuto.

«Ojalá Delphine haya visto el dibujo. Desde el lugar que sea», pensó Silber.

En ese momento, un ruido lo sorprendió por detrás y volvió la cabeza. Una sombra se acercaba desde un ángulo con el que no había contado. Por la elegancia de los movimientos supo de inmediato que era Delphine.

—¡Por fin! —gritó mientras ella recorría ágilmente los últimos metros hacia él—. Empezaba a pensar que te habías quedado petrificada entre un barril de polvos.

Ella llevaba, una vez más, el vestido azul que brillaba como nácar, aunque esta vez no tenía puesto el gorro de lana. Se acurrucó junto a Silber al lado de la chimenea.

—¡Para estar muerto, tienes muy buen semblante! —dijo, palpando el material del traje plateado.

—Silber tuvo que regresar, la situación ha cambiado.

—Sí, ahora tú estás enmascarado y cualquiera puede reconocer mi rostro.

—En el caso de Silber eso no sería nada bueno. Sus figuras de colores causaron un gran revuelo en la ciudad durante un tiempo —dijo el chico.

—Lo sé. Lo leí en el periódico. Una vez pintó un esqueleto espeluznante en la alcaldía para protestar por la demolición de una casa en la que vivían unas familias que irían a parar a la calle. Aunque había dado a conocer el lugar con antelación, ni una docena de policías pudo impedirlo. ¿Cómo lo hizo…, cómo lo lograste?

—Silber tenía amigos leales. Se llamaban Wind, Shek, Odem y… —Silber tartamudeó—. El mejor se llamaba Coco.

—¿También te ayudaron anoche en el techo de la escuela?

—No, hace mucho que no los veo. Anoche estaba solo. Sinceramente, la Y casi me ha costado la nuca y la cabeza.

—Ha quedado preciosa. Las cabezas de las serpientes miran hacia la sala de cristal como si estuvieran a punto de saltar sobre Konstantin York e hincarle los colmillos venenosos en el cuerpo. Y las alas son tan reales que parece que podrían salir volando en el instante en que alguien se acercara.

—Por cierto, ¿qué significa esa figura? —preguntó Silber, sacando el amuleto que tenía bajo su traje.

Delphine lo miró estupefacta.

—Tiene la forma de una Y. Pero es un símbolo muy antiguo: es el bastón de Esculapio, un médico que fue endiosado y luego anatematizado porque intentó devolverle la vida a un muerto. Esculapio, Hipócrates el médico y Artemisa la partera, de quien se dice que ayudó a nacer a diez mil niños, eran conocidos como los «Magos del Mundo» porque ayudaban a la gente a través de recursos sencillos y, de ese modo, hicieron verdaderos milagros. Juntos construyeron uno de los sanatorios más grandes del mundo, en el que los hombres y las mujeres que estaban mejor preparados trabajaban en pro de los enfermos sin pensar en el provecho propio. Y sanaban a la gente con los dos medios más importantes de su época.

—Que eran...

—El polvo de las hierbas naturales y la ciencia de las estrellas.

—¿Cómo sabes todo eso? —Silber no disimulaba su admiración.

—Ah, las historias antiguas son uno de mis pasatiempos. ¿De dónde has sacado tú este amuleto?

—Enseguida lo sabrás. Ven, no hay tiempo que perder. Necesito tu ayuda.

Delphine lo siguió a través de un tragaluz hacia un desván. Desde ahí llegaron al vestíbulo de una casa y bajaron silenciosamente por las escaleras hasta la calle. Estela Plateada estaba escondida en una esquina.

—¿Y tú cómo has conseguido escapar esta vez? Después del robo, los doctores secretos con seguridad estarían en guardia.

—Sí, claro, pero, bueno..., de todos modos he conseguido escapar.

—Yo no he podido destruir la botella. Cuando intentaba esconderla, se me resbaló de las manos y cayó justo a los pies de los doctores secretos —dijo Silber mientras preparaba la moto para ponerse en marcha.

—Me lo imaginé. La botella perdió su fuerza. Bleck van Lunteren, el cazacabezas del director, pudo destruirla. Como tú has dicho: algo ha cambiado.

—Claro que ha cambiado, pero no creo que tenga que ver directamente con la botella. Tengo que presentarte a alguien que necesita nuestra ayuda. A lo mejor lo conoces. Ven, siéntate aquí, detrás de mí.

Delphine asintió y examinó a Estela Plateada.

—¡Mis respetos! —exclamó—. Combina con el traje.

—¡Espera a que veas lo que puede hacer Estela Plateada! —dijo Silber mientras encendía la moto.

Delphine subió de un brinco en el asiento, detrás de Silber, y puso lo brazos alrededor de su cintura.

Silber hundió el acelerador y salieron disparados. De repente giró hacia un lado y Estela Plateada surcó juguetonamente la nieve que cubría los prados del enorme parque.

—¡Cuidado! ¡Agárrate bien! —exclamó.

Delphine se apretó contra su espalda. El chico aceleró, salió del parque y se dirigió hacia un ancho muro. La chica cerró los ojos y pensó que ése sería el fin de los dos. Sin embargo, poco antes de llegar al muro, Silber torció el manillar bruscamente hacia un lado, se elevó por una rampa y aterrizó justo sobre el muelle del viejo puerto. Hasta una persona hábil se habría tambaleado, pero Silber voló en línea recta a lo largo del muelle, como si no hiciera nada más en todo el día. Un mal movimiento del manillar los habría arrojado a los dos al agua helada.

En cuanto divisó la barcaza de Daphne, Silber volvió a acelerar y abandonó el muelle con un salto. Al hacerlo, lanzó un grito travieso. Delphine contuvo el aliento, pero Estela Plateada aterrizó perfectamente sobre el suelo del astillero. Silber condujo la moto hasta la sombra de una caseta, estacionó y los dos se bajaron.

—¡Es como volar! —exclamó Delphine.

—Es volar. Sobre todo cuando cierro los ojos por un instante.

Delphine se puso pálida al oír aquella afirmación y siguió a Silber hasta la barcaza. Él llamó a la puerta tres veces, pero esta vez Daphne estaba despierta y abrió de inmediato. Lo miró asombrada.

—¡Silber!

—¿Me has reconocido? —preguntó él, sonriendo y se quitó la máscara.

—¡Pues claro! —dijo Daphne—. Si fui yo quien te guardó el traje. ¿Y quién es ella?

—Es Delphine, te he hablado de ella. ¿Cómo está Rímini? —preguntó Silber.

—Nada bien. Está en el sofá y se revuelca en sus sueños.

Silber y Delphine entraron en el salón. Daphne los siguió.

—¿Rímini? —inquirió Delphine, mirando fijamente al chico.

Lo reconoció al instante. Era el chico de la foto, por quien Konstantin York estaba dispuesto a pagar un precio muy alto. El chico que Delphine debía entregar a los dueños de la escuela para salvarse a sí misma.

—Sí, yo le he dado ese nombre. Él no recuerda cómo se llama. Quizá nunca ha tenido un nombre. Ya sabes... —dejó caer Silber. Delphine lo entendió de inmediato.

—Sí, tal vez sus padres nunca le dieron un nombre porque pensaron que moriría muy pronto... —murmuró.

—¿Lo conoces? ¿Es un ayudante de la Escuela de las Preocupaciones? —preguntó Silber.

Delphine lo observó un buen rato. El chico sudaba y agitaba la cabeza de un lado para otro.

—No, nunca antes lo había visto —dijo—. ¿Cómo ha llegado hasta aquí?

Silber le contó cómo lo había encontrado, cómo lo había llevado hasta aquel lugar y lo que Daphne había leído en su pelo.

Delphine le quitó la camiseta y lo examinó. Le palpó el cuello y la piel en busca de alguna señal de la enfermedad.

—Yo ya lo he examinado con cuidado. Su cuerpo está completamente sano —dijo Daphne.

—Entonces ¿cómo puedes estar segura de que morirá pronto, Daphne? —preguntó Delphine.

—Eso es tan seguro como el hecho de que vivirá.

—¿Y cómo te lo explicas? Las dos cosas al tiempo... Eso no es posible.

—Por supuesto que he seguido pensando en ello, después de que Finn..., digo Silber, se marchara. Y como el pelo nunca miente, sólo hay una posibilidad.

—¿Cuál? —quiso saber Silber.

—Dentro de él se está librando una batalla entre la vida y la muerte. Una decisión muy seria. Una parte de él morirá, la otra vivirá. Eso es lo que dice su pelo. Tiene la fuerza para vivir, pero hay algo que le puede quitar esta fuerza y acarrearle la muerte. Está justo en medio. Pero hay algo seguro: sea lo que sea lo que le roba la fuerza, eso está fuera de él. Una enfermedad que no se cura con medicamentos.

Silber apretó los puños. No podía soportar esa idea.

—¡Tenemos que impedirlo! —gritó.

De pronto, Rímini volvió a revolcarse en sus sueños y los tormentos se reflejaron en su rostro. Murmuró algo. Delphine acercó el oído a su boca rápidamente.

—... los Magos del Mundo... se mueren...

—¿Qué ha dicho? —preguntó Daphne.

Delphine susurró:

—... los Magos del Mundo... se mueren...

El asombro de Silber y Daphne era evidente. ¿Qué sucedía en el sueño de este chico? ¿Cuáles eran sus tormentos? ¿Qué había en su pasado que lo hacía sufrir de esa forma?

Daphne suspiró.

—Finn, ¿recuerdas la prueba de memoria que le hice?

Silber asintió desconsolado.

—Después se me ha ocurrido una cosa. Su memoria quizás esté a punto de desvanecerse por completo. Todavía le queda algo, de lo contrario no soñaría de esa manera. Sin embargo, no logra llegar del todo al recuerdo. Lo intenta, lucha, pero si pierde la batalla, sucederá exactamente lo que ha dicho el pelo: estará vivo pero muerto.

Silber reflexionó un momento hasta que dijo:

—Para salvar a Rímini sólo hay una opción. Tenemos que averiguar quién es en realidad. Tenemos que devolverle la memoria.

—Suena lógico —murmuró Delphine, luchando consigo misma y mordiéndose los labios.

Ella era la única que conocía la relación entre Konstantin York y Rímini, pero no podía revelar ni una sola palabra acerca del trato con el director. ¿Por qué quería éste tenerlo sin falta para la subasta? ¿Qué pretendía hacer con él? Delphine decidió ayudar a Silber, pero sin renunciar a sus propios planes. Con el polvo contra la malaria en sus manos podría salvar no sólo una vida sino muchas, no solamente la suya, y... Aún no había llegado el momento adecuado para tomar una decisión definitiva. Las palabras del director le retumbaban en el oído, una y otra vez: «Si quieres traerme al muchacho, tendrás que mentir y engañar y, en el momento preciso, callar». ¿Cómo podía haberlo previsto? No tenía más que cinco días para descubrirlo.

—Es verdad, Silber. ¡La memoria de Rímini es un secreto que tenemos que ventilar!

—Puede que así sea, ¡pero primero tenemos que desayunar! —exclamó Daphne de repente, antes de desaparecer por la parte trasera de la barcaza.

Silber pareció no haber oído.

—Tienes razón, Delphine. ¿Quién es él? ¿Cómo se llama? ¿De dónde viene? ¿Lo echarán de menos en algún lado? Quizá cuando lo sepamos, podamos salvarlo.

—Sí, bueno, tampoco es que tengamos muchos indicios para comenzar —dijo Daphne, que traía una bandeja con tostadas, jamón y fruta.

—El amuleto de... ¿cómo se llamaba? —preguntó Silber, que cogió una tostada.

—Esculapio —murmuró Delphine—. Uno de los Magos del Mundo.

—Una joya maravillosa. Podría analizarla en mi espectroscopio. Tal vez podamos averiguar algo a partir de sus componentes... —propuso Daphne.

—¿Tienes un espectroscopio? —preguntó Delphine.

—Justo bajo tus pies —respondió la pitonisa con la boca llena.

—¿No es un poco anticuado? En la Escuela de las Preocupaciones hay ordenadores que hacen ese trabajo.

—Ay, no me vengas con esa escuela. York, ese viejo monstruo... ¡Ojalá se pudra! —refunfuñó Daphne.

—¿Lo conoces? —preguntó Delphine sorprendida.

—No, no, eso es mucho decir. Sólo he oído hablar de él —se apresuró a puntualizar Daphne.

—¿Y qué hay del billete? Mirémoslo mejor —dijo Silber.

—Está en la mesita junto al sofá.

Delphine mordió una manzana y examinó el billete con cuidado.

—Qué letra tan diminuta —señaló.

—¡Un momento! Enseguida lo resolveremos —exclamó Daphne y desapareció un instante. Al rato regresó con una modesta lupa—. Para esto tampoco necesitamos un ordenador.

Delphine sonrió, se acercó el billete y lo observó a través de la lupa. Finalmente, exclamó:

—Escuchad esto: «Transbordador de Nibelungia. Válido para un viaje a través del delta» —leyó—. Y aquí en el borde hay un número pequeñito: «País de Y-0102-LK-67».

—Déjame ver —dijo Silber, mirando a través de la lente de aumento—. Así es, y otra vez una mención de algo con Y. ¿País de Y? ¿Qué será eso?

Daphne había dejado de masticar hacía mucho y se movía de un lado para otro con la tostada en la mano.

—¿Nibelungia? Pues... ¡Felicidades! —Silber y Delphine se miraron asombrados. Entonces prosiguió—. A ver... Yo conozco muy bien el río. Una vez estuve con un marinero y durante años viajamos entre las ciudades a orillas del río transportando carbón, chatarra y bronce, cualquier cosa que diera dinero. Pero no habríamos ido a Nibelungia por nada del mundo.

—¿Por qué no? —preguntó Delphine.

—Ay, muchacha... Nibelungia... Allí confluyen tres ríos en un delta gigantesco. La marea hace que salpique tanta agua en el aire, que la ciudad está todo el tiempo bajo una húmeda llovizna de niebla, por eso se llama Nibelungia. Hasta las llamas del fuego son húmedas. Antes de desembocar en el mar, los ríos se ramifican en un delta con muchos brazos, y se dice que entre ellos hay islas a las que no ha llegado nadie. En fin, si me preguntáis, un transbordador sólo puede navegar en el delta por una sola razón.

—¿Cuál? —preguntó Silber.

—¡Para naufragar! —musitó Daphne melancólica mientras se estremecía.

—¿Y no tendrá algo que ver con la leyenda de Caronte, el barquero del río de la muerte? Sólo quien tenga un billete válido es transportado por él a través del Hades hacia el reino de los muertos.

—Ay, pequeña, ésos son cuentos de viejas. Nibelungia no es una leyenda y los muertos no necesitan ningún billete —murmuró Daphne.

—¿Y por qué querría Rímini arriesgarse a emprender un viaje en ese transbordador? ¿Buscaría escapar de alguien? —preguntó Silber.

Delphine lo miró. Cuando sus miradas se encontraron, ya no necesitaron decir nada más.

—Con Estela Plateada podemos llegar en un solo día. ¡Y ya tenemos un billete válido! —dijo Silber.

—Quizás el barquero se acuerde de Rímini, o quizá pueda intuir algo al ver el billete —añadió Delphine.

En ese momento, Rímini despertó de sus sueños. Se notaba que estaba muy confundido. Se incorporó y miró a Daphne y a Silber rápidamente. Los dos se alegraron de que se acordara de ellos. Después se quedó mirando a Delphine un buen rato. Abrió la boca como para decir algo, pero se detuvo, como si no pudiera creer lo que veía. Se puso de pie y acarició el pelo rubio de Delphine.

—Yo sé cuál es tu nombre —dijo—. ¡Te llamas Marie!

Silber se quedó sin aliento. No lo hubiera tomado en serio, hubiera pensado que era consecuencia de la confusión de la memoria de Rímini, pero en el rostro de Delphine había un gesto delator. ¡Ella sabía perfectamente a quién creía haber reconocido Rímini al verla!

Nibelungia

Antes de aprender a caminar, los niños de Nibelungia aprendían a utilizar un paraguas. El aire de esta ciudad era tan húmedo que al pasearse por las calles no habría sido extraño que un pez se le cruzara a uno en el camino. Y si alguien quería sostener una conversación, tenía que gritar para acallar los truenos estrepitosos de las aguas burbujeantes. Alrededor de la ciudad, en semicírculo, se elevaban unas montañas que parecían las garras de un gigante que mantenía cercada a Nibelungia.

Silber, Delphine y Rímini contemplaban la ciudad desde una de estas montañas. Se alegraban de haber llegado hasta ahí. El motor de Estela Plateada era fuerte y tenía ciertas añadiduras, pero las calles eran peligrosas y la moto no estaba pensada para tres personas. Habían tenido que detenerse varias veces a descansar del viento gélido y para calentarse un poco.

Silber y Delphine iban sentados en el asiento, y Rímini, envuelto en cálidas ropas de Daphne que no le quedaban muy bien que digamos, iba en el frente abombado de la moto, entre las piernas de Silber, mirando hacia atrás. En un principio, Delphine y Silber no habían querido llevarlo con ellos sino dejarlo a salvo con Daphne. Pero Rímini había recuperado las fuerzas mucho más rápido de lo que todos esperaban y no habría permitido, por nada del mundo, que Silber y Delphine fueran solos. Esperaba poder descubrir cualquier cosa que le trajera algún recuerdo.

Daphne le había dado a Silber un poco del dinero de sus ahorros para que comprara bebidas calientes y pusiera gasolina. Ahora esperaban sus bebidas en una pequeña caseta al borde de la carretera donde un anciano vendía té y pan.

La vista de Nibelungia era abrumadora. Parecía como si la ciudad hubiese sido construida sobre un manantial que pretendía rociar el universo entero con sus fuentes. Desde tres puntos cardinales llegaban tres grandes ríos que chocaban entre sí con furia, a orillas de la ciudad, mezclando agua y aire en la niebla húmeda que le daba su nombre. Sólo muchos kilómetros más adelante, el agua se calmaba y los torrentes de los tres ríos se unían en una sola corriente que fluía hacia el mar.

—Rímini, mira: ¡Nibelungia! —gritó Silber—. ¿Te acuerdas de algo?

—Quien haya visto esto una vez no debería olvidarlo jamás. ¡De la ciudad se ven solamente las puntas de los tejados que se alzan sobre la brizna! Parece que para ducharse uno sólo necesita quedarse quieto en la puerta de su casa —respondió Rímini.

Silber sonrió. El chico tenía el don de darle otro color a las cosas con muy pocas palabras. Se había encariñado con él y estaba dispuesto a hacer lo que fuera para devolverle su verdadero nombre. Sentía que Rímini había aparecido en su vida para calmar el dolor que le producía el recuerdo de Coco.

—¡Vuestro té! —gritó el anciano, poniendo las tazas sobre una delgada barra de madera.

Silber pagó, y Rímini, que fue el primero en beber, arrugó la nariz.

—No sabe tan bien como el de Daphne. Tiene muy poco azúcar.

Delphine estaba extrañamente silenciosa y parecía absorta en sus pensamientos. Era un misterio para ella que, la noche anterior, en la barcaza de Daphne, Rímini le hubiera dicho el nombre de su abuela. Ella sabía que se parecía mucho a su abuela, pero era imposible que Rímini la conociera. Había muerto hacía mucho tiempo. ¿Sería una casualidad? ¿O acaso ese chico de ojos brillantes se acordaba de un tiempo en el que no había vivido? ¿Sería ésa la razón por la que Konstantin York quería atraparle?

Silber, por supuesto, había insistido en el asunto y le había preguntado si no le sonaba conocido ese nombre. Ella no había dicho nada. Delphine estaba decidida a mantener su trato con York. Con el polvo contra la malaria podría hacer milagros, como los Magos del Mundo. Con él, padres del mundo entero podrían recuperar la esperanza de darles un nombre a sus hijos en lugar de ver, impotentes, cómo morían poco después de nacer.

Delphine esperaba el momento oportuno para llevarse a Rímini a la Escuela de las Preocupaciones y entregárselo a York. Tenía que impedir que el chico se hiciera un hueco en su corazón, pues era la víctima que debía sacrificar para que ella misma y otros millones de personas tuvieran una oportunidad de vivir. En el fondo, empezaba a temer ese momento, por eso intentaba no pensar en ello. Hasta entonces, esperaba poder perfeccionar su estrategia frente a York al resolver el misterio de la memoria de Rímini. Aún no se sabía si Silber resultaría ser su aliado o su rival.

—¿En qué piensas, Delphine? —preguntó Silber.

—Ah, en nada —contestó ella enseguida, pero Silber no se lo creyó.

Sospechaba que seguiría pensando en cómo la noche anterior Rímini se había dirigido a ella, extrañamente, por el nombre de Marie. Antes de irse a dormir él le había vuelto a preguntar, pero estaba claro que ella no quería hablar de eso. De todos modos, presentía que la chica conocía perfectamente ese nombre y que no había sido ninguna casualidad.

—Nibelungia me da un poco de miedo —susurró Delphine para distraerse de sus verdaderos pensamientos.

—¿Pensáis bajar a Nibelungia? —preguntó con un tono extraño el anciano desde el otro lado de la barra mientras echaba unas cuantas cucharadas más de azúcar en el té de Rímini.

—Sí, en cuanto hayamos terminado de beber el té —respondió Silber.

—¿Por voluntad propia? —preguntó el viejo vendedor de té.

Silber asintió con la cabeza.

—Bueno, más o menos. Queremos ir al transbordador de Nibelungia y preguntarle algo al barquero.

El anciano lo miró fijamente un segundo y luego se rió.

—¡Pero seréis graciosos! ¿Al transbordador de Nibelungia a preguntarle algo al barquero? ¡Eso no lo había oído nunca! ¡Para morirse de risa!

Delphine lo miró seria.

—¿Y qué tiene de gracioso?

—Pues que «queréis» ir al transbordador. Pero bueno, eso es asunto vuestro. La verdad es que nunca he oído de nadie que haya ido voluntariamente al transbordador de Nibelungia. Y a preguntarle algo al barquero... ¿Cómo pretendéis hacerlo?

—¿Y por qué ha de ser tan difícil? —preguntó Rímini.

—A ver, ¿sois así de ingenuos o pretendéis burlaros de un viejo vendedor de té? ¡Quien sube al transbordador de Nibelungia no regresa! Primero, no hay billetes de vuelta, sólo de ida. Segundo, los transbordadores sólo resisten un viaje.

—¿Qué? —preguntó Silber casi gritando— ¿Cómo?

—Según tengo entendido, los transbordadores están hechos de arena. Nunca vuelven del río porque se deshacen en las aguas estrepitosas como el azúcar en vuestro té.

—Menos mal que no me acuerdo de nada, si es que alguna vez he estado aquí —murmuró Rímini con una sonrisa cautelosa.

—¿Y qué pasa con el barquero? ¿Cómo hace él para regresar? —preguntó Delphine.

—Ni idea. Eso tendréis que preguntárselo vosotros mismos a Hel —dijo el anciano.

—¿Y dónde podemos encontrarlo? —quiso saber Delphine.

—¡Pero, bueno, gente, esto es demasiado! Queréis ir a Nibelungia, pero no tenéis ni la más remota idea de nada. Uno no puede encontrar a Hel. ¡Es él quien os encuentra! Solamente, por supuesto, si tenéis un billete. Y ahora bebed vuestro té, que por hoy he tenido suficiente... ¡Cierro!

Silber, Delphine y Rímini se veían tan desconcertados que el anciano les dio un dato más.

—Abajo, en la orilla, está la sirena de niebla. Parece una vieja cabina telefónica. En ella hay una pequeña ranura. Introducid ahí el billete. Si es válido, podréis accionar la sirena. Hel vendrá después. Pero os lo advierto: ¡en cuanto suena la sirena, ya no hay vuelta atrás!

El anciano recogió las tazas vacías de Silber y Delphine, esperó a que Rímini lamiera la última gota y cerró su tienda tras de sí mientras refunfuñaba.

—¿No sería mejor regresar? —preguntó Delphine.

A Rímini se le iluminó el rostro de inmediato.

—Tienes razón, Delphine. ¡Mi memoria tampoco es tan importante!

Silber se llevó a Delphine hacia un lado, donde Rímini no pudiera oírlos.

—¿Lo dices en serio? ¡Acuérdate, por favor, de lo que Daphne leyó en su pelo! Sólo le quedan unos pocos días de vida. ¿Acaso quieres que muera?

—¡Mejor unos pocos días que ahogarse hoy mismo en la corriente! —replicó Delphine.

Silber se quedó mudo. No podía creer que esa chica tan valiente estuviera a punto de rajarse. ¡Estaban hablando de Rímini! Sintió cómo la rabia le crecía por dentro, y Delphine lo notó.

—Silber, no puedes entenderlo. Rímini también tiene derecho a vivir, incluso si son sólo unos pocos días. ¿Y si no regresa del río?

—¿Y quién lo dice? ¿Ese viejo? ¡Que se dedique a hacer té! Yo, por lo menos, no le tengo miedo ni al transbordador ni al tal Hel. Y bajaré ahora con Rímini a Nibelungia. Si quieres venir, sube.

Silber se sentó en la moto y encendió el motor.

—¡Rímini, ven!

Rímini volvió a acurrucarse en el suelo de su moto. Silber dejó que el motor rugiera un rato y Delphine se sentó de un brinco tras él.

Estela Plateada recorrió el camino hasta Nibelungia en tiempo récord. Poco a poco, el traqueteo del motor se fue perdiendo en los estruendos implacables de las aguas. Ahora los tres jóvenes de la moto no sólo tenían que luchar contra el viento gélido; en el último tramo de la pendiente, el frío hacía que la brizna se congelara en granizos minúsculos que se les clavaban en el rostro a Silber y a Delphine. Estela Plateada también quedó cubierta por una delgada capa de hielo, por lo que parecía como si una bola de nieve sobre ruedas irrumpiera en Nibelungia.

Cuando llegaron a la ciudad, empezaba a oscurecer. Aun así,

por el efecto de la bruma casi no se percibía la diferencia. Las calles estaban iluminadas artificialmente incluso en un día radiante, para que la gente pudiera orientarse entre la niebla casi opaca. Silber disminuyó la velocidad y, para el gusto de Delphine, miraba muy poco hacia delante y demasiado a la derecha y a la izquierda, hacia la sombra de las casas. Para protegerse de la eterna brizna, éstas tenían tejados en forma de paraguas bajo los cuales casi ni se veían las paredes y las ventanas. Había muy pocas personas en la calle, vestidas con ropa de plástico amarillo y andando con pasos largos y veloces por caminos rectos. La húmeda niebla habría convertido rápidamente las telas normales en trapos más pesados que el plomo. ¿Por qué vivía la gente en este sitio? ¿Y por qué venían tantos extranjeros a pasar aquí sus vacaciones? La respuesta era sencilla: Nibelungia estaba en el delta de tres ríos, cerca de su desembocadura en el ancho mar. En ningún otro punto del país había una riqueza semejante de salmones y percas. En un buen día, un pescador no necesitaba siquiera una caña para atrapar a los peces. Éstos saltaban del agua simplemente, pues el río estaba demasiado lleno. Los habitantes del lugar vivían muy bien gracias a los enormes bancos de peces, conocidos como «el oro de Nibelungia», nombre que había llevado a confusiones y había atraído a la ciudad a varios buscadores de tesoros con grandes esperanzas. A pesar de la permanente niebla húmeda, Nibelungia daba una impresión bastante amigable en invierno. Las casas, los árboles, las farolas y los coches, todo estaba cubierto por un fino hálito de niebla helada, como si alguien hubiera rociado azúcar en polvo sobre la ciudad.

Un poco más adelante, la calle descendía hasta el río por una amplia curva. Silber conducía a través de ella, pero el descenso terminaba tan abruptamente en un muelle que apenas alcanzó a frenar a tiempo. Un bosque de señales advertía sobre el peligro del agua traicionera, que borboteaba y burbujeaba como si estuviera a punto de devorar con un hambre insaciable cualquier cosa que se le acercara. Junto a la orilla se extendía un muro grueso y fijo que protegía a la ciudad contra las inundaciones.

Sobre el agua se formaban unas masas de niebla que ni siquiera los agudos ojos de *Six* habrían podido traspasar, o tal vez sólo en el momento en que algún velo se moviera hacia un lado, como el telón de un teatro, para dejar libre la vista sobre el río. ¿Qué había más allá de la niebla, en medio, o al otro lado del río?

Silber tomó el camino que había junto a la orilla, orientándose por el gran muro que se extendía a lo largo de ésta. El suelo estaba cubierto por unas baldosas gruesas y húmedas, separadas por delgadas ranuras en las que por todos lados crecía un poco de hierba. La moto se tambaleaba al pasar por encima de ellas. Silber se detuvo de repente.

—¡Ahí! ¡Justo al pie del agua! ¡La sirena de niebla! —gritó al divisar el río entre dos nubes de niebla.

En el canto de piedras había una pequeña columna de hierro, de un color rojo intenso con un techito; parecía una columna de socorro para náufragos. En la punta de la sirena se veía el embudo de un megáfono con la apertura dirigida hacia la ciudad. Delphine asintió, Silber disminuyó la velocidad y se bajaron. Rímini permaneció acurrucado en su puesto y se tapó las orejas. El estrépito del agua le atravesaba el corazón.

Silber y Delphine se acercaron con cuidado al muro del muelle, se inclinaron sobre él y vieron la sirena de niebla justo debajo de ellos. Nada indicaba que un transbordador pudiese anclar en ese lugar, aunque estuviese hecho de arena o de acero. Cualquier cosa que trajera el agua se estrellaría contra el muro. Los remolinos, con su burbujeo ávido, parecían fauces al acecho y a punto de arrastrarlo todo hasta el fondo de la corriente. Sólo unos kilómetros hacia adelante, donde el agua empezaba a apaciguarse, los barcos podían atreverse a navegar.

Silber no podía dejar de pensar que la sirena no estaba puesta ahí para los que venían de tierra firme sino para los náufragos que acababan de escapar de la marea cruel. Cuando trepó al muro dando un brinco, Delphine supo de inmediato lo que pretendía. Entonces lo agarró del brazo y le gritó:

—Silber, piénsalo bien. Una ola enorme… ¡y te arrastra la corriente!

No obstante, él sacudió la cabeza y se volvió. No se veía ni un alma por el camino de la orilla, ni a la derecha y ni a la izquierda. Frente al él, la corriente bramaba sin cesar y con una agitación especial. Detrás de él, las casas se enfilaban unas junto a las otras, agachadas bajo techos de paraguas con canalones y tubos tan gruesos que un niño pequeño podría haberse deslizado perfectamente entre ellos. Aparte de las puertas no se veía ninguna otra abertura, y de las casas no salía ninguna luz.

Sentado en el muro, Silber dejó que sus piernas se bambolearan en el aire. De repente, saltó y aterrizó como una pantera sobre el estrecho camino de piedras. Entre él y el río no había siquiera un metro y las primeras olas le lamían ya las puntas de los pies, así que se apoyó con fuerza contra el muro. La sirena de niebla estaba justo frente a él. La examinó. A la altura del pecho descubrió una hendidura muy delgada, con un letrero: ¡INSERTE AQUÍ EL BILLETE! Al lado había un botón negro y grueso. Silber lo oprimió sin titubear, pero no sucedió nada. Se quitó el guante y buscó el billete en uno de los bolsillos de su traje. Después de una mirada veloz hacia el rostro perturbado de Delphine, que estaba arriba en el muro, cogió el billete y lo metió en la hendidura. Un segundo después, éste volvió a salir. Silber volvió a oprimir el botón negro. Entonces la sirena retumbó en la cima de la columna de tal forma que el hierro vibró e incluso el agua furibunda pareció enmudecer por un momento. Un ruido escalofriante atravesó la niebla y debió de escucharse hasta en el otro extremo del mundo. Silber se asustó. ¿No hubiera sido mejor hacerle caso a Delphine?

Volvió a guardar el billete en el bolsillo y empezó a escalar hábilmente por las grandes conchas que se habían incrustado en el muro con el paso de los años. Delphine le ayudó en el último tramo. Después de intercambiar una mirada fugaz, los dos clavaron los ojos en la niebla que, con unas ligeras ráfagas de viento, empezó a tomar las formas más particulares. Silber sentía que se aclaraba de repente, pero después parecía que unos velos negros intentaban atraparlo y estrangularlo con sus brazos húmedos y helados. Unos segundos después, Delphine desapareció en el vapor blanco para luego volver a hacerse visible, como un hada clandestina.

Si Hel aparecía y a Silber no le daba confianza su apariencia, huiría con todos rápidamente. Sin embargo, durante un buen rato no se movió nada, así que decidieron regresar al lugar en el que habían dejado a Rímini. Necesitaron tres intentos hasta poder ubicarlo a través de diferentes gritos y llamadas.

Rímini no quería asomar ni un dedo por fuera de Estela Plateada.

—¡Salgamos de aquí, Silber! ¡Esto me da mucho miedo! —gritó con todas sus fuerzas.

Silber asintió y subió a la moto. Delphine también estuvo de acuerdo y se sentó detrás. Silber lanzó una última mirada hacia la sirena de niebla, encendió a Estela Plateada y aceleró con el mango derecho del manillar. Sin embargo, la moto no avanzó ni un solo milímetro. El chico revisó si había quitado el seguro; era eso. Después volvió a apretar el acelerador hasta que el motor se atragantó, pero Estela Plateada seguía en el mismo lugar, como congelada.

Silber se volvió hacia Delphine y, de inmediato, vio la sombra detrás de ella. Entonces alzó la mirada: lo que vio ahí arriba logró que se estremeciera. Allí donde debía estar la cabeza de la sombra, un ojo brillante lo alumbraba a través de la niebla.

Hel, el barquero

¡Un solo ojo brillante!

—¡Eh, tú, cíclope! ¡Suelta! —gritó Silber al recuperarse del susto inicial, y volvió a acelerar.

Sin embargo, la sombra no pensaba soltar la moto. Delphine, que había advertido ya el peligro, saltó del asiento. Silber la imitó y los dos intentaron atrapar la parte de la sombra que los velos de niebla dejaban ver en ese momento, pero nada parecía perturbarla.

«¡Es una torre humana! Y si éste es Hel, pues... ¡buena suerte!», pensó Silber, esforzándose por urdir un plan de rescate.

De repente, un soplo de viento rozó las manos que sostenían el maletero y quedaron a la vista las garras gigantescas de un hombre que era el doble de alto que Silber. Del susto, Rímini se había tapado los ojos con las manos y seguía hundido en el suelo profundo de la moto.

Entonces se oyó un grito a las espaldas de Delphine y de Silber.

—¡Déjalos, Phos!

En ese instante, la sombra liberó a Estela Plateada. Silber giró la cabeza mientras Delphine mantenía la mirada clavada sobre el gigante. No se veía a nadie al otro lado. Pero, de repente, un hombre apareció de entre la niebla y Silber notó que éste le llegaba apenas al pecho.

—¿Qué queréis? —gritó con tono de reproche.

—¿Eres Hel? —preguntó Silber.

—¿Y quién más, si no? ¿Un Rey Mago? —preguntó Hel—. ¡Vamos a mi casa! ¡Allí no tenemos que aullar así! —gritó.

Silber asintió, sacó rápidamente su mochila de debajo del

asiento, cogió la llave de la moto y le hizo una señal a Rímini para que lo siguiera. En el camino hacia la casa de Hel, Delphine no le quitó la vista de encima al gigante llamado Phos.

Finalmente llegaron a una de las casas de la orilla. Para pasar por la puerta, todos tuvieron que agacharse un poco, y Phos tuvo que arrodillarse para no darse en la cabeza. El cálido resplandor de una chimenea los alumbró de inmediato cuando Hel abrió la puerta.

—¡Adelante, rápido! —dijo al cerrar después de que el gigante consiguiera embutirse hacia dentro.

En ese momento, Silber pudo ver que Phos no era un cíclope con un ojo brillante, sino que sobre los mechones de pelo negro llevaba un casco-lámpara con un poderoso reflector. Los pájaros podrían haber hecho más de un nido en sus bigotes, bajo los cuales no se veía ninguna boca.

—¡Éste es Phos, mi marinero! —dijo Hel—. ¿Quiénes sois vosotros?

Silber observó al pequeño pero fornido hombre. No tenía

un solo pelo en la cabeza, redonda como el timón de un barco, con dos orejas para conducirlo. Dos ojos astutos se posaban en la raíz de su nariz arqueada, y sus manos parecían unos remos. Llevaba ropa de plástico amarillo, al igual que el marinero.

—Ellos son Delphine y Rímini. Yo soy Silber.

—¿Quién de vosotros viene del río? —preguntó Hel.

Delphine, Silber y Rímini se miraron sorprendidos.

—Bueno, eh…, ninguno —murmuró Silber.

—¡Alguno tiene que haber venido del río! ¡De lo contrario no tendríais un billete para accionar la sirena de niebla!

Hel examinó cada arruga del rostro de cada uno de ellos y preguntó:

—Bueno, ¿qué queréis?

—¿Eres el barquero? —preguntó Delphine.

—Niña, mira a tu alrededor, ¿qué ves? ¿Crees que aquí vive una lombriz de tierra?

Delphine, y también Silber y Rímini, aceptaron la invitación. Toda la casa estaba construida como un barco pequeño. En las ventanas había velas en lugar de cortinas. Para subir a la planta de arriba, en lugar de una escalera había una escala de cuerda con peldaños de madera. Sobre una puerta de vaivén había un pequeño letrero: COCINA DEL BARCO.

—¡Phos, enciende el fuego y ven luego a popa! —gritó Hel.

El marinero mascULLó una respuesta a través de sus bigotes, apagó la lámpara del casco y se apresuró hacia la chimenea.

—¡Sentaos! —exclamó Hel, señalando dos modestas sillas junto a una mesa de madera.

—Hel, ¿puedes ayudarme? —preguntó Rímini después de sentarse.

Silber tenía la sensación de que Rímini quería resolver el asunto de una vez.

—Eso depende, muchacho... —dijo el barquero.

—¿Me conoces? Quiero decir, ¿me has visto antes?

Hel miró con atención a Rímini, quien, entre tanto, se había quitado el gorro de lana y la gruesa bufanda que le había prestado Daphne.

—No, muchacho. ¿Debería? ¿Eres algo especial?

—Bueno, ni siquiera yo lo sé. Simplemente pensaba que quizás alguna vez viajé en tu transbordador, o algo así.

—¿En mi transbordador? —Hel se rió hasta enrojecer—. Phos, ¿has oído eso? ¡Cree que tal vez ha viajado alguna vez en mi transbordador!

Desde la chimenea se oyó un gruñido parecido a la carraspera de un oso. Cuando a Hel se le pasó el ataque de risa, volvió a controlarse.

—A ver, muchacho, en serio. ¡Yo no he vuelto a ver jamás a ninguno de mis pasajeros! ¿Y cómo? ¡Quien sube a mi embarcación no puede regresar!

Delphine le lanzó a Silber una mirada fugaz.

—¿Por qué no? —preguntó él.

—Eso está en la naturaleza del asunto. Yo conduzco cada transbordador una sola vez, a través del delta hacia la isla del País de Y. Mis pasajeros deben desembarcar en ese lugar y ahí terminan de deshacerse mis barcos.

—Y entonces, tú... ¿cómo regresas?

—Sobre la espalda de Phos. Si uno no supiera que es un hombre, podría pensar que es hijo de ballenas. Él es el único ser «no marino» que ha atravesado el delta a nado.

—¿Y cómo te explicas entonces que Rímini tenga en el bolsillo un billete para tu transbordador? —preguntó Delphine.

—¡Enséñame el billete! —exclamó Hel.

Silber se lo puso sobre la palma de la mano como si se tratara de un insecto extraño. Hel lo examinó con cuidado.

—En efecto —murmuró, y el tono burlón desapareció de su voz—. Un billete para un viaje en mi transbordador. Y es válido. Con este billete se puede accionar la sirena de niebla, que es lo que habéis hecho. ¿Y el billete le pertenece al muchacho? —Delphine y Silber asintieron—. ¿Y no viene del río?

Silber sacudió la cabeza y le contó a Hel dónde había encontrado a Rímini y lo que había sucedido después.

Hel escuchó atentamente, frunció el ceño y observó a Rímini con mucho detenimiento. Al final exclamó con un tono extraño:

—Toma muchacho, guárdalo bien, lo necesitarás. —Esperó a que Rímini guardara el billete en el bolsillo y añadió—: Ahora ve con Phos a la cocina y ayúdale a preparar un par de bocadillos de caballa. ¡Y aceite de hígado de bacalao! Sí, delicioso. Una jarra. Ve tranquilo, Phos no muerde, sólo lo parece.

El gruñido que llegó desde el otro lado no sonó muy alentador, pero los crujidos del estómago le recordaron que era buena idea seguir el consejo.

Cuando Rímini desapareció por la puerta de vaivén junto con el gigante, Hel se inclinó un poco hacia Silber y Delphine.

—Que el muchacho tenga un billete y no venga del río quiere decir que es muy especial. Normalmente, mis pasajeros son empujados por el agua hasta la orilla, algunos más muertos que vivos. Si aún tienen fuerzas y un billete válido, accionan la sirena de niebla y entonces yo cumplo mi oficio.

—¿Que es cuál? —preguntó Silber.

—Debo llevar a mis pasajeros, sea como sea, hasta la isla del País de Y.

—¿Y cuál puede ser la explicación de que Rímini haya llegado por un camino tan distinto? —preguntó Delphine.

—No sé si deba contaros eso… —murmuró Hel. Después pareció hacer un esfuerzo—. ¡El chico debe de ser uno de los de la playa dorada! ¡Sí, eso podría ser!

—¿Qué quieres decir?

—A veces tenemos que recoger pasajeros en las playas doradas de una pequeña isla volcán en el delta. Unos casos terriblemente tristes. A Phos y a mí no nos gusta hacerlo. Sí, pensándolo bien, él podría ser uno de los de la playa dorada.

—¡Pero yo lo encontré medio desnudo en la nieve y no en una playa dorada! —gritó Silber.

Era evidente que la procedencia de Rímini también era un enigma para Hel.

—Bueno, sea como sea, pertenece al País de Y. ¡Quiera o no quiera!

—Al parecer, el País de Y no es precisamente un paraíso para ir a pasar las vacaciones —susurró Delphine.

—Por supuesto que no. El camino del muchacho termina allí.

—¿Eso quiere decir que allí morirá? —preguntó Silber.

—Morir no es quizá la palabra correcta. Es más, llevarlo al País de Y puede ser la única opción para impedir que muera. Uno podría decir que el muchacho es una posibilidad que ya no es posible. Algo que podría haber sido pero que ya no puede ser, ¿entendéis?

—¡Ni una sola palabra! —exclamó Delphine, y oyó el traqueteo de los platos y los cubiertos en la cocina.

—Bueno, intentaré explicároslo de otro modo. Si en realidad es uno de los de la playa dorada, debe haber habido un día en la vida de este muchacho en el que se convirtió en otro hombre. Un día como ninguno en que sucedió algo. Algo decisivo, algo maravilloso, algo terrible o algo extraño; algo que lo transformó radicalmente, que lo convirtió en otro. Lo que sucedió lo llevó por otro camino, le dio fuerza para emprender acciones heroicas o desastrosas. Es posible que la decisión le haya rasgado el corazón como una hoja, pero debió tomar una decisión.

—Sé a qué te refieres —murmuró Silber y se golpeó furtivamente el pecho.

Hel continuó:

—Rímini es, por así decirlo, una posibilidad que no se hizo realidad. Y las posibilidades que no se hacen realidad pertenecen al País de Y. Por eso, también lo llamamos «la isla de las posibilidades rechazadas».

—Hel, discúlpame, pero no lo entiendo —dijo Delphine—. ¿Eso significa que existe otro Rímini, su realidad?

Hel se rascó la calva.

—Me sorprendería mucho que no lo hubiera. Sin embargo, para poder ayudaros mejor necesitaría saber más sobre el muchacho. Para ser sincero, soy yo precisamente quien ha de llevarlo al País de Y, así que no quiero saber más de él. Sería un horror conocer la historia de todos mis pasajeros. Eso quizá le interese a Carisma, pero yo soy sólo un simple barquero.

Delphine y Silber se miraron confundidos. Mientras tanto, la puerta de vaivén chirrió en el fondo.

—¿Carisma? —preguntó Delphine.

Hel susurró rápidamente:

—Carisma, la reina del País de Y. ¡Por todos los duendes, menos mal que nunca me he topado con ella! —Después exclamó—: ¡Ajá, ahí viene nuestra cena!

Phos y Rímini parecían haberse hecho amigos durante ese tiempo. El marinero le lanzó a Rímini una cariñosa sonrisa, que uno podría haber interpretado como el rechinar de los dientes de una bestia, pero Rímini ya se había acostumbrado y le sonrió a su vez.

—¡Hemos hecho aceite de hígado de bacalao fresco! —exclamó emocionado—. ¡Y vosotros podéis limpiar la cocina después!

El gigante traía una bandeja de bocadillos de caballa, mientras que Rímini portaba una jarra con un líquido espeso y cinco vasos puestos uno encima del otro.

A Silber le parecía insoportable pensar en comida.

—Hel —susurró al barquero—, ¡no puedes llevar a Rímini al País de Y!

Hel lo miró fijamente y respondió en voz muy baja:

—Silber, debo hacerlo. ¿Acaso quieres que el muchacho se desgarre en pedacitos? Imagina que llegas a un cruce y vas al mismo tiempo a la derecha y a la izquierda. No suena muy recomendable, ¿o sí? El que alguien haya rechazado a Rímini como posibilidad y lo que se haya hecho realidad…, en fin, todo eso no lo decidimos nosotros dos.

Silber se restregó el pelo con las dos manos.

—¡Bueno, pero entonces voy yo también! Si Rímini ya no puede hacerse realidad, yo tampoco quiero seguir siéndolo —dijo.

Hel pestañeó con sus ojos astutos.

—Tú sabes lo que eso significa, ¿verdad? No hay camino de regreso desde el País de Y. Phos es un buen nadador, pero no puede traer a dos personas sobre su espalda.

Silber asintió y agachó la cabeza.

—Bueno, Silber, como quieras —dijo Hel, cogió un bocadillo y se lo metió casi entero en la boca—. Y ahora, servíos, antes de que Phos se los coma todos. Necesita acumular mucha energía, pues mientras vosotros dormís, él construirá el transbordador con el que partiremos al amanecer, rumbo al País de Y.

El transbordador

Aunque Silber estaba acostumbrado a dormir en una hamaca, esa noche no pudo pegar ojo.

Se revolcaba en el sudor de un lado para otro, como un mejillón en escabeche. ¿Qué les esperaba a Rímini y a él en el País de Y? ¿Cuál era el secreto de Rímini? ¿Qué habría pasado ese día en que se convirtió en otro hombre? Silber pensó en sí mismo, en su propio destino: él también se había transformado en otro después de un día terrible. De Silber había surgido Finn

Hasselblatt, el que se escondía en los tejados. Después había vuelto a convertirse en Silber, había abandonado su guarida y por primera vez en mucho tiempo había vuelto a pintar algo que pudieran ver los demás. Pero ¿qué pasaría si se quedaba como Silber para siempre, si conservaba para siempre esa segunda piel de tela plateada, si permanecía enmascarado para siempre y no volvía a llevar nunca más una vida normal como Finn Hasselblatt? ¿Qué sucedería si Finn Hasselblatt ya no era más que una posibilidad rechazada para la eternidad, una posibilidad que le recordaba algo que él ya no quería recordar? Silber temía saber cuál era la respuesta, pues creía haber entendido bien a Hel. Finn Hasselblatt sería, con seguridad, uno de los próximos pasajeros de su transbordador. Él también tendría que viajar al País de Y para no regresar jamás.

De todos modos, Silber no había podido sacar gran cosa de las insinuaciones de Hel. Sentía que el barquero sólo tenía retazos de información, recolectados por casualidad a partir de pasajeros anteriores. ¿Qué sucedería si Rímini recuperaba su memoria? Tal vez era bueno que no se hubiese hecho realidad. Tal vez era como Silber, alguien que debía responder por una desgracia terrible y para quien, en realidad, era mejor ya no ser posible.

Carisma, la reina del País de Y, con seguridad sabría mucho más que Hel. Silber estaba seguro de que ella podría resolver el misterio del pasado de Rímini, pero si intentaba hacerle el más mínimo daño, sus horas estarían contadas. Silber se lo había jurado a sí mismo desde la cena. La idea de atravesar el delta lo hacía tiritar por dentro, pero no podía dejar que nadie lo notara. Además también le causaba curiosidad el transbordador que construiría Phos.

El marinero había desaparecido justo después de la cena, armado sólo con un hacha pesada. ¿Acaso pretendía construir, en una sola noche, un transbordador que soportara las corrientes del río y que al mismo tiempo resistiera hasta llegar al País de Y? Y si iba a hacer un barco de arena, ¿por qué no llevaba una pala?

—¡Silber! —susurró Delphine desde la hamaca de al lado—. ¿Tampoco puedes dormir?

—¡Nada de nada! —respondió Silber—. ¿Cómo poder? Sólo de pensar un poco en mañana me siento mareado.

—No iré al País de Y —dijo ella—. Si no hay forma de regresar, entonces no debo tomar ese camino.

Silber se estremeció, como si una corriente hubiera sacudido la hamaca. Sin embargo, por la respiración de Delphine pudo notar que ella también se debatía por dentro.

—¿Nos abandonarás, a Rímini y a mí...?

—Silber, lo he pensado mucho. Tengo que hacerlo. La verdad es que hay algo que tú no sabes.

—¿Qué?

—Te mentí. Yo no me escapé de la Escuela de las Preocupaciones.

—¿Cómo?

—Konstantin York me propuso un trato. Debo llevarle a Rímini, a cambio de eso él me dejó salir. ¡Mira!

Le pasó la mitad de la foto que le había dado York.

Silber abrió bien los ojos para poder distinguir algo entre la poca luz que llegaba de la lumbre de la chimenea.

—¿Qué tiene que ver York con Rímini? —preguntó Silber,

un poco demasiado alto. Rímini, intranquilo, se dio una vuelta en la hamaca.

—Yo creo que, de alguna forma, tiene algo que ver con la botella. York teme a Rímini. Quiere apoderarse de él. Creo que sabe algo sobre York, algo que puede destruirlo.

—Sí, pero... ¡él no lo sabe! Ni siquiera sabe cómo se llama. ¿Qué te prometió a cambio de que le lleves a Rímini?

En su voz se podía sentir cuán decepcionado estaba de que no le hubiera dicho la verdad antes.

—El secreto de un polvo que puede curar una fiebre maligna.

Silber cerró los ojos. Ahora entendía el dilema en el que había estado Delphine todo ese tiempo. Ahora intuía toda la verdad.

—¿Y acaso tú..., es decir..., tienes esa fiebre?

—Malaria. Puede despertar en cualquier momento.

—¿Y qué vas a hacer? —preguntó el chico.

—Debo regresar a la escuela. Intentaré sacarle a York el secreto del polvo por otros medios.

—¿Y si pregunta por Rímini?

—Le contaré una mentira inaudita. —Después de una breve pausa, Delphine añadió en voz baja—: Silber, hay algo más que debes saber. La Marie a la que Rímini creyó reconocer en mí es mi difunta abuela. Yo tampoco logro explicármelo. Tal vez tú puedas averiguarlo por mí.

¿Por qué Rímini conocía a la abuela de Delphine? Silber se sintió aún más mareado. Preguntas sobre preguntas. Todo le daba vueltas por dentro. Y aun así se dio cuenta, de golpe, de lo que en realidad significaban las posibilidades. ¡Lo fácil que era transformarse de Finn en Silber y a la inversa! Podía hacerlo todo el tiempo, sólo dependía de él mismo. Sin embargo, esta vez tenía que decidir, aquí y ahora, entre dos caminos. Uno sería mandar a Rímini a presencia de York y, de este modo, salvar a Delphine; aunque fuera lo que fuese lo que York pretendiera hacer con el chico, con seguridad implicaría su muerte. El otro camino era el de dejar que Delphine se marchara y salvar a Rímini, pero ello conllevaría la muerte segura de la chica. Así pues, el Silber que viajara con Rímini al País de Y no podría regresar nunca para salvar a Delphine. Mientras que el otro se vería obligado a abandonar al chico. Apretó los dientes para aniquilar esos pensamientos e intentó despertar de ese sueño espantoso. Sentía que empezaba a desgarrarse por dentro y trató de relajar los músculos para defenderse.

Delphine intuía lo mal que esto hacía sentir a Silber y saltó de su hamaca, silenciosa como un gato.

—Tengo que irme. ¡Mucha suerte a los dos en el País de Y! ¡Rímini no podría tener un mejor protector que tú!

Lo abrazó y se apretó a él con fuerza.

—¡Mira! —susurró él—. ¡Toma!

Delphine le miró las manos y reconoció la llave de Estela Plateada.

—Ya has visto cómo hay que conducirla —murmuró Silber.

—¡Gracias! Me la llevo como un recuerdo tuyo —dijo ella y bajó por la escala de cuerda.

—Oye, Delphine, si tienes tiempo, ¿podrías lanzar de vez en cuando un ratón muerto frente a la catedral?

—¡Lo haré, Silber!

Después de que Delphine cerrara la puerta suavemente tras de sí, Silber lloró hasta dormirse de cansancio.

Hel empezó a sacudir la hamaca de Silber, pero tardó un tiempo en despertarlo. Miró fugazmente hacia la hamaca de Delphine. Estaba vacía.

—Ya es la hora —dijo el barquero—. Ponte estos calcetines gruesos. En el transbordador se te enfriarán los pies. Delphine ha preferido desaparecer, supongo.

Silber asintió y no mintió al decir que tenía que solucionar un asunto de vida o muerte.

—Hel, ¿de verdad no hay otra posibilidad?

El barquero interrumpió su camino hacia abajo.

—Para ti, sí; para Rímini, no —contestó el barquero—. A no ser que quieras que muera trágicamente. ¿Sabes qué sucede cuando una posibilidad rechazada se encuentra con su realidad? —Hel hizo un gesto con la mano para enseñarle a Silber lo que pasaría—. Además yo me quedaría sin trabajo, y eso no puede ser. Eso me pondría una vez más en una encrucijada, ¿entiendes? ¡Y ahora vamos! Despierta a tu amigo. Phos nos espera.

Silber despertó a Rímini y se vistieron.

—¿Dónde está Delphine? —preguntó Rímini.

—Ella tiene que hacer algo muy importante. Después nos volveremos a reunir.

A Silber le dolió su propia mentira.

—¿Pensáis bajar de una buena vez? —gritó Hel.

Silber cogió su mochila y bajó. Rímini lo siguió.

Al salir de la casa, Silber preguntó:

—Hel, ¿es verdad que tus barcos están hechos de arena?

El baquero asintió.

—Sí, en verano. Ahora en invierno eso no funciona, claro.

—Y entonces ¿de qué material es el transbordador en el que viajaremos?

—Lo verás enseguida. Phos lo ha terminado justo a tiempo. Debemos pasar por la esclusa antes del amanecer..., de lo contrario nunca llegaréis al País de Y. Así que, ¡en marcha!

Corrieron a lo largo de la orilla. Por supuesto que también había niebla por todas partes, incluso al amanecer, pero Hel habría encontrado el camino hasta con los ojos cerrados. Poco después, el barquero se detuvo y trepó al ancho muro y ayudó a Silber y a Rímini a subir.

Arriba, en el muro, Silber vio un grueso cabo que bajaba hacia el agua. Esta vez no tendría que saltar como la noche anterior. Se agachó con cuidado para ver el río desde el muro y se encontró con el rostro de Phos, que se había vuelto a poner su casco-lámpara. Subía y bajaba como en un trampolín, y sostenía el cabo con las dos manos; incluso para el gigante era casi imposible conservar el equilibrio sobre el agua. Después Silber pudo ver un poco más allá y descubrió de qué material estaba hecho el transbordador: instintivamente empezó a temblar. ¡Estaba hecho de hielo!

—¡Vamos, bajad! ¡Rápido! Phos no puede esperar más.

Silber se agarró del cabo, lo rodeó con las piernas y bajó fácilmente. Rímini, en cambio, empezó a tambalearse al colgarse de la soga. Como no estaba acostumbrado a esas maniobras, tardó unos cuantos minutos en pisar el hielo del barco. Rápidamente, Phos lo alzó en sus brazos para que no saliera volando por el balanceó del barco.

Poco después, Hel estaba parado en cubierta.

—¡Soltad amarras! —bramó.

Acto seguido, el transbordador empezó a bailar entre la niebla húmeda como un elaborado témpano a la deriva. No había ningún motor, ninguna propulsión, ningún remo a la vista. Simplemente nadaba, como si conociera el curso del delta por instinto, como un salmón que surca las crueles aguas en busca de las más adecuadas para desovar.

El secreto de Delphine

Konstantin York estaba frente a una gran mesa de madera semicircular en su laboratorio secreto. Los tubos y las mangueras de la enorme caldera de cobre se extendían frente a él como si fueran los tentáculos de un monstruo que le pertenecía. Estaba absorto en su trabajo, igual que un buzo en el mar. Con diversas pipetas, dirigía una orquesta de pequeños tubos de vidrio dispuestos sin orden aparente en un estante de madera. Sacaba un tubito de aquí, otro de allá, olía el contenido, insertaba las pipetas para extraer unas gotas y las vertía en otros recipientes con otros líquidos. Sobre la mesa había frascos de vidrio y émbolos muy elaborados, con líquidos de colores que parecían los restos de una gran fiesta. Ocasionalmente cogía con unas tenazas un vaso caliente y lo sacudía, regulaba la llama de pequeños hornillos de gas o echaba gotas de esencias en otros tubos, para después ponerlos en el vientre de una máquina que analizaba automáticamente la mezcla de las esencias.

Al oír pasos en la puerta, Konstantin York se asustó.

—Señor York, ¿puedo pasar? —dijo Bleck van Lunteren, jadeando.

—¡Van Lunteren! Espero que tenga un buen motivo para esta interrupción.

—Más que eso, señor York. ¡La ayudante! La tal Delphine Blanche… —Van Lunteren tomó aire.

York miró al cazacabezas. Estaba empapado hasta los huesos y apestaba. El traje verde nadaba en sudor y, con cada paso, chorreaba sobre las pesadas botas negras. Los extremos del bigote, en lugar de alzarse firmes sobre la boca, como de costumbre, miraban hacia el suelo. Parecía haber hecho muchas cosas.

—¡Cálmese, por favor!

—Ella, ella..., ella nació, mejor dicho, ella...

—¡Van Lunteren, contrólese!

—¡Ella no debería existir! —soltó el cazacabezas.

—¿Cómo se atreve a venirme con semejantes tonterías? —preguntó York.

—No, eh, bueno. Ella nació, aunque su abuela murió antes de poder dar a luz a una hija que a su vez sería la madre de la ayudante y... —Van Lunteren se dio cuenta de que su discurso sonaba muy confuso—. Mejor empiezo por el principio. En el revés de la foto que usted me dio encontré un número casi ilegible. Todos los fotógrafos usan esos números para marcar sus fotos, como una firma. El fotógrafo murió hace mucho tiempo, pero su hijo lleva ahora el negocio de su padre. Echando mano de viejos documentos, pudo averiguar el nombre de la chica de la foto. Se llamaba Marie Montague.

Konstantin York, a quien pertenecía la foto, conocía este nombre. Sin embargo, el hecho de que el cazacabezas lo pronunciara le golpeó como un latigazo. Contuvo un grito y se tambaleó detrás de la gran caldera contra un estante que estaba lleno de botellitas con polvos. Recorrió rápidamente con un dedo las hileras de botellas. De repente se detuvo, sacó una, le quitó el tapón, se echó en la boca un poco de polvo y se lo tragó con un vaso de agua. Apoyado sobre el estante con los dos brazos, esperó a que surtiera efecto. Cuando volvió a dirigirse a Van Lunteren, éste supo que podía retomar su relato.

—Penetré en el Archivo Municipal y descubrí que la tal Marie Montague vivió hace un tiempo en la ciudad. Y encontré su certificado de defunción. Murió a los 17 años...

—El 1 de febrero de 1967, de malaria —susurró York.

Van Lunteren se sorprendió de que el director supiera eso. Cogió una toalla que colgaba junto a un lavamanos y se secó la cabeza.

—En efecto, la causa de la defunción fue la malaria, pero no fue el 1 de febrero de 1967. No puede haber sido.

—Van Lunteren, ¿qué está diciendo? —bufó York.

—Esa fecha estaba en el certificado de defunción, pero fue corregida posteriormente.

York se sentó y no pudo evitar que, en su desconcierto, la boca se le abriera.

—¿Fue corregida?

—Así es. Por lo visto, un médico expidió el certificado antes de tiempo.

—¿Cuándo...?

—Ella murió casi cinco meses después.

Si el nombre Marie Montague casi le había producido un desmayo al director, usualmente tan soberbio y estricto, ahora estaba al borde de un colapso nervioso.

—La tal Marie Montague murió en verano. Durante el parto de su hija.

—¿Ella dio a luz a una hija? Van Lunteren, ¿no estará equivocado?

York parecía haber envejecido de un momento a otro.

—No, estoy totalmente seguro. Examiné con mucho cuidado la partida de nacimiento. Una partera trajo al mundo a la hija de Marie Montague. Pero fue imposible salvar a la madre. La malaria la había debilitado demasiado. Mire, lea.

El cazacabezas le entregó a York un pedazo de papel que, era más que evidente, había arrancado de las actas del archivo. York lo miró fijamente y leyó con voz ronca:

—Charlotte Montague, nacida el 15 de julio de 1967. Madre: Marie Montague, fallecida en el parto. Padre: desconocido.

—¿Qué más pudo averiguar?

—La partida de nacimiento fue expedida, extrañamente, por la partera, lo más probable es que no hubiera ningún médico a mano.

—Marie Montague dio a luz a una hija antes de morir... Charlotte Montague... Charlotte... —susurró York como ausente, como si el nombre fuera una fórmula secreta—. Ésa podría ser la respuesta a todas las preguntas. Siga, Van Lunteren, ¿qué más? —resopló.

—La partera. Ésa podría ser una pista para averiguar más cosas —dijo el cazacabezas.

—¡Entonces averigüe más! ¡Cueste lo que cueste! —gritó York.

De repente se oyó un ruido en la entrada del laboratorio.

Alguien golpeó bruscamente a la puerta. Van Lunteren, al ver que el director estaba absorto en sus pensamientos, abrió. Frente a la puerta había dos cazacabezas que parecían sus propios hermanos, más jóvenes, pero no menos malvados.

—Bleck, acabamos de atrapar a esta bestia. ¡Pretendía infiltrarse en la isla! Y se resistió mucho. Tuvimos que someterla entre tres.

Uno de ellos encendió una linterna grande y apuntó hacia una figura que insistía en liberarse de la fuerza férrea de los cazacabezas.

Bleck van Lunteren miró atentamente la figura, como si quisiera aprenderse de memoria cada poro de su rostro. Después se frotó las manos y exclamó:

—¡Bien hecho! Traedla hasta aquí, al director le interesará.

York, que volvía en sí poco a poco, después de haber tomado los polvos, advirtió la presencia de la figura y no podía creer lo que veía. Unos minutos antes había pensado en ella con gran consternación.

Después de haber despedido al cazacabezas y a sus colegas, se dirigió a la prisionera y le dijo con una suavidad poco común en él:

—Hola, Delphine. Me alegro de verte. Creo que los dos tenemos muchas cosas que contarnos.

Kryptos

Silber no sabía cuánto tiempo llevaban en el transbordador bailando sobre el agua. Sentía que al partir de Nibelungia había abandonado el último rincón del mundo real. Todo le daba vueltas en la cabeza, pues el barco parecía no ser más que una pelota de juguete que iba y venía, de aquí para allá, entre la marea de los tres ríos.

Rímini dormía en un pequeño camarote en la proa.

Phos, quien claramente se había encariñado con el chico, había sacrificado su chaqueta para que éste no se congelara. El marinero gigante se había acurrucado a su lado y no le quitaba la vista de encima ni un minuto.

Era un misterio cómo ese hombre había logrado construir, en una sola noche, una obra de arte como ese transbordador. Incluso había hecho dos salvavidas de hielo, en los que había tallado los nombres Silber y Rímini.

Hel iba al timón. Ésa era la única parte de la embarcación que no estaba hecha de hielo, sino de madera, con mangos de colores. Silber no lograba saber si Hel, en realidad, conducía el transbordador entre la niebla, ni podía averiguar cuál era la fuerza que impulsaba ese tronco de hielo. Ante su pregunta, el barquero había gritado:

—Por ahora se derrite lentamente, muchacho.

Hasta ese momento, en medio del estrépito del agua, sólo habría sido posible sostener una conversación si hubieran estado dispuestos a romperse el gaznate a gritos, por eso Silber no había insistido. Le habría gustado saber cómo era posible que algo se derritiera con ese frío. Es más, tenía la sensación de que el frío incluso aumentaba. No obstante, al menos parecía que la niebla empezaba a aclararse y la fuerza del agua a menguar.

—¡Ya casi llegamos a la esclusa del delta! —gritó Hel—. Espero que Kryptos esté de buen genio.

Silber asintió y se quedó mirando la niebla. Tenía el estómago revuelto y se alegraba de que el barco entrara por fin en aguas más tranquilas.

En efecto, poco después vio un caparazón de piedra hacia el cual se aproximaba el transbordador. Phos gruñó con fuerza algo que sonó como una advertencia dirigida a la esclusa. Silber sintió que aceleraban y, al acercarse al caparazón, vio que la esclusa era una concha gigante. Una mitad estaba abierta hacia arriba, la otra mitad estaba sumergida en el agua. Parecía más un estacionamiento gigante que la cámara de una esclusa que permitía que la embarcación navegara a otro nivel en el agua. Mientras avanzaban bajo el caparazón de la concha, Silber se agachó para protegerse del eco que rebotaba contra las paredes.

Rímini se despertó y preguntó si habían aterrizado en el interior de una lata sumergida entre un chorro de agua intenso.

Hel soltó el timón de repente, se dirigió a la popa del transbordador y alumbró las paredes con el casco-lámpara de Phos. En un punto, la luz dio en el rostro arrugado de un hombre. Estaba sentado en lo alto, entre una canasta tejida con algas marinas. El hombre jugaba con un mondadientes entre los labios.

—¡Hel, enano latoso!

El barquero le lanzó a Silber una mirada rápida y gritó:

—¡Kryptos, mejillón decrépito, llévanos al delta!

—¿Acaso has cambiado a tu marinero por ese bicho de plata?

Phos se asomó desde el camarote y gritó algo incomprensible, pero con seguridad nada amigable hacia el caparazón de la concha.

—Hel, dile que tiene que hacer un esfuerzo. Ya bajo.

De repente, la canasta empezó a descender desde el caparazón, despacio, sostenida por dos gruesas algas de las que Kryptos tiraba con las manos. Poco después, la canasta aterrizó en la popa del transbordador. Kryptos era delgado como una línea, pero su cabeza era tan grande como la de un búfalo. Tenía el rostro cubierto de arrugas.

—¡Arrugas de tanto pensar! —le susurró Hel a Silber.

—¿Qué? ¿Sólo dos pasajeros? —refunfuñó al salir de la canasta.

—Eh, en realidad, sólo uno... —dijo Hel, señalando a Rímini—. Silber viene por su cuenta.

Kryptos miró seriamente a Silber.

—¡La juventud está cada día más loca! —rugió y se rascó una arruga en la mejilla antes de examinar a Rímini—: ¡Billete!

Mientras Rímini obedecía y sacaba del bolsillo el billete, Kryptos fue hasta su canasta y trajo una libreta gorda y llena de manchas, amarrada con una cinta elástica. Quitó la cinta, cogió un trozo de lápiz que llevaba detrás de la oreja y se acercó una vez más a Rímini:

—A ver, enséñamelo.

El guardián de la esclusa recibió el billete y lo puso sobre la libreta. Con la punta de la lengua por fuera y el trozo de lápiz entre los dedos, se disponía a anotar algo en el borde del billete cuando se sobresaltó.

—Pero ¿qué es esto? ¡Aquí ya hay un NIP! —gruñó—. ¿De dónde lo has sacado?

—¿Un NIP?

—¡Tu Número de Identificación Personal!

—Ni idea —exclamó Rímini, y no mentía.

—Hel, ¿qué pasa aquí? —le preguntó Kryptos al barquero.

—Bueno, sinceramente —murmuró Hel después de mirar rápidamente el billete—, no me había dado cuenta. A lo mejor tiene que ver con que él, a diferencia de los demás, no vino del río.

—Da igual de dónde haya venido. ¡Todo debe tener su orden! —gritó Kryptos.

—¿Alguien me puede explicar qué está pasando aquí? —se inmiscuyó Silber.

—¡Por supuesto! —dijo Kryptos de mala gana—. El camino de las posibilidades rechazadas suele llegar hasta las costas de Nibelungia, donde ellas accionan la sirena de niebla con un billete válido que han recibido previamente. Luego, Hel las lleva al País de Y. Y aquí, antes de llegar a su destino, yo les doy su NIP.

—Nadie puede hacer unos NIP tan bonitos como los de

Kryptos —dijo Hel entre dientes, quizá para apaciguar un poco al guardián de la esclusa.

Kryptos leyó en voz baja el NIP del billete:

—País de Y-0102-LK-67. Bueno, veamos —murmuró y empezó a pasar las páginas de la libreta—. Eh, ¿0102-LK-67? ¡No puede ser!

Siguió pasando las páginas; Silber miró de soslayo y vio que estaban llenas de números. En los bordes había unas notas diminutas, no había ni un solo espacio que no estuviera escrito y los números eran pequeños como la cabeza de un alfiler.

—¡Fue hace muchísimo tiempo! ¿Cómo es posible, Hel? Normalmente mis números son más que actuales.

Hel se encogió de hombros. De repente, Kryptos dejó de adelantar hojas y pasó el dedo por la página en la que acababa de detenerse.

—Aquí está. No obstante, esto no puede ser. ¡Ven aquí muchacho! —le gritó a Rímini. Phos lo siguió y no dejó de vigilar ni un segundo.

—Ya has pasado por aquí antes. ¡El 1 de febrero de 1967!
Entonces te di un número de NIP, el que está aquí en el billete. Sin embargo, viéndote ahora, te has conservado muy bien.

Silber tuvo que sentarse. ¡Eso había sido hacía casi cuarenta años! Incluso aunque fuera mayor de lo que parecía, y aunque de vez en cuando se comportara como un chico de doce años por la pérdida de la memoria, era imposible que tuviera más de diecisiete.

—Bueno, bueno, ya podemos cerrar las compuertas de la esclusa, pero no entiendo cómo alguien puede acompañar voluntariamente al País de Y a un cabrón como éste —bramó Kryptos, mirando de soslayo a Silber, y cerró la libreta.

Silber dio un brinco.

—¡Oye, tú, cabeza de arrugas! Rímini no es ningún cabrón, ¿de acuerdo?

Phos también gruñó amenazante.

—¿Ah no? Muchacho, ¡si supieras lo que hizo este tipo! Con razón lleva en el bolsillo el billete para el País de Y.

Rímini estaba a punto de llorar.

—¿Y qué fue lo que hice? —preguntó con voz temblorosa.

Kryptos resopló:

—No puedo decir nada al respecto. Pero tu NIP te delata.

Silber tuvo una idea.

—Kryptos, ¿puedes ver algo en su NIP que sí puedas decirnos?

Éste miró a Silber guiñando los ojos, con lo que el rostro se le arrugó aún más. Se notaba que, al tomar partido por Rímini, Silber había impresionado al singular guardián de la esclusa.

—Claro que sí. La fecha de su día Y. Y su nombre —respondió Kryptos.

—¡Dínoslo! —gritó Silber.

—Su día Y fue el 1 de febrero de 1967, dentro de tres días se cumplirán treinta y ocho años. Sólo Carisma sabrá cómo es posible que haya sucedido hace tanto y siga siendo joven. Ése también fue el día en que pasó por mi esclusa. Su nombre es... —Kryptos volvió a abrir la libreta—. Su nombre es Leander Knips. Ahora dejadme hacer mi trabajo. Y sujetaos bien... ¡La concha se pone en marcha!

El País de Y

Cuando la concha se cerró, todo quedó en una penumbra absoluta. Phos y Hel encendieron de inmediato sus lámparas.

—¡Sujetaos bien! —gritó Hel.

Rímini se había acurrucado en un rincón y no lograba acostumbrarse a su verdadero nombre, sobre todo porque ahora sabía que con ese nombre había sido «un cabrón». Se alegraba de no haber recuperado aún su memoria.

Silber se agachó a su lado y le pasó un brazo sobre los hombros. Con la otra mano se sujetó de la gélida borda del transbordador.

—No te preocupes, yo te seguiré llamando Rímini —le susurró.

Rímini asintió agradecido.

Con la embarcación en sus entrañas, la concha empezó a vibrar. Silber cerró los ojos. Ya no podía aguantar mucho más. ¿Cuál era el secreto de este chico? ¿Qué podía haber hecho que había sido tan grave? ¿Podría ser peor que aquello por lo que tenía que responder el mismo Silber? ¿Por eso quería York que Delphine se lo llevara? ¿Acaso el director de la Escuela de las Preocupaciones quería castigarlo por lo que había hecho? Al menos eso explicaría su interés por él.

Silber podía oír los ruidos que venían desde afuera; sonaba como si el agua se pusiera cada vez más furiosa de no poder entrar en la concha. Ésta dio la vuelta despacio y el transbordador quedó sobre el agua que había en la parte inferior. «Una sensación como la de las sillas giratorias», pensó Silber, que, por un momento, dibujó en su rostro una sonrisa fugaz.

La esclusa se quedó quieta de repente. Kryptos tiró de unas

gruesas sogas que colgaban hacia un lado y la concha crujió al abrirse lentamente. Entonces entró una luz tan clara, que Silber tuvo que taparse los ojos con la mano. Al destapárselos y pestañear, comprobó que la concha se había abierto del todo. Frente a ellos, el agua estaba lisa como un espejo, casi inmóvil. Reinaba una calma como en un manso lago. Los rayos de sol brillaban sobre la superficie, no había ni una sola nube en el cielo y ni un solo velo de niebla en el aire.

—¡Fuera! —gritó Kryptos desde arriba—. Y tú, Silber, ¡eres un tipo valiente! ¡0102-FH-05! Acuérdate, ése es tu NIP. ¡Lo he hecho especialmente para ti! Lo necesitarás en el País de Y.

Silber hizo una seña de despedida con la mano, y el transbordador empezó a salir de la concha hacia el río apacible. No mucho después, ya había recorrido un buen tramo.

—¡Esto es todo un mar, Hel! —gritó Silber, mirando hacia delante.

—Es un efecto. El río se convierte aquí en un lago enorme, pero no es más que una parte del delta. Cuando la marea baja, por todas partes se asoman islas pequeñas y el río serpentea a su alrededor. En todo caso, hoy hace mucho calor. ¡Y ahora es cuando realmente empieza nuestro viaje!

Una mirada hacia atrás lo comprobó. La concha, que estaba ya bastante lejos, se cerró y volvió a hundirse en el agua para regresar a su punto de partida.

Poco después, Silber sintió que la velocidad del transbordador aumentaba cada vez más. Al contemplar la vista sobre el río descubrió que, a cierta distancia, una isla salía del agua como una montaña. Tenía la forma de un ocho gigante, y la parte superior estaba unida a la inferior por un ojo de aguja aparentemente muy fino. De la cima de la montaña salía humo, o arena, y se posaba alrededor de la isla. Hel, al ver que Silber miraba hacia allí, gritó:

—¡Las playas doradas!

Silber asintió y se acordó de lo que éste le había contado. Sin embargo, de repente se asustó, al darse cuenta de que en los últimos minutos la borda se había reducido a la mitad. El suelo de la embarcación había disminuido tanto que Silber podía ver los peces que nadaban bajo sus pies.

—Hel, ¿cuánto más resistirá el transbordador? —preguntó.

—Bueno... No contábamos con este calor, pero podemos confiar en Phos. ¡Mira!

Hel señaló hacia el horizonte, donde se vislumbraba una isla llena de árboles. Silber no necesitó preguntar si era el País de Y. Las copas de todos los árboles tenían forma de Y, como si alguien acabara de podarlas.

Cuanto más rápido iba el barco, más se derretía; y cuanto más se derretía, más rápido iba. Un viento cálido golpeaba sus rostros, y la isla parecía volar hacia ellos.

De repente, Phos llegó a toda prisa a la popa, donde estaban Silber y Rímini. Hizo una señal de que se fueran hacia atrás, y, tan pronto como abandonaron la punta del barco, un buen trozo se rompió con un crujido. Silber alcanzó a coger su mochila en el último instante antes de que se la llevara la corriente. Ahora el agua golpeaba contra la pequeña cabina que protegía al timón de Hel. No estaban lejos de la orilla del País de Y, pero ni Silber ni Rímini hubieran podido recorrer esa distancia a nado.

—¡Cuidado! ¡El timón está a punto de romperse! ¡Entonces quedaremos en manos de Poseidón! ¡Sujetaos bien a la proa y poneos los salvavidas!

Los chicos siguieron la indicación del barquero enseguida, y Silber se alegró al sentir el frío refrescante del salvavidas de hielo. El aire en torno al País de Y era caliente. En ese momento, la cabina se desprendió del tronco del transbordador. Phos alcanzó a coger el timón de madera en el último instante. Con un chasquido, la cabina se desplomó en el agua caliente y se derritió en un abrir y cerrar de ojos.

El espacio se reducía poco a poco. Los cuatro se acurrucaron en el último pedazo del transbordador. El hielo se derretía bajo sus pies, de modo que estaban sobre un charco.

Phos bramó algo y señaló hacia abajo, donde ya podía verse el fondo del río. Algunos peces se habían congregado en la estela que dejaba el barco al derretirse y, así, abrían sus ávidas bocas en busca de oxígeno. El resto del transbordador se deshizo también casi imperceptiblemente, así que todos tuvieron que empezar a nadar.

—¡Seguid nadando! ¡Los salvavidas resistirán los últimos metros! —gritó Hel.

El marinero Phos no pudo hacer más que abrazar a Rímini por última vez, y el chico no sufrió heridas graves en el intento. Después, Hel subió ágilmente a la espalda del gigante, se aferró a sus bigotes como a las riendas de un caballo, y se sumergieron juntos en el agua, como una ballena y su cría.

—¡Nademos! —gritó Silber.

Rímini se sorprendió de poder hacerlo. Los salvavidas, al derretirse, les dieron un ligero impulso que les ayudó a recorrer en un tiempo récord el último tramo hasta la playa.

Muy poco después yacían agotados sobre la arena, jadeando en busca de aire, como dos focas encalladas tras haber escapado de un tiburón. Silber fue el primero en recuperarse.

—¿Estás bien, Rímini?

El chico alzó la cabeza y miró a su alrededor. Estaban en una playa de arena blanca. A veinte pasos de ellos empezaba un denso bosque que estaba tan bien cuidado como un parque. Todos los árboles, arbustos y plantas estaban cuidadosamente podados en forma de Y. Un ejército de jardineros debía de trabajar ahí día y noche, pero no había nadie a la vista.

—Silber, esto me parece mucho más bonito que Nibelungia o la ciudad de la Escuela de las Preocupaciones. Quizá no sea tan grave que no salgamos de aquí nunca, ¿no crees?

—Sí, bueno, hay que esperar… —dijo Silber—. Ven, ahí delante hay un camino que entra en el parque. Veamos hacia dónde lleva. Necesitamos que se seque nuestra ropa y encontrar algo de comer. Quién sabe cómo serán aquí las noches.

Muy pronto se dieron cuenta de que, en realidad, no se trataba de un bosque sino de un parque, en el que se adentraban cada vez más por un pulido sendero de piedras. El aire estaba impregnado de olores exquisitos y cantos de pájaros. Silber pensó si esto le gustaría a *Six* y se preguntó por qué no se encontraban con nadie. Allí tenía que haber hombres labrando, rastrillando, sembrando y podando todo el tiempo.

Al cabo de un rato descubrieron que siempre llegaban a una bifurcación, donde tenían que decidirse por una dirección. Después seguían por un tramo recto hasta que llegaban a una nueva. Más adelante llegaron a una en la que había dos letreros. Uno señalaba hacia la ramificación de la derecha, el otro hacia la de la izquierda. En el primero se leía: DÍGITA, en el segundo: TALÍA.

—¿Y ahora? —preguntó Rímini.

—Primero pensemos —contestó Silber mientras miraba a su alrededor.

No había nadie que pudiera darles alguna indicación sobre hacia dónde llevaría qué camino.

—Propongo que vayamos en dirección Dígita —dijo Silber.

—¿No crees que sería mejor Talía?

—¿Por qué?

—No sé.

—Vayamos en dirección Dígita.

Sin embargo, muy poco después llegaron a la siguiente bifurcación.

—¡Esta vez Talía! —exclamó Rímini.

—Bueno.

Después de más de una docena de bifurcaciones empezaron a pelear, pero tras un largo tira y afloja se decidieron por Talía. Después de otras cuantas docenas, estaban agotados y sin ganas de continuar.

—¿Por qué nunca hay un tercer camino que lleve a otra parte? —preguntó Rímini.

—Ni idea —contestó Silber—. Creo que esto de todos modos no lleva a ninguna parte. Debe de ser un laberinto o algo así. Sólo tenemos que seguir hacia delante. No tiene sentido regresar.

Pronto dejaron de contar las bifurcaciones y empezaron a turnarse la decisión de qué dirección escoger en la siguiente.

Cuando el día llegó a su fin, ya habían perdido todas las esperanzas de que el laberinto terminara en algún momento. Más que caminar, se arrastraban. Tenían hambre y estaban cansadísimos. De repente, los árboles y arbustos se iluminaron y el camino desembocó en una gran pradera.

Al final de la pradera había una muralla alta e imponente.

Rímini empezó a correr hacia ella, pero Silber lo detuvo.

—Espera. Me gustaría saber adónde habríamos llegado si hubiéramos tomado otras bifurcaciones —murmuró.

—Creo que aquí mismo. ¡Mira! —contestó Rímini.

No muy lejos, otro camino que venía del parque terminaba en la pradera.

—Qué raro que no hubiéramos visto antes la inmensa muralla. Mírala, tiene que verse desde cualquier parte —dijo Silber.

Atravesaron la pradera hasta la muralla. Silber la tocó y advirtió que estaba hecha de piedra lisa. No combinaba en absoluto con el hermoso paisaje del parque, y ni siquiera Phos habría podido escalarla.

—Caminemos junto a ella, a lo mejor nos lleva hacia un pasaje.

Caminaron junto a la muralla durante un rato, pero pronto se dieron cuenta de que tenía forma de círculo. De repente, Silber se quedó quieto, se apartó hacia un lado, se agachó detrás de un arbusto e hizo que Rímini se agachara con él.

—¡Mira! ¡Un portón! —susurró.

—Y dos guardias —dijo Rímini—. Pero parecen simpáticos.

—Puede ser una trampa. Supongo que hemos llegado al palacio de Carisma.

—La reina del País de Y —murmuró Rímini impresionado.

—Me lo había imaginado más bonito. Un muro gris y feo. Ahora sabremos si Kryptos tenía razón al llamarte «cabrón».

Silber salió del arbusto y se acercó al portón. Rímini lo siguió.

Uno sólo podía suponer que los dos hombres que estaban ahí eran guardias. Sonreían amistosamente, no tenían armas ni uniformes y estaban vestidos como deportistas. Los dos llevaban ropa azul de entrenamiento, zapatillas y badanas en la frente y las muñecas.

Silber se disponía a hablarle a uno de los dos, cuando sucedió algo sorprendente. Un hombre vestido igual que los otros atravesó el portón y le entregó a uno de ellos un pequeño paquete envuelto, como si fuese un regalo. El guardia miró la etiqueta, en la que había una dirección, asintió y salió corriendo. Entonces el hombre que acaba de traer el regalo ocupó el puesto del que se acaba de ir.

Silber se acercó y exclamó:

—¡Queremos ver a Carisma, la reina del País de Y!

—¡Eso es perfectamente imposible, muchacho!

—¿Por qué?

—Eso no os lo puedo explicar ahora. ¿Kryptos no os ha dado un NIP? Sin él no podréis entrar en el Ascensor de las Posibilidades.

Silber se acordó de inmediato del número que le había gritado Kryptos.

—0102-FH-05 —dijo al instante.

—¿Y el tuyo?

—0102-LK-67.

Los dos guardias se miraron, y uno de ellos escribió los números en un cuaderno que había sacado de su bolsillo.

—¡Seguidme, por favor! —gritó el otro, dio media vuelta y atravesó el portón. Silber y Rímini lo siguieron de cerca.

El parque se extendía por el otro lado de la muralla. Sin embargo, después de unos pocos minutos, Silber y Rímini vieron una construcción que los dejó sin habla: una gigantesca torre cuadrada más alta que la catedral de la ciudad de la Escuela de las Preocupaciones. Era inexplicable que no la hubieran visto cuando se acercaban a la isla en el transbordador que se derretía. Sólo mucho después supieron que, vista desde lejos, la torre se fundía con los colores de las nubes y por eso uno sólo podía ubicarla al estar justo debajo de ella.

En lo alto, rozando las nubes, la torre se abría en dos direcciones. El palacio de Carisma era una Y de piedra gris, una Y con una horquilla gigante que parecía clavarse en el cielo.

El Ascensor de las Posibilidades

Silber y Rímini siguieron al guardián hacia la entrada de la torre. Éste no tuvo que abrir ningún portal, ninguna puerta, simplemente había un acceso enorme que, como la torre, también tenía forma de Y y llevaba hacia un amplio pabellón.

Una vez dentro, Silber y Rímini no podían salir de su asombro. Ya desde el vestíbulo se oía un cuchicheo y un zumbido como el de una colmena. Silber pensó de inmediato en las salas de espera de los aeropuertos, en las que legiones de viajeros esperan para tomar un avión. En la inmensa sala pululaban personas de todos los países del globo terráqueo. Lloraban, parloteaban y reían. Unas señoras amables, vestidas de blanco y negro, caminaban a pasitos por entre las masas ofreciendo bebidas y galletas.

—¿Qué es este lugar? —preguntó Rímini al guardián.

—La sala de espera del País de Y. Tomad asiento por favor. Luego esperad a que vuestros NIP aparezcan en el tablero de ahí arriba. Entonces podréis subir al ascensor.

El guardián señaló hacia uno de los aproximadamente treinta ascensores que subían por la inmensa torre.

—¡Pero eso puede tardar una eternidad! —bramó Silber.

—Va rapidísimo. ¡A medianoche la sala queda vacía! —afirmó el guardián—. Tiene que quedar vacía, pues entonces empiezan las audiencias, si las hay.

Silber y Rímini recorrieron la sala en busca de un buen puesto. Allí estaban congregadas todas las edades, desde niños hasta ancianos. Chicos y chicas, señores y señoras. Un colorido tráfico de colores, estilos y figuras, como en las pinturas que solía dibujar Silber. Muchos conversaban en voz baja, otros estaban reunidos en grupos y reían en intervalos regulares como si estuvieran contando chistes. Otros, sentados en los bancos de piedra gris que había por todas partes, miraban apáticos hacia el vacío.

—Ven, vamos hacia los ascensores —dijo Silber—, así estaremos más cerca.

Entonces se abrieron camino entre la masa de gente y pudieron ver cómo funcionaba el asunto. Encima de la entrada a cada ascensor había grandes tableros con cifras brillantes. Cuando aparecía un NIP, alguien entre la masa gritaba: «¡Aquí!», «¡Soy yo!» o «¡Bueno!», y se dirigía al ascensor y entraba. En cuanto un ascensor se llenaba, las puertas se cerraban.

Rímini no dejaba de mirar hacia los tableros esperando que su número apareciera en cualquier momento.

—Tú y yo nos quedamos juntos en cualquier caso, ¿cierto, Silber? —preguntó con un ligero temblor en la voz.

—Por supuesto —asintió su amigo.

Justo al lado de Silber había una chica, recostada contra una de las miles de columnas cuadradas sobre las que se sostenía esa gran Y elevada hacia el cielo. Sería uno o dos años mayor que él. Llevaba un vestido de colores y el pelo recogido en una trenza con una cinta roja. En su cara se dibujó una sonrisa que animó a Silber a hablarle. Rímini oía con un oído la conversación y mantenía la mirada clavada en los tableros.

—¿Hace mucho que esperas? —preguntó Silber.

—Un par de horas.

Silber se extrañó; habría notado algo si Hel hubiese traído más pasajeros por la noche.

—¿Y cómo has venido? —inquirió.

—En un transbordador de sal, desde el sur.

—Ah..., ¿hay más transbordadores?

—¡Claro! ¡Vienen de todos los puntos cardinales! Transbordadores de azúcar, de hielo. Y por supuesto, las posibilidades rechazadas en un día Y entran por la puerta dorada. ¿Y tú? ¿Quién habrías podido ser tú? —quiso saber ella.

A Silber le molestó esta pregunta.

—Yo, eh, bueno... —balbució.

—De acuerdo, no quieres hablar de eso. Yo habría podido ser bailarina.

—¿Y por qué no lo fuiste?

—¡Qué pregunta! Como todos aquí, soy sólo una posibilidad que no fue realizada. Mi realidad tiene un trabajo en una compañía de seguros. Eso les pasa a todos los que están aquí, todos son posibilidades rechazadas, sin excepción. Mira a ese de ahí. Podría haberse reconciliado con su padre, pero ha resultado una realidad distinta.

Silber se estremeció y observó al joven. Llevaba un traje oscuro, una corbata roja y zapatos negros de charol, y miraba hacia el tablero como ausente.

—¿Lo conoces?

—No, sólo acabo de hablar un rato con él.

—¿Y qué pasa después? —preguntó Silber.

—Bueno, eso depende del grado de posibilidad. La mayoría esperan a ser lo suficientemente fuertes.

—¿Para qué?

—Para que les den una segunda oportunidad. Sin embargo, eso sólo es posible al tener una audiencia con Carisma. ¡Por supuesto que eso sería fantástico!

—¿Y quién lo decide?

—Depende de la planta en la que bajes. Si logras llegar hasta arriba, te conceden una audiencia, bueno, eso me han dicho.

—¿Y si no?

—Entonces vas a dar a cualquier planta y te guardan como posibilidad rechazada en un depósito a prueba de polillas. Si tienes mucha suerte, le mandan a tu realidad un recordatorio de ti, pero eso tampoco es seguro.

A la chica se le iluminaron los ojos de repente.

—¡Mira! ¡Mi número! ¡Que todo salga bien! ¡Y mucha suerte!

La chica entró de un salto en el ascensor y, justo antes de que la puerta se cerrara, se despidió de Silber agitando la mano.

Silber aprovechó la oportunidad y recibió el chocolate caliente que le ofrecía una de las simpáticas señoras pingüino. Y mientras ésta estaba distraída ofreciéndole una taza a Rímini, cogió tres manotadas de galletas y se las guardó en el bolsillo. Rímini, que también se atragantó de galletas como un muerto de hambre, resopló de repente:

—¡Ay, no! ¡Nuestros números! Silber, ¿de verdad tengo que entrar ahí?

Silber asintió con decisión, se echó la mochila al hombro y los dos se dirigieron hacia el ascensor. Un ascensorista vestido como los guardianes del portón de la muralla recibía con una sonrisa a todos los que entraban.

Silber y Rímini entraron y esperaron. Pasó un rato hasta que llegaron desde todos los rincones del inmenso pabellón los poseedores de los NIP de ese ascensor.

Al ver el letrero con el número de las plantas, Silber se asustó.

—¡Rímini, mira eso!

—¿Ochenta y ocho plantas? ¡Qué locura! —murmuró el chico, antes de terminar de beber su chocolate a toda prisa.

—Te aviso una vez: bajaremos en lo más alto. ¡Ya he hecho mis averiguaciones! —susurró Silber.

A Rímini le latía el corazón a toda velocidad de sólo pensarlo. Se notaba que habría preferido salir corriendo, pero se quedó valientemente detrás de Silber en una esquina.

Silber observó de cerca a los que subían con ellos. Y en ese momento se dio cuenta de que la mayoría de las personas que estaban en el pabellón eran niños, adolescentes y adultos jóvenes. Sólo había un hombre y una mujer que rondaban los cuarenta. Entonces tuvo la sensación de que las posibilidades con mayor edad disminuían. No obstante, cuando el joven de traje oscuro y corbata roja entró en el ascensor, Silber se puso pálido. ¡Justo él tenía que subir con ellos! Uno que se habría reconciliado con su padre. ¡Habría! Como si no tuviera que pensar en eso con demasiada frecuencia, el tipo este le recordaba una vez más esa posibilidad a la que él ya le había cerrado la puerta hacía mucho tiempo.

Finalmente, el ascensorista se llevó a la boca un delgado silbato que le colgaba del cuello y lanzó tres pitidos.

—¡Cuidado! ¡Se cierran las puertas!

Las puertas se cerraron desde la izquierda y la derecha, y el ascensor se puso en marcha.

Poco después, volvió a detenerse y las puertas se abrieron. Silber y Rímini, que se habían acercado al ascensorista, podían mirar hacia la planta que se abría frente a ellos. Una señora mayor, robusta, estaba junto al ascensor parada frente a un pupitre alto. Y aunque tenía la apariencia de una abuela bondadosa, estaba hecha de una madera distinta a la de las señoras pingüino de la sala de espera. En la mano sostenía un lápiz afilado como una daga y lo deslizaba sobre una lista que reposaba sobre el pupitre.

—Posibilidades permanentes: ¡bajen, por favor! —gritó.

En el ascensor no se movió nadie.

—Posibilidades permanentes: ¡bajen! —repitió con tono enfadado y contemplando con furia las caras de dentro del ascensor.

Silber miró de soslayo al joven del traje oscuro. ¿Acaso no era permanentemente posible?

—¡Tú, ahí! —gritó la recepcionista, mirando a una niña de unos diez años.

Ésta se puso pálida.

—¿Qué podrías haber hecho? —le preguntó.

—Podría haber estudiado para la escuela... —respondió la niña con una vocecita.

—¡Posibilidad permanente! ¡Baja de inmediato! —bramó la mujer y anotó algo en la lista.

La niña salió del ascensor y preguntó:

—¿Y qué pasará ahora conmigo?

La recepcionista se acomodó las gafas y dijo:

—Un recordatorio, tal vez. Para tu realidad que no estudia para la escuela.

—¿Y qué tipo de recordatorio?

—Malas calificaciones o una carta. ¡Y ahora, atrás! ¡Cerrad puertas!

Tras esta parada en la planta de las «Posibilidades permanentes», Silber y Rímini comprendieron cuál era el procedimiento de selección en este ascensor de la torre Y. Sin embargo, ninguno de los dos sabía en qué planta debían bajar. Silber no era ni siquiera una posibilidad, sino una realidad. Y Rímini estaba ahí por segunda vez, si era cierto lo que había dicho Kryptos. ¿Habría bajado, en ese entonces, en alguna de las plantas para convertirse en un recuerdo? ¿Un recordatorio en una botella? ¿O yacerían entre el polvo de esta torre viejas posibilidades de Silber y Rímini en forma de recordatorio, por ejemplo, las posibilidades permanentes por las que Silber y Rímini no se decidían a diario?

Las puertas del ascensor se abrieron. La misma situación: una mujer mayor con unas gafas un poco distintas.

—Posibilidades diarias: ¡bajen, por favor!

Una señora en sus mejores años y un chico bajaron.

La mujer del pupitre saludó al chico como a un viejo conocido.

—¡Hola! Ya va siendo hora de que te conviertas en una realidad, ¿no?

El chico asintió cabizbajo y dijo:

—Bueno, con levantarme a tiempo una sola vez lo lograría. Sin embargo, la realidad siempre es otra.

La mujer asintió comprensiva.

—¡Retroceded! ¡Cerrad las puertas!

El ascensor subió tan rápido que Rímini sintió náuseas. No obstante, quizá fuese por las galletas. Silber se sorprendió de que el tipo del traje oscuro no hubiera bajado aún.

En las plantas de las «Posibilidades esporádicas», «Posibilidades que regresan una y otra vez» y «Posibilidades que regresan de vez en cuando», no bajó nadie y las recepcionistas no pusieron ningún reparo. Entre tanto se había hecho evidente que por cada categoría de posibilidad había once plantas. De repente, el ascensor volvió a detenerse.

—Posibilidades raras: ¡bajen, por favor!

No hubo reacción en el ascensor.

La mirada áspera de la recepcionista.

—¡Ustedes cinco, ahí! —gritó, mirando a dos chicas de unos catorce años, un joven de dieciséis y a una señora y un señor que estaban cerca de los cuarenta—. ¿Cuál habría sido vuestra realidad?

—¡Me habría enamorado perdidamente! —dijo el hombre. Los otros cuatro asintieron en silencio.

—¿Eso quiere decir que vuestras realidades os han rechazado y han preferido no enamorarse perdidamente al tener la oportunidad? —confirmó la recepcionista.

Todos asintieron.

—¡Bajad! ¡Retroceded! ¡Cerrad las puertas! —gruñó.

Silber y Rímini habían logrado superar ya seis categorías, es decir, sesenta y seis plantas. Faltaban dos categorías para llegar a la última planta, según el letrero de la pared del ascensor. Junto al ascensorista quedaban aún tres personas: Silber, Rímini y el joven del traje oscuro.

El ascensor se detuvo una vez más. Las puertas se abrieron. Una vez más, una recepcionista mayor, pero esta vez con una voz especialmente amable.

—¡Bienvenidas, honorables posibilidades que se han vuelto imposibles! ¡Bajen, por favor!

El joven del traje bajó con paso pesado.

—Yo me habría reconciliado con mi padre... —murmuró éste a la mujer.

—¡Entonces tendrías que haber bajado en la primera planta: «Posibilidades permanentes»! —gruñó ella, intentando hacerle regresar al ascensor.

—Mi padre murió anoche —dijo el joven.

—Ay, lo siento. Entonces eres completamente bienvenido: posibilidad que se ha vuelto imposible. Por favor, ve hacia el fondo.

La mujer se inclinó sobre su lista y anotó algo. Luego volvió a mirar hacia dentro del ascensor.

—¿Y ustedes dos? —preguntó a Silber y a Rímini.

—Eh, nosotros no somos posibilidades, somos realidades —exclamó Silber enseguida.

—Eso afirman todos los que quieren llegar hasta arriba —dijo la recepcionista—. Si sois realidades, ¿por qué habéis venido al País de Y?

—¡Porque tenemos que averiguar una cosa! —replicó Silber.

—Bueno..., por mí, de acuerdo. En el inventario tendrán que decidir qué hacer con vosotros. ¡Retroceded! ¡Cerrad las puertas!

Las puertas del ascensor se cerraron. Y Silber y Rímini respiraron, aunque presentían que lo peor aún estaba por venir. El ascensor se detuvo. Las puertas se abrieron. Habían llegado a la última planta.

—¡Inventario! ¡Bajen todos! —gritó una recepcionista, en

cuyo rostro la rigidez saltaba a la vista. Esta vez había dos hombres fuertes detrás de ella.

Rímini y Silber bajaron, y el ascensor se cerró inmediatamente detrás de ellos. Por un instante, los dos pudieron oír el zumbido de éste al hundirse en el abismo.

—¿Por qué motivo habéis subido hasta esta planta?

—¡Tenemos que averiguar algo acerca de diversas posibilidades! —se apresuró a decir Silber.

—Ah... ¡Un caso para Dígita y Talía! Bueno, ¡suerte! —El tono sarcástico en su voz era clarísimo.

—¿Cómo te llamas? —preguntó la señora mirando a Rímini.

—¡Leander Knips! —respondió Rímini.

La recepcionista hojeó un rato en un fichero hasta que finalmente sacó una vieja ficha.

—Vaya, vaya. 0102-LK-67. Es extraordinario. Eso fue hace ya treinta y ocho años. Según mis datos, deberías haberte convertido en un recordatorio hace tiempo.

—¿Un recordatorio de qué? —preguntó Rímini descaradamente.

—¡De la posibilidad que alguna vez fuiste, por supuesto! —contestó la mujer—. Ajá. Si no me equivoco, no fuiste una posibilidad fácil, de las que se dan con frecuencia, sino una posibilidad rechazada en un día Y.

La recepcionista lanzó una mirada fugaz a los dos hombres que estaban detrás de ella y se quitó las gafas.

—Yo no puedo hacerme responsable de esto aquí, en el inventario. Por favor, toma asiento allá atrás —dijo, señalando un banco de piedra como los que había en la sala de espera. Después guardó el fichero y miró a Silber—. ¿Y tú cómo te llamas?

Silber tomo aire y respondió:

—¡Finn Hasselblatt!

—¿Y qué significa ese traje?

—Es mi vestimenta de trabajo.

La mujer sonrió con sorna. En el rostro de los hombres también se deslizó una sonrisilla.

—¡Vestimenta de trabajo plateada! ¿Acaso pretendes gustarle a la reina Carisma, es eso? No te hagas ilusiones. La última audiencia fue hace mucho tiempo.

La recepcionista repasó las fichas una vez más hacia delante y, frunciendo el ceño, hacia atrás.

—Más extraordinario aún. ¡No hay ninguna ficha!

—¿Eso qué significa? —preguntó Silber de inmediato.

—Significa que hasta ahora no has vivido ningún día Y. A lo mejor algunas posibilidades rechazadas por ti han ido a parar a la primera planta y han sido guardadas allí a prueba de polillas. Sin embargo, yo no tengo por qué llevar registro de eso. Para llegar hasta aquí tienes que haber recibido un NIP, ¿no?

—Claro —dijo Silber y se rascó la cabeza—. 0102-FH-05.

—¿Cómo? ¡Pero eso no es sino hasta pasado mañana! ¿Cómo es posible? Esto no me había pasado nunca. ¿Una posibilidad futura?

Uno de los dos hombres se acercó a la recepcionista y le murmuró algo al oído.

—Eres una realidad y no deberías estar en este lugar. ¿Por qué estás aquí entonces?

—Quiero acompañar a mi amigo y, además, averiguar una cosa.

—Muchacho, creo que no eres consciente de lo seria que es esta situación. Pasado mañana es tu día Y. Ése es el día correcto para averiguar algo sobre ti. Por el momento, como he dicho, sigues siendo una realidad. Y al venir aquí te escabulles de las posibilidades entre las que habrías tenido que decidirte pasado mañana. Por favor, toma asiento allá atrás.

Silber se reunió con Rímini sobre el banco de piedra gris. Pasó un buen rato antes de que el ascensor volviera a abrirse. Una mujer de unos treinta años fue entrevistada y enviada de vuelta a la planta de las «posibilidades que regresan una y otra vez». Finalmente, la recepcionista se acercó a Silber y a Rímini.

—A ver, vosotros dos. ¿Queréis averiguar algo sobre vuestras posibilidades? Dígita y Talía, las damas de honor de la reina Carisma, os harán una prueba.

—Pero preferimos ir de una vez a presencia de la reina —protestó Rímini.

—Eso quieren todos. Sin embargo, para llegar hasta la reina hay que pasar antes por donde las damas. De ellas depende si se os concede una audiencia con la reina Carisma. ¿Entendido?

—¿Cómo funciona esta prueba? —preguntó Silber.

—Dígita y Talía son opuestas por el eje y se odian a muerte. Cada una puede pronunciar una sola palabra. Dígita sólo dice «sí», mientras que Talía sólo dice «no». Cada uno de vosotros debe plantearles tres preguntas.

Silber sonrió satisfecho.

—Muy bien, ¡eso es pan comido!

—¡No te alegres tan rápido, que no es tan fácil! —dijo la recepcionista—. ¡No podéis conocer las respuestas de antemano! Y, por supuesto, las preguntas deben estar relacionadas con las posibilidades del pasado. Al fin y al cabo, ninguna de las dos es una pitonisa.

—¿Las posibilidades del pasado? ¡Eso sí que es pan comido para mí! —exclamó Rímini.

La mujer no estaba interesada en comentarios optimistas como ésos.

—Si gana Dígita, es decir, si hay más respuestas de «sí», entonces os será concedida la audiencia. Si gana Talía, entonces tendréis un panorama oscuro, muy oscuro… Que conste que os lo he advertido.

Dígita y Talía

Los dos hombres que antes estaban detrás de la recepcionista llevaron a Silber y a Rímini más arriba todavía, a través de una amplia escalera, y justo cuando empezaban a pensar que los peldaños no acabarían nunca, llegaron a una plataforma al aire libre. La vista sobre la isla era abrumadora. Por encima de ellos, la Y se bifurcaba en dos puntas que terminaban en el cielo. Ninguna escalera subía a través de ellas. Estaban completamente vacías, como dos chimeneas gigantes. Silber y Rímini estaban justo en la mitad.

Los dos acompañantes se detuvieron detrás de dos sillas que estaban forradas en terciopelo y tenían unos respaldos altísimos. Al juntarlos en un solo sillón, éstos formaban una Y. Una mitad era negra, la otra era blanca.

—¡Esperad aquí hasta que den media vuelta! —susurró uno de los hombres antes de alejarse y bajar por la escalera.

Silber vio que eran sillas giratorias, y le habría encantado sentarse y sentir de nuevo esa sensación fabulosa.

Como si hubiese dado una señal de inicio con el pensamiento, las dos sillas empezaron a girar de repente y, tras unos segundos, Silber y Rímini se encontraron ante las dos gemelas más idénticas del mundo. ¡Los mismos ojos, las mismas bocas, las mismas narices! La única diferencia, clave, estaba en la ropa, los accesorios y el color del pelo. Una llevaba un vestido blanco como la nieve y el pelo del mismo color peinado hacia arriba como una montaña de algodón de azúcar. En los pesados anillos de las manos reposaban unas piedras blancas y brillantes que Silber y Rímini no habían visto nunca antes. La otra llevaba un elegante traje de pantalón negro como el azabache y el pelo negro elaboradamente peinado hacia un lado. Llevaba un collar con cientos de perlas negras. Pero ¿cuál era Dígita, y cuál Talía?

Silber le indicó a Rímini que quería ser el primero. Su mirada se paseó de la blanca a la negra y de vuelta. Tenía la oportunidad excepcional de averiguar algo sobre su pasado y de recibir tres respuestas sinceras. ¿Qué preguntas debía formular, cuya respuesta no conociera de antemano? Husmeó en lo más profundo de sus entrañas y luego se preguntó a sí mismo cuál era el asunto más urgente. Cuando se le ocurrió la pregunta, tuvo que golpearse el pecho por la tristeza.

—Justo antes de que mi mejor amigo, Coco, muriera sobre los rieles, me susurró al oído: «Finn, no puedes hacer nada». ¿Tenía razón?

La negra le lanzó a la blanca una mirada ligeramente triunfal y respondió:

—Sí.

Una sensación cálida envolvió a Silber. Aliviado, sintió cómo las lágrimas le rodaban por las mejillas y, entre sollozos, advirtió que acababa de anotarse un punto para la audiencia con la reina Carisma. Además, ahora sabía que Dígita era la negra y Talía la blanca. Sin embargo, entre el mar de lágrimas se dio cuenta de que la audiencia ya no le parecía tan importante y tardó un rato en poder volver a hablar. Rímini se le acercó por detrás y le puso una mano en el hombro.

—Cuando estábamos pintando los vagones del tren, tres policías de la estación nos descubrieron. Nosotros nos escapamos a toda velocidad y ellos nos persiguieron por la vía del ferrocarril. Uno de los policías era mi padre. Y él fue…, quiero decir, él tuvo algo de culpa en la muerte de Coco, ¿no?

Una risa histérica de la blanca Talía anunció la respuesta:

—¡No!

La respuesta de Talía restalló como un latigazo. ¡Había sido injusto con su padre! Silber se tapó la cara con las manos.

—Sigue tú, necesito un descanso —dijo avergonzado, y corrió hacia la baranda de la plataforma.

El sol empezaba a ocultarse frente a él, y por primera vez en mucho tiempo sintió el deseo de reconciliarse con su padre, un deseo que creía haber desterrado para siempre de sus entrañas.

Rímini se aclaró la garganta y tragó saliva.

—¡Buenas tardes, honorables damas! —gritó.

Rímini sentía que la alegría de su voz era tan genuina como el miedo de su corazón. Le emocionaba poder averiguar más sobre sí mismo y sobre sus posibilidades pasadas, pero sólo pensar en la posible respuesta a la pregunta con la que quería empezar le hacía temblar.

—Sea lo que sea lo que vayan a contestar a continuación, por favor, les ruego que lo hagan con la mayor suavidad posible para que no me afecte tanto, ¿de acuerdo?

Dígita y Talía se lanzaron una mirada de irritación.

—Cuando estaba sentado en la silla de peluquería en el refugio de Daphne, fingiendo que dormía, Daphne le susurró a Silber que viviré «y» moriré. ¿Tenía razón?

Dígita lo miró con una sonrisa dulce y se rascó como por casualidad por detrás de la oreja con la negra uña del dedo índice.

—Sí.

La alegría de Rímini se desinfló en un instante. La espada de Damocles volvía a pender sobre él. En los últimos días con Silber a su lado se había acostumbrado a la vida, era tan bonito tener un amigo como él. ¿Y ahora otra vez se acabaría todo? ¡Pero si apenas había vuelto en sí! ¡Y aún era tan joven! ¿Por qué tenía que morir? ¿Qué había hecho? ¿Volvería a ver a Daphne y a Delphine antes de que le llegara su fin?

—¡Maldición! ¿Acaso no soy más que un recuerdo? ¿Un recuerdo que no puede volver a despertar a la vida? —murmuró.

Talía agitó sus brazos elásticos, con sus largos dedos y las largas uñas pintadas de blanco, como si quisiera descuartizar a Rímini:

—¡No!

—¿No? ¿De verdad? —susurró Rímini como en un trance y formuló, sin querer, su tercera pregunta. La respuesta llegó enseguida.

—¡Sí! —sopló Dígita.

—¡No! —gritó Rímini—. ¡Ésa no era una pregunta!

Dígita se encogió de hombros; los de Rímini, por el contrario, se hundieron desanimados. Había desperdiciado dos preguntas y estaba visiblemente impactado.

Silber, que había oído de refilón el cuestionario de Rímini, regresó de la baranda. Ya se había recuperado un poco y en su mirada había un nuevo ánimo, una determinación que ni siquiera había vuelto a sentir siendo Silber. Hasta ahora, tres veces «sí», dos veces «no», pensó.

De la última respuesta dependía que les concedieran la audiencia con Carisma y, así, poder averiguar mucho más sobre su día Y y sobre el pasado de Rímini de lo que habían podido sacar en este cruel jueguecito de «sí» y «no». Se había ingeniado una pregunta.

—Yo le parezco a Delphine... En fin, ella está, quiero decir...

Talía sólo ansiaba la oportunidad de responder «no». Silber volvió a empezar.

—Mejor dicho, es posible que Delphine también se haya... ¿Yo le gusto a Delphine?

Talía, la dueña del «no», se desplomó. Y Silber pudo ver el movimiento de la boca de Dígita como con una lupa. Sus labios formaron un claro «¡sí!» que se convirtió en música al llegar a los oídos de Silber.

Sin embargo, no hubo tiempo para que la respuesta resonara. Un trueno profundo anunció una tormenta que se precipitó sobre la torre desde las dos bifurcaciones de la Y. Como un tornado, sopló por entre las rendijas del muro gris y tumbó las sillas en las que aún estaban sentadas las dos damas de honor de la reina Carisma. Silber cogió a Rímini y se escondieron en un rincón, abrazándose con fuerza el uno al otro.

A continuación, todo pasó muy deprisa. Dígita y Talía salieron disparadas de sus sillas y todo se inundó con los gritos histéricos de la blanca y los dulces murmullos de la negra. Después se juntaron y revolotearon la una en torno a la otra, hasta que ya no se podía distinguir el negro del blanco, como en los velos nocturnos de Nibelungia. Como movidas por una mano invisible, las dos mitades de las sillas se unieron en un trono con forma de Y, y la tormenta terminó tan súbitamente como había empezado.

Silber fue el primero en atreverse a mirar. A pocos pasos, una hermosa mujer los observaba desde el trono en forma de Y. Llevaba un vestido plateado, joyas plateadas y unos elegantes zapatos plateados que sólo podían haber sido confeccionados para una reina.

Carisma

—Jóvenes, ¡Carisma os da la bienvenida! ... ¡Ay, maldición, que os lleve el diablo! ... ¡Qué alegría que estéis aquí! ... ¡Largaos de una vez por todas!

Silber y Rímini quedaron tan desconcertados con este saludo, que no se atrevieron a salir de la esquina en la que se habían escondido.

Carisma se sacudió varias veces, se acomodó su cabello plateado y se aclaró la garganta.

—¡Ay, jóvenes, acercaos! Y perdonadme, ya ni sé lo que es ser una realidad. Aún sigo dividida entre mis dos posibilidades, Dígita y Talía, pero ya se me pasará.

Silber y Rímini se acercaron a toda prisa.

—¡Buenas tardes, majestad! —dijo Silber, haciendo una venia, como había visto alguna vez en alguna que otra película.

—¡Buenas tardes! ¿Qué es ese traje tan bonito que llevas puesto?

—Es mi vestimenta de trabajo. Mi nombre es Silber.

—Te ves muy guapo. Un chico que se llame Silber es especialmente bienvenido, por supuesto. ¿Qué puedo hacer por ti?

—Tiene que ver con mi amigo Rímini. ¿Vivirá o...?

Carisma sonrió.

—Espera. Yo realmente quiero ayudaros, de todo corazón. Sin embargo, no tengo ningún poder sobre aquello que ya fue. Y tampoco soy soberana de aquello que será. Como reina del País de Y, tengo poder sólo sobre aquello que habría podido ser. Soy una simple reina de las posibilidades, soberana de las posibilidades rechazadas, olvidadas y pasadas, como lo es tu amigo. O quizá debería decir: como lo fue. Quien viene al País de Y ya no puede hacerse realidad. Sin embargo, sí que me acuerdo de él, de tu amigo. Ven, muchacho, acércate.

La mirada de Silber siguió a la de la reina y fue a dar en Rímini. Lo que vio allí le dejó pálido. De inmediato notó que algo no estaba bien.

—Rímini, ¿qué pasa?

Las piernas parecían a punto de quebrársele, se tambaleaba como si hubiera recibido un golpazo y estuvo a punto de aterrizar en el regazo de Carisma, pero ésta lo sostuvo.

—Ahora sí que lo recuerdo... —murmuró Rímini con voz ronca y mirando al vacío. Parecía haber envejecido en cuestión de segundos, la expresión de su rostro era seria, casi amarga—. Kryptos tenía razón, mi verdadero nombre es Leander Knips. Y también tenía razón respecto a otra cosa: ¡Leander Knips es el nombre del cabrón más grande del mundo!

Silber tuvo que sentarse.

—¡Oye, Rímini, no digas eso! Eso no es verdad.

—Sí, Silber, sí lo es. Ahora empiezo a recodarlo todo lentamente. Siento la cabeza como cuando a uno se le duerme un brazo al quedarse acostado sobre él. Como si la sangre volviera a fluir por todas partes y la memoria volviera a despertar del sueño profundo. De repente me acuerdo de lo que hice. —Carisma le acarició la cabeza con ternura, pero el recuerdo había impactado tanto a Rímini que se levantó de un brinco y prosiguió—. Me despierto con náuseas, como después de un viaje en una montaña rusa. Estoy en una playa de arena dorada, fina como el polvo, y de repente me atrapan las garras de un gigante. Pierdo la conciencia, y cuando vuelvo a despertarme estoy en un transbordador de hielo que se balancea. Hace frío. Frente a mí hay un hombre pequeño. Es Hel, el barquero. Le pregunto por la fecha: 1 de febrero de 1967; se hace de noche y fuertes ráfagas de granizo me dan en la cara. El frío húmedo se me quiere colar en las entrañas. Tengo los ojos hinchados, inflamados, llenos de arena, como después de un baile en una tormenta desértica. Hel me explica hacia dónde nos dirigimos. Le grito que tiene que dar media vuelta, y no creo lo que me dice. Salto por encima de la baranda y me echo al agua. Sin embargo, el gigante, que podría haber sido Phos de joven, me saca. He perdido la batalla. Soy una posibilidad rechazada. Hago un esfuerzo inmenso para regresar, para hacerme realidad, pero no lo logro. Cuando Kryptos cierra la esclusa, ya no hay camino de regreso hacia el mundo de las realidades.

Carisma parecía ver por dentro todo el cuadro ante sus ojos.

—Sí, en tu día Y fuiste una posibilidad muy decidida. Yo casi no podía creer que te hubieran rechazado. El mundo crepitaba, literalmente, cuando alguien se acercaba a ti —dijo la reina.

—¿Cómo? ¿Qué podrías haber hecho, Rímini? —preguntó Silber con voz temblorosa.

—Podría haberme convertido en un Mago del Mundo.

—¿Un Mago del Mundo? ¿No se supone que sólo existen en los mitos y las leyendas?

Carisma sonrió.

—No. Los Magos del Mundo creen en las posibilidades que los otros rechazan de antemano. No siempre pueden hacerlas realidad, pero ponen en ello todo su empeño y toda su sabiduría. Esculapio, Hipócrates, Marie Curie o Albert Schweizer fueron Magos del Mundo. Ellos habrían preferido morir antes que negarles a otros la posibilidad de curarse.

—Pero si eras tan fuerte, ¿por qué no te hiciste realidad? —preguntó Silber.

El recuerdo volvió a hechizar a Rímini enseguida. Parecía como ausente.

—Mis padres son pobres y mi hermana está muy enferma. No tenemos dinero para el remedio necesario, así que muere cuando tengo seis años. Entonces, de ahí en adelante quiero comprender la naturaleza de las cosas y el juego de los elementos. Quiero saber por qué tiene que morir una persona joven aunque nadie desee que eso suceda. Leo, estudio e investigo, noche y día, y pronto ya no queda ningún profesor que pueda enseñarme algo. Gano premios, el mundo entero me reconoce como niño prodigio. A los trece años me conceden una estancia de investigación en París y ahí conozco a otra estudiante prodigio que se llama Marie Montague y que es un año mayor que yo. Me quedo un tiempo en París e investigo, junto con Marie, la fórmula de un polvo contra la rabia, con la que medio año más tarde se salva la vida de un joven príncipe africano. Marie y yo viajamos a África, por invitación de los padres del príncipe, y allí nos encontramos con una tierra soberbia. Sin embargo, en nuestros viajes por las provincias vemos que se trata de una tierra moribunda. El compás del tres nos cambia la vida. Estamos desesperados y tristes.

—¿El compás del tres? —interrumpió Silber.

Rímini pareció regresar de las imágenes de su memoria por un instante.

—Sí, el compás del tres. Un, dos, tres: muerto. Un, dos, tres: muerto. Un, dos, tres: muerto. Un, dos, tres: y otro niño muerto. En un compás de tres. Mueren antes de recibir un nombre o antes de poder pronunciarlo.

Silber pensó de inmediato en Delphine. Ella había sido la primera en hablarle de los niños que morían sin que sus padres pudieran darles un nombre.

—Pero ¿por qué mueren? —susurró Silber.

—La mayoría mueren porque son pobres y no tienen con qué pagar el remedio. Si fuesen menos pobres, vivirían. Mueren por enfermedades que se pueden curar o se pueden evitar. Un, dos, tres: muerto. Tendrías que pronunciar esta frase dos millones de veces para contar a todos los niños que mueren al año sólo por la picadura de un mosquito.

—¿Uno se puede morir por la picadura de un mosquito?

—Por la picadura de un mosquito específico. La enfermedad se llama malaria, una fiebre que te quita toda la fuerza vital.

Silber pensó de nuevo en Delphine y le dolió el corazón.

—¿Y qué hicisteis para evitarlo? —quiso saber.

Rímini volvió a sumergirse en su recuerdo.

—Marie y yo abandonamos el país, regresamos a casa en barco y juramos volver a esta tierra. No podíamos hacer magia, pero juramos regresar convertidos en Magos del Mundo.

Entonces Silber lo entendió todo.

—Queríais hacer todo lo posible para…

—… detener el compás del tres —completó Rímini enfadado, e incluso ahora, casi cuarenta años después, se podía ver la determinación en su rostro—. Detener el compás del tres con un elixir que le quitara a la malaria su efecto mortal. Aun cuando había muchos obstáculos, no queríamos renunciar antes de hacer realidad esta posibilidad.

Rímini respiraba pesadamente. Carisma le limpió el sudor de la frente con una punta de su vestido plateado.

—¿Y cómo pensaban hacerlo? Eran todavía muy jóvenes.

Rímini miró a Silber con ojos vidriosos.

—El barco regresa a Europa en un caluroso día de verano. Estamos de suerte y sucede algo que nos llega como caído del cielo. Un gran laboratorio de polvos y elixires se ha fijado en nosotros y nos ofrece que investiguemos ahí. Nosotros vemos allí la oportunidad de llevar a cabo nuestro juramento…, en la isla del río.

—¿Donde ahora está la Escuela de las Preocupaciones?

Rímini asintió casi imperceptiblemente.

—Ahí investigaban los mejores en ese entonces. Sin embargo, pronto nos damos cuenta de que ninguno de los investigadores se ocupa de la malaria. El compás del tres no les interesa. Incluso nos preguntan qué sacamos nosotros con investigar fórmulas de polvos contra las enfermedades de los pobres. En lugar de eso deberíamos más bien descubrir polvos contra las enfermedades de los ricos.

—¡Eso es una porquería! —gritó Silber.

—Aun así, es la realidad, por desgracia. Marie y yo tenemos un plan. Durante el día hacemos el trabajo que se espera de nosotros, pero de noche investigamos en secreto una fórmula contra la malaria. Casi no dormimos y estamos cansados todo el tiempo. Sin embargo, resistimos, aunque obtenemos pocos resultados que nos animen. Una noche, sin embargo, cae en nuestras manos la llave de una zona del laboratorio celosamente prohibida. Marie y yo no lo dudamos ni un segundo y emprendemos una incursión nocturna. Entonces hacemos un descubrimiento estremecedor. ¡Ya existe un polvo contra la malaria!

Silber no podía creerlo.

—¿Y cómo puede estar ahí, inutilizado, cuando millones de niños mueren de eso?

—Porque a los investigadores no les producía ningún beneficio terminarlo, probarlo y subastarlo.

—¿Por qué no?

—Los ricos casi nunca enferman de eso. Sólo los pobres. Y éstos, de todos modos, no tienen con qué pagar el remedio. Por eso se queda en los anaqueles de los laboratorios. ¿Quién quiere invertir una buena cantidad de dinero y trabajo en algo para después regalarlo? Sólo un Mago del Mundo haría algo así...

—¿Y qué pasó después? —preguntó Silber en voz baja, sin quitarle la vista de encima a los labios de Rímini.

—El polvo contra la malaria... Sacamos la fórmula y seguimos investigando por las noches. Pronto llegamos al punto en que tenemos que probarlo. Comprobar si el polvo produce el resultado deseado al introducirlo en el cuerpo humano. Si el virus de la malaria no se desarrollaba o lo hacía pero de manera controlada, estaríamos muy cerca de la meta. Yo estaba tan convencido de nuestro éxito, poseído por la idea de los Magos del Mundo, que lo hice...

—¿Qué hiciste? —preguntó Silber.

—Al creer dominar los elementos, convenzo a Marie de probarlo en su cuerpo y ella accede. Acto seguido, todo parece salir bien, pero después de unos días enferma de fiebre. Nos escapamos del laboratorio en busca de un doctor. Éste trata a Marie, pero no guarda el secreto médico profesional y nos denuncia ante el director del laboratorio. Todo el mundo se escandaliza. Nosotros, que hasta entonces seguíamos siendo los niños prodigio de la exposición, somos atacados de todas las formas posibles. Un periódico saca una foto mía, debajo de ella se lee: «¡Doctor Frankenstein: así experimentaba con el cuerpo de su amiga!». Estoy tan desesperado que pienso que nunca más podré investigar con los elementos. En efecto, el laboratorio nos denuncia y es de esperar que nos condenen con un castigo durísimo. Todos están en contra de nosotros. Sólo un colega del laboratorio nos apoya. Él nos ayuda a huir y nos esconde en una caseta destartalada en el astillero, junto al río. Dos noches después tenemos que volver a llamar a un médico porque Marie está cada vez peor. Él dice que morirá a la noche siguiente y...

Rímini no pudo terminar la frase, pues empezó a sollozar y a respirar con dificultad. Silber lo abrazó para tranquilizarlo.

—... ¡está embarazada! —susurró Rímini. Las lágrimas le rodaban por las mejillas.

—¿Esperaba un bebé? —preguntó Silber con los ojos abiertos de par en par—. ¿Tuyo?

Rímini asintió.

—Sí. Marie y yo nos amábamos. Estábamos hechos el uno para el otro. Sin embargo, el hombre que nos ayudó dice que tengo que desaparecer, salir del país, de lo contrario sería condenado como asesino. Silber, ¿qué habría podido hacer? —preguntó Rímini desesperado.

—¿Qué sucedió entonces?

—Leander Knips tuvo que elegir entre dos caminos. Dos posibilidades. Una, quedarse con Marie y hacer todo lo posible por salvarles la vida a ella y al bebé, sin importar lo que pudiera pasarle a él. Esta posibilidad... era yo, y fui rechazado.

—¿Y qué se hizo realidad?

—La realidad de Leander Knips abandona a Marie y jura odiar hasta el fin de sus días a los Magos del Mundo, a quienes responsabiliza de la muerte de Marie. El colega del laboratorio le ayuda a escapar y lo lleva a su país. El Leander Knips que se hizo realidad estaba poseído por una sola idea: estudiar los elementos hasta dominarlos por completo. Sin embargo, no para hacer lo mejor posible, sino para aumentar su propio poder. Quiere tener el poder sobre la vida y la muerte. Eso es lo último que recuerdo: la idea de «poder». Después se separan nuestros caminos. La posibilidad rechazada de Leander Knips llega aquí al País de Y. La realidad de Leander Knips abandona su país y se embarca hacia ultramar, a punto de ahogarse en lágrimas de rabia, de tristeza y de odio, el odio hacia una idea por la que Marie y él habían querido convertirse en Magos del Mundo.

Rímini sollozaba, no podía seguir hablando. Silber tampoco podía hablar y lo abrazó una vez más, en silencio.

Después de unos minutos, Rímini se levantó súbitamente.

—Disculpadme un momento, por favor —murmuró y se dirigió cabizbajo hacia la gran escalera.

Carisma se aclaró la garganta y exclamó:

—Por supuesto. Pide a los guardias de palacio que te den un

té caliente. Eres una de las posibilidades más valientes que haya conocido en mi vida, Leander.

Carisma esperó a que Rímini bajara por la escalera. Después se acercó a Silber y dijo:

—Así transcurrió el día Y de Leander Knips, el 1 de febrero de 1967. Estuvo a punto de desgarrarse por dentro, en la lucha encarnizada entre dos posibilidades poderosas. Una maldecía a los Magos del Mundo, la otra deseaba convertirse en uno después de la muerte de Marie. La horquilla de la Y estuvo a punto de partirlo por la mitad como a una manzana. Para no volverse loco ante su realidad, Leander Knips tuvo que traicionar todo aquello en lo que había creído hasta entonces, incluso el símbolo secreto de Marie y Leander: el amuleto de Esculapio con las dos serpientes. Tú lo conoces, Silber, Rímini lo lleva colgado al cuello. Leander lo arrojó al mar al embarcarse, y con él desechó para siempre la posibilidad de convertirse en un Mago del Mundo. Justo en ese momento se separaron la posibilidad y la realidad.

Silber asintió con la cabeza.

—¿Qué sucedió cuando Rímini llegó aquí, al País de Y?

—Se le concedió una audiencia sin la menor dificultad. Yo pude ver su fortaleza de inmediato... Era una de las posibilidades rechazadas más fuertes de todos los tiempos. Sólo el terrible dolor por la muerte de Marie y la de su hijo había logrado impedir que se convirtiera en un Mago del Mundo. Llevaba el amuleto de Esculapio sobre el pecho, como un recuerdo para toda la eternidad. Y esta imagen me dio una idea. Decidí concentrar toda la fuerza de Rímini en un recordatorio especialmente potente. El Leander que se hizo realidad no debía olvidar jamás el día en que tomó esa decisión, debía recibir un recordatorio de su día Y que le hiciera temblar y pensar siempre en la posibilidad que había rechazado. Yo, como reina del País de Y, les debo a mis súbditos que se conserve el recuerdo de posibilidades, como lo fue Rímini, y que sus realidades no puedan dejarlas nunca en el olvido. Entonces mandé hacer una botella especial que tenía un barco por dentro. Ésta debía recordarle al Leander que se hizo realidad el juramento que él y Marie hicieron un día en el barco. ¡Debía recordarle la posibilidad de convertirse en un Mago del Mundo! Le puse el nombre de «Y» al barco, y años después se lo envié a manera de regalo.

Silber asintió. Poco a poco empezaba a comprender el secreto de la botella.

—¿Qué fuerza hacía que la botella fuera indestructible?

Carisma sonrió, como si hubiera esperado esa pregunta.

—Imagínate que quieres olvidar a toda costa algo que se ha incrustado en tu memoria. ¡Ninguna fuerza será lo suficientemente potente como para lograrlo! Nada fija tanto una cosa a la memoria como el deseo de olvidarla. Lo mismo sucede con las posibilidades rechazadas en un día Y. Las desechas el día en que te decides por otra realidad, pero yacen dentro de ti, en el fondo, como un demonio al que crees haber derrotado. Cuando tomas con seguridad el camino elegido, entonces sí te olvidas de las posibilidades rechazadas en la última bifurcación. Simplemente dejas que se pudran en los recovecos de tu memoria, o las encierras en un cuarto oscuro en tu corazón al que no vuelves a entrar nunca. Así puedes vivir tu realidad tranquilamente. Sin embargo, cuanto más intentes borrar tus posibilidades rechazadas, menos lo conseguirás. Tú mismo haces que su recuerdo sea indestructible.

—Pero ¿cómo fue posible que cobrara vida el recordatorio del Leander que se habría convertido en un Mago del Mundo? —preguntó Silber.

Carisma miró un momento hacia lo lejos por encima de la baranda de la torre. Meditaba si debía iniciar a Leander en un secreto que respondería muchas de sus preguntas. Después de un rato, volvió a mirar a Silber y contestó:

—En los recordatorios, provengan del País de Y o de otros reinos, y no sólo en los más potentes como la botella de Leander Knips, se conjura una fuerza inconmensurable. En una foto yace siempre un fragmento de la persona en la que ésta hace pensar, un anillo puede revivir el dolor o la dicha de un gran amor; un olor puede despertar un mundo que ha estado oculto durante años. Recordatorios de algo que algún día fue rechazado como posibilidad. Sin embargo, los recordatorios no callan su fuerza. Ellos les murmuran cosas a las realidades, les hablan de aquello que alguna vez podría haber sido posible. Los recordatorios pueden ser peligrosos, Silber, pero, por supuesto, que no viven. Lo que les puede dar vida, incluso si son muy viejos, está en nosotros. Konstantin York, el Leander que se hizo realidad, hizo todo lo que estuvo a su alcance para destruir el recuerdo del posible Leander de antes. Y como no lo consiguió, intentó enterrar para siempre el recordatorio. Y quizá lo habría logrado...

—... si Delphine no hubiese robado la botella —murmuró Silber.

Carisma asintió.

—Cuando se abrió el sello, ante el cual Konstantin York se espantaba horrorizado, se desató esa parte a la que tú has llamado Rímini. Una posibilidad de Leander que fue rechazada hace media vida.

—Pero ¿cómo puede ser? ¿Después de tantos años? ¿Por qué no se había desvanecido ya el recuerdo de eso que alguna vez fue posible? ¿Por qué no se había corrompido ya en las profundidades de la memoria del Leander que se hizo realidad?

Carisma frunció el ceño.

—Eso sólo tiene una explicación.

—¿Y cuál es? —susurró Silber.

—La decisión de su día Y se basó en un error.

—Pero él decidió abandonar a Marie porque le dijeron que moriría en unas horas —reflexionó Silber—. Eso le quitó cualquier deseo de convertirse en un Mago del Mundo, tal como había jurado un día.

—Precisamente a eso me refiero. ¿No sería factible que quien le dijo eso mintiera? ¿No sería posible que Marie Montague no muriera en la noche en que Leander la abandonó?

—¡Cielos! —gritó Silber al hacerse cargo de la tragedia que Carisma acaba de darle a entender.

Sin embargo, en ese momento la conversación fue interrumpida abruptamente. Dos guardias furiosos subieron las escaleras a toda velocidad. En medio de los dos se tambaleaba un ascensorista bastante abatido.

—¡Reina Carisma! ¡Majestad! —exclamó uno de los guardianes.

—¿Qué sucede? Estoy en medio de una audiencia.

—0102-LK-67 ha obligado al ascensorista a llevarlo al Centro Dorado.

—¿Qué? ¿Cómo ha podido enterarse de la existencia del portal que lleva hacia el Centro Dorado?

—Eso escapa a nuestro conocimiento.

—¿Ah sí? ¿Y acaso eso es posible? ¿Cuántas veces os he dicho que vigiléis el portal rigurosamente? ¿Cuántas veces?

Los dos hombres bajaron la vista hacia el suelo, perplejos; el ascensorista parecía a punto de desmayarse.

—¡Leander debe de estar harto de la vida! —murmuró Carisma.

—¿Qué es el Centro Dorado? —preguntó Silber, y se imaginó lo peor.

Carisma suspiró.

—El Centro Dorado es el portal que encamina hacia el desierto migratorio de Psi. Está entre el País de Y y la realidad, entre las posibilidades y las realidades. Tal vez sea el único desierto del mundo que realmente hace honor a su nombre.

Cäsar, el potentado

Silber tuvo que hacer un esfuerzo muy grande para seguir preguntando.

—Carisma, ¡no le puede pasar nada a Rímini! ¿Qué significa eso del desierto migratorio?

—Silber, todo parece indicar que el encuentro con tu amigo Rímini te hará conocer de punta a punta el mundo de Y. Cosas que normalmente suelen estar vedadas a las realidades.

Silber empezaba a hacerse una idea de lo que significaba la Y. Aunque también tenía la sensación de no saberlo todo aún.

—Carisma, ¿no crees que ya es hora de que me entere de todo?

Carisma lo miró casi sorprendida y, una vez más, pareció cavilar si eso sería bueno. Entonces los ojos le brillaron llenos de comprensión y ternura.

—La Y es el camino de la vida, Silber. Si dibujáramos un mapa del camino de la vida de una persona, desde su nacimiento hasta su muerte, se vería algo parecido a un bosque de diversas Y. En cada bifurcación empieza una nueva. Muy poco tiempo lleva uno en una línea recta cuando ya se acerca a la siguiente Y.

Silber dibujó mentalmente un fragmento del camino de su vida y asintió, dando a entender que comprendía aquello que le explicaban.

—En cada bifurcación debemos tomar pequeñas decisiones, decisiones cotidianas que tomamos en menos de un segundo y que no tienen grandes consecuencias. Sin embargo, en todas las vidas hay decisiones serias, decisiones entre esto o aquello, de sí o no, que nos cambian. Generalmente son decisiones de vida o muerte. Los días en los que debemos tomar una decisión así se llaman…

—Días Y —completó Silber—. Pero esto, ¿qué tiene que ver con ese desierto?

Silber estaba al borde de la desesperación, pues no sabía qué podía hacer para salvar a Rímini.

—En el desierto migratorio de Psi se decide el destino de las dos posibilidades… Una se hace realidad, la otra es rechazada y viene aquí, a mi reino.

Una chispa de esperanza iluminó el rostro de Silber. Se acordó del relato de Rímini, en el que había mencionado un baile en una tormenta de arena y una travesía por un desierto, antes de subir al transbordador de Hel.

—¡Pero Rímini atravesó el desierto hace treinta y ocho años y conoce el camino!

—Sí y no. El Psi es el lugar que está en el centro de la Y, el punto donde se bifurca el camino de una vida. Ahí se toman decisiones importantes que cambian la vida radicalmente. Así sucedió con Leander Knips hace treinta y ocho años. Él tuvo que decidirse entre abandonar a Marie, lleno de odio hacia sí mismo y ansia de poder, o quedarse con ella hasta su muerte y convertirse en un Mago del Mundo. Normalmente, una posibilidad rechazada como Rímini no puede volver al desierto del Psi. Sin embargo, de algún modo, él se ha enterado de la existencia de la vieja catapulta, a la que llamamos el «retractor», porque puede volver a lanzar a alguien al desierto después de haber tomado una decisión, siempre y cuando la energía de la posibilidad sea lo suficientemente grande. Aun así, esto puede costarle la vida. Por eso siempre he intentado proteger a mis súbditos de este paso y cerrarles ese camino. Sin embargo, algunas posibilidades son tan fuertes que escapan de mi influencia y vuelven a arriesgar su vida en el desierto del Psi. La mayoría mueren en la catapulta y no regresan ni a la realidad ni al País de Y.

Silber hizo un esfuerzo para respirar profundamente.

—¡Seguro que Rímini ha sobrevivido a ese retractor! Él es hábil y ligero. Y conoce su camino por el Psi, ¿no es verdad, Carisma? —se apresuró a preguntar.

La reina negó con tristeza.

—Justo ahí está el problema. Incluso si ha sobrevivido a la catapulta, el Psi es un mundo que cambia constantemente. Nadie puede orientarse en él porque está en un movimiento perpetuo.

—¿Cómo puede ser? —preguntó Silber.

—Ese desierto es como un reloj de arena gigante. La arena fluye permanentemente, abre cráteres, tiembla y forma dunas movedizas. Cuando el tiempo de una decisión se acaba, entonces da media vuelta y nada vuelve a ser como antes. Todo queda molido entre la arena.

—¿Y cuánto tiempo tarda en dar la vuelta?

—¡Nunca es igual! A veces se obstruye la circulación. A veces va rapidísimo. Eso depende de uno mismo. Cuando el camino hacia la meta está claro, entonces va rápido. Si no, puede durar eternamente y los tormentos de la decisión no acaban nunca.

—¿Y qué rayos pretende hacer Rímini allí, Carisma? —preguntó Silber, que se espantó al ver el rostro de la reina de las posibilidades, que pareció petrificarse.

—Me temo que sólo puede proponerse una cosa. ¡Ahora que ha recuperado la memoria, querrá encontrar a su realidad y destruirla!

—¿A Konstantin York? ¿Quiere vengarse por haberlo rechazado hace treinta y ocho años? —gritó Silber fuera de sí.

—Tal vez —respondió Carisma serenamente—. Lo más probable es que esté buscando un camino de regreso hacia el mundo de las realidades. Sin embargo, para una posibilidad no hay camino de regreso. El Psi será su perdición.

—¡Llévame al Centro Dorado! —exigió Silber al recordar lo que sucedería si una posibilidad se encontraba con su realidad en persona—. ¡Debo salvar a Rímini!

—¡Idiota! —chilló de repente una voz desde la gran escalera de palacio—. ¡Ya estás a punto de lanzarte hacia tu muerte! ¡Cálmate!

Silber estaba tan desconcertado que ni siquiera pensó en lo que había dicho el ser que acababa de aparecer. No podía creer lo que veían sus ojos: un hombre no mucho más grande que un niño, con la piel canela y llena de arrugas, como un cuero viejo y ajado, y un pelazo rojo encendido que de lejos parecía un sombrero de plumas extravagantes. Llevaba una camisa del color de la arena con las mangas subidas y un pantalón corto, ancho y del mismo color. Los pies enfundados en unos gruesos calcetines color ocre y unas firmes botas que le llegaban hasta las rodillas. Unos prismáticos inmensos le colgaban del cuello. En la mano izquierda llevaba un cubo de lata abollado y lleno de arena.

—Silber, éste es Cäsar, el potentado de mi reino, encargado del observatorio meteorológico de los desiertos migratorios. La luz de su faro guía a las posibilidades rechazadas que han perdido la batalla en el Psi hacia mi palacio en el País de Y. ¡Nadie conoce las artimañas del Psi como Cäsar!

—¡Muy cierto! —tronó éste—. Y cuando vi desde mi atalaya la carga arrojada por el retractor, pensé que había estallado una nueva guerra de arena. ¡Que una posibilidad rechazada vuelva a volar desde el País de Y hacia el desierto es lo más atrevido que haya visto jamás! ¡Y todo esto después de treinta y ocho años!

El pequeño hombre temblaba de agitación.

—Cäsar, por favor, danos el informe de la ubicación. ¿Qué has visto desde el observatorio? —preguntó Carisma.

—Cäsar, por favor, apresúrese. ¡Esto es cuestión de vida o muerte! —gritó Silber.

—¡Calma, jovenzuelo! —resopló Cäsar—. Si fueras a estallar en este instante, podrías dejar de preocuparte por tu vida puesto que tu muerte estaría asegurada. ¡Así que contrólate y observa el mapa!

Unos chispeantes ojos azules miraron a Silber desde la cara arrugada. Silber supo de inmediato que podía confiar en el potentado. Éste cogió el cubo que llevaba en la mano izquierda y vació su contenido en el suelo. Ágilmente, dibujó en la arena un paisaje con la mano.

—Ésta es, más o menos, la configuración momentánea del desierto migratorio. Mis últimas observaciones no tienen más de media hora. En el sur se abren rápidamente nuevos cráteres, y aquí en el norte, cerca del Portal Oculto, fuertes temblores sacuden el desierto. Llanuras y barrancos desgarran la arena de improviso. Desde oriente se aproxima un huracán de arena. Incluso los oasis migratorios de los yonos, ese traicionero pueblo del desierto que nunca se decide, ya no son seguros. La mayoría de ellos se han atrincherado bajo sus palmas y no se asoman ni un metro fuera de la sombra. Algunas posibilidades rechazadas que llegaron esta mañana han reportado una fuerte actividad de los nonos a lo largo de la orilla del Nihil. Al parecer han retenido legiones enteras de posibilidades en las montañas y los despeñaderos de la sierra del Dilemaya. Y esta mañana atravesaron el aire los gritos de los pulverizados en los molinos de la Encrucijada.

La desesperación de Silber crecía a medida que descubría más cosas sobre el Psi. ¿Qué había pretendido Rímini al escapar hacia ese lugar?

—¿Has visto qué ha sucedido con Rímini después de que la catapulta lo arrojara al desierto? —inquirió Silber.

—Por supuesto. El chico fue muy hábil, no sufrió ni un solo rasguño y se dirigió de inmediato al puente que hay sobre el Valle de las Dudas, alrededor del cual revolotean los escorpiones-buitres, que aguardan ansiosamente la llegada de presas frescas.

—¿Valle de las Dudas? ¿Escorpiones-buitres? —preguntó Silber.

Carisma mostró una sonrisa alentadora:

—Todos los que deben tomar una decisión definitiva en el Psi han de cruzar primero este puente. Aunque Rímini ya no puede decidir nada, ha tenido que atravesarlo porque es el único camino hacia el interior del Psi.

Cäsar asintió.

—Así es, muchacho, tomar una decisión seria puede llegar a ser como un verdadero viaje por un terrible infierno. Si yo estuviera en tu lugar, me quedaría aquí. En cuanto hayas atravesado el portal hacia el Psi ya será demasiado tarde.

—¡Suficiente, Cäsar! —gritó Carisma—. No podemos retener a Silber. Él es una realidad y tampoco debería estar en mi reino. Es cierto que el camino de la vida suele llevar en la dirección contraria, pero en el caso de Silber no es así. —La reina miró a Silber con ternura—. Para encontrar el camino de regreso hacia el mundo de las realidades es indispensable atravesar el Psi. Cäsar, advierte a Silber de sus espantos. ¡Pero rápido, el tiempo apremia!

—Bueno, muchacho, óyeme bien... —gruñó el potentado—. ¡En pocos minutos sabrás cómo se siente un ratón esmirriado al caer en las tripas de un gato hambriento!

Silber tragó saliva.

—La cosa es más complicada de lo que quizá pueda comprender el cerebro de una realidad como tú. Tú quieres salvar del Psi a tu amigo, una posibilidad rechazada que, en principio, según las leyes de las posibilidades, no debería estar ahí. A continuación, te arrojaré con la catapulta lo más cerca posible al Valle de las Dudas. De ahí en adelante ya no hay camino de regreso. ¡Presta atención a lo que debes saber sin falta!

Silber asintió serio. El potentado tomó aire con un resoplido.

—Primero: la arena del Valle de las Dudas hará todo lo posible por cautivarte y sólo un espantarenas puede sacarte de ahí. ¡Pero los espantarenas no se hacen cargo de cualquiera!

—¿Y de quién se hacen cargo entonces? —preguntó Silber.

—Sólo de quienes han de tomar una decisión vital de verdad. Sólo se encargan de proteger a esas personas. De lo contrario, los caminos del Psi estarían obstruidos por gente incapaz de tomar las decisiones más sencillas y cotidianas. Tú mismo debes saber a qué categoría perteneces.

—¿Y qué pasa si no quiero tomar ninguna decisión vital?

—¡Entonces te asfixiarás en la arena y no experimentarás nunca la sensación de haber alcanzado el Punto de Escisión!

—¿El Punto de Escisión? —susurró Silber.

—¡La meta de todos los que atraviesan el Psi!

—De acuerdo —murmuró Silber, que intentó no desanimarse—. ¿Y segundo?

—Segundo: si un espantarenas se hace cargo de ti, oblígalo a que te diga las tres reglas del Psi. Si no puede, o si suenan falsas, entonces tal vez no sea un verdadero espantarenas.

—¿No? —preguntó Silber.

—Es otra cosa de la que prefiero no hablar ahora para no asustarte sin necesidad. —El potentado hizo una mueca de asco antes de continuar—. Por cierto: nunca negocies con un espantarenas la fianza que éste te exigirá, pues todo se va al traste cuando los de su especie se sienten ofendidos. Ésta es una de las dos cualidades realmente desventajosas de los espantarenas.

—¿Y la otra?

—Sobre ellos pesa una vieja condena de la cual sólo pueden ser liberados si logran cumplir con la ruta y llevar a tiempo al pasajero hasta el Punto de Escisión.

Silber se tragó las preguntas que tenía sobre cada punto en particular. Presentía que cada minuto contaba.

—Tal vez deberías saber algo más sobre el Punto de Escisión. Está poco antes de las Puertas Doradas, al norte de los oasis de Eventualia. Cuando llegues ahí, lo sabrás. Sentirás la garganta reseca y carrasposa, como si te hubieras tragado una libra de chinches. ¡Y sólo en el Punto de Escisión serás libre de decidir! Ya nada podrá retenerte, habrás dejado atrás todos los espantos del Psi. Sólo un paso te separará de los dos caminos: las Puertas Doradas. Una de tus posibilidades atravesará la puerta derecha y se convertirá en una realidad, la otra vendrá al País de Y, el mundo de las posibilidades rechazadas.

—¡Continúa! —Silber se esforzaba por no ceder al mareo que amenazaba con dominarlo.

—Tercero, y éste es quizás el espanto más aterrador del Psi —dijo Cäsar—. Yo no sé por qué quieres ir voluntariamente al desierto del Psi antes de tu día Y. Tampoco sé con seguridad si un espantarenas se hará cargo de ti y te guiará por el desierto. Sin embargo, en cuanto estés ahí dentro, sólo hay un camino que te llevará de nuevo hacia fuera.

—¿Cuál? —graznó Silber.

—Debes tomar una decisión vital. Si deseas huir del Psi, no podrás librarte de esta tarea. Piensa bien antes qué quieres decidir. De lo contrario, revolotearás por ahí sin sentido y serás triturado por la arena cuando el Psi dé la vuelta.

Silber asintió. Era evidente que su valentía infundía respeto en el viejo.

—¡Vamos, te llevaré al Centro Dorado! ¡La catapulta ya está preparada para el lanzamiento! —bramó el potentado.

Sólo entonces Carisma volvió a tomar la palabra.

—Silber, ha llegado la hora de despedirnos. ¡Te deseo mucha suerte!

Silber le dio la mano y Carisma la apretó con fuerza.

—Gracias, Carisma, muchas gracias por tu ayuda.

Después se colgó la mochila a la espalda y siguió al potentado hacia la escalera.

—Sólo una cosa es segura, me la han mostrado mis observaciones —bramó Cäsar mientras bajaba con pasos firmes por la escalera de palacio—. ¡La próxima decisión que se tomará en el Punto de Escisión será tremenda! En todo el País de Y sentiremos su estremecimiento.

—¿Cómo lo sabes? —preguntó Silber.

—Ya ves..., yo me conozco el clima del desierto como otros su propia habitación. Llevo una eternidad observándolo. Y la noche pasada hubo, por primera vez desde que se registran los cielos, un fenómeno que, de sólo verlo, casi remueve el suelo.

—¿Cuál? —preguntó Silber de inmediato.

—Niebla —respondió el potentado con un gesto de respeto.

—¿Y eso que tiene de especial?

—La niebla en el Psi sólo puede significar que todas las fuerzas se activarán al día siguiente. Que el aire fresco de la noche humea de energía. Las fuerzas y las contrafuerzas de una decisión se preparan para una batalla. ¡La batalla de la decisión!

Debajo del río

Al despertarse, Delphine no sabía cuánto tiempo había dormido. Antes de abrir los ojos, escuchó durante un rato el ruido que la había despertado. Era una vibración sorda y rítmica que se acercaba desde lejos casi hasta rozarla y luego volvía a alejarse. Pero en cuanto se extinguía, parecía reaparecer en el horizonte y volver a acercarse para luego volver a desaparecer una vez más. De repente, Delphine se dio cuenta de que el ruido pasaba por encima de ella, y entonces comprendió que era la vibración de las hélices de los barcos. ¡Estaba en una habitación debajo del río!

Abrió los ojos y vio la enorme cama en la que estaba acostada, la cual merecía el nombre de cama imperial más que cualquier otra, pues encima de ella se arqueaba un toldo alto y azul en el que una mano experta había pintado la bóveda celeste. Delphine vio los doce signos zodiacales, pero también estrellas y soles que no conocía, puntos de todos los tamaños que parecían iluminar la habitación de una manera extraña.

Se incorporó y vio que la cama estaba en el centro de una habitación alta e inmensa que, por lo demás, estaba completamente vacía: no había ni una silla ni una mesa. Sobre la pesada puerta de madera, demasiado pequeña para el tamaño de la habitación, había una lámina dorada con piedras preciosas incrustadas en ella. Delphine reconoció de inmediato que estaba en latín. «*Visita Interiora Terrae Rectificando Invenis Occultum Lapidem*», leyó en voz baja y advirtió que la primera letra de cada palabra estaba en altorrelieve y que juntas formaban la palabra «VITRIOL». ¿Qué significaba eso? Se acordó ligeramente de las no muy exigentes clases de latín del doctor González.

«Visita el interior de la tierra, después destila y encontrarás la piedra escondida», murmuró. Sin embargo, no entendía qué quería decir eso.

—Nada mal, tu traducción… —dijo de repente alguien detrás de ella. Delphine se dio la vuelta, asustada, y se topó con el rostro de Konstantin York.

Estaba ahí, como si acabara de atravesar la pared.

—¿Dónde estoy? —preguntó Delphine.

—En el fondo, debajo del río, en el corazón de la Roca de las Preocupaciones —respondió York, que señaló hacia el firmamento pintado—. Aun así, ni siquiera aquí debes renunciar a ver las estrellas. En ningún otro lado encontrarás un mapa celeste tan detallado.

—Yo pensaba que las constelaciones no eran tan importantes para un médico y químico.

—Paracelso, el gran maestro de mis cofrades, estaba convencido de que hasta la salud humana estaba regida por las estrellas. Se equivocaba, hace ya quinientos años, pero eso no ha impedido que los hombres, hasta el día de hoy, sigan buscando en las estrellas señales de la suerte, la salud y la vida. Las estrellas tienen poder y nos dan esperanza, pero las verdaderas respuestas no están en el cielo sino en un cosmos completamente distinto.

Mientras reflexionaba sobre las palabras de York, Delphine sintió un agudo dolor de cabeza. Sospechaba que su largo sueño no se debía a causas naturales. ¿Habría tenido York algo que ver? No sería extraño, tratándose de él. Se puso de pie e intentó acordarse de la conversación que habían tenido después de que los cazacabezas la atraparan y la llevaran al laboratorio.

—¿Cuánto tiempo he dormido?

—Una noche y un día.

—¿Qué significa la sentencia latina que está sobre la puerta?

—Como he dicho, tu traducción no estaba nada mal, de verdad. VITRIOL. En una traducción moderna se podría decir: «Para ennoblecer el mundo, filtra todos sus errores hasta que sólo quede la perfección».

En ese instante, Delphine despertó por completo. Ya había oído hablar del «ennoblecimiento», pero en otro contexto. Los científicos de la Edad Media, los alquimistas, se habían dedicado a buscar la piedra filosofal, el elemento que podría curar cuerpos enfermos y perfeccionar metales imperfectos. Querían transformar en sano lo enfermo y en noble lo innoble.

—¿Ennoblecer? Ésa era la meta de los alquimistas, ¿no? —preguntó.

York asintió respetuoso.

—Es correcto. Sin embargo, la época de los alquimistas terminó hace mucho. Sus métodos, técnicas y creencias fueron superados hace muchísimo tiempo. Aun así, su meta sigue vigente hasta hoy: mejorar lo malo. Y sólo un elixir muy poderoso puede lograr algo parecido.

Delphine vaciló un momento. York estaba ensimismado, casi soñador. Sin embargo, ella seguía despierta:

—¿Un elixir que debe ennoblecerlo todo? ¿Convertir un guijarro en oro? ¿Rejuvenecer a los viejos? ¿Sanar a los enfermos? ¿A eso se refiere? ¡Sería algo así como una pócima mágica! ¡Eso es imposible! —exclamó.

—¡No tiene que ver con el oro, ni con los enfermos, ni con los débiles! Tiene que ver con los que se creen rebosantes de salud. Gente de tu edad, que debe dominar sus sentimientos ingenuos y contraproducentes para enfocar su fuerza en la dirección correcta, antes de sucumbir en quién sabe qué telarañas mentales o ahogarse en el océano de las posibilidades. ¡Decidirse sin equivocarse, de una buena vez por todas!

Delphine guiñó los ojos y supo que, en ese instante, acababa de brillar una chispa del gran plan de York, sobre el cual necesitaba averiguar más cosas.

—¿Cómo se le puede ocurrir semejante locura? —preguntó, haciendo un esfuerzo por controlarse.

—Las investigaciones de los doctores secretos han demostrado que los chicos, desde la infancia hasta la juventud adulta, arruinan su vida con un promedio de mil decisiones erróneas. Repito: ¡mil decisiones erróneas! Esta cifra es alarmante. ¡Y en los últimos treinta años se ha multiplicado por diez! Antes, en ese mismo periodo de tiempo, los jóvenes tomaban apenas unas cien decisiones erróneas. ¿No es terrible?

—¿Y usted pretende evitarlo, aquí en la Escuela de las Preocupaciones? ¿Para eso construyó la escuela? ¿Es eso lo que los doctores secretos deben enseñarnos a los ayudantes? ¿A decidir bien? —preguntó Delphine.

—Ay, niña —suspiró York—. ¡Yo no soy ningún pedagogo! Y por supuesto que ninguna escuela puede alcanzar una meta así, ni siquiera una tan particularmente dotada como ésta. La escuela es sólo un medio para el fin. Como científico, sé que sólo un elixir especial puede tener ese efecto. Una esencia, un medio celestial preparado con elementos terrenales. ¡Uno que pueda convertir a los haraganes y fracasados en hombres de éxito! Un polvo que les ayude a decidir qué es correcto y qué incorrecto. Trata de imaginártelo: ¡no tienes que responder a la pregunta porque ya conoces la respuesta! Ya no existen las decisiones. El camino correcto está trazado desde un principio. ¡Siempre haces sólo lo correcto! ¡No vuelves a cometer ningún error! —York daba rienda suelta a su imaginación.

—¿Y cómo sabemos qué es lo correcto y qué lo incorrecto? ¿Quién nos lo dice? —quiso saber Delphine.

York se sintió irritado. No podía entender, en absoluto, que no estuviera todo clarísimo.

—A través de un suero de posibilidades, por supuesto. Éste filtra las posibilidades erróneas por las que uno no debería decidirse y deja sólo la correcta. Lo he llamado possibelium —dijo con voz orgullosa.

—¿Possibelium? —preguntó Delphine.

—El elixir con el que desecaré el pantano de las posibilidades. Tú también has colaborado. Todos los ayudantes han colaborado en su elaboración.

Delphine lo miró tan confundida que York exclamó:

—¡Toda teoría es pálida! ¡Sígueme!

El director condujo a la chica hacia fuera de la habitación. Estaban muy por debajo del río, claramente, y atravesaron todo un laberinto de pasadizos y grutas.

—Aquí es donde los piratas dejaban morir de hambre a sus prisioneros —murmuró York. Delphine no sabía si se trataba de una amenaza—. Aquí escondían sus tesoros, de igual modo que hice yo con el mío —añadió misterioso. Después siguió adelante. Pasaron junto a una pila de piedra antiquísima, alimentada por el agua cálida de un manantial, y York comentó—: No hay mejor lugar para un laboratorio secreto que sobre una fuente natural de agua con azufre.

Después de doblar en una curva, llegaron a una pesada puerta de hierro. York la abrió, y, en cuanto la atravesaron, Delphine supo de inmediato dónde estaban: en el sótano abovedado bajo la casa de los ayudantes. A unos pocos pasos de ahí, en el suelo de arriba, había aparecido el cofre del que Delphine había robado la botella.

York pareció leerle el pensamiento.

—Hoy sé que tu robo de la botella fue una bendición para el desarrollo del possibelium.

Delphine quedó estupefacta.

—¿Y eso por qué?

—Pronto lo sabrás —dijo York, que empezó a subir por una escalera que empezaba al final del camino.

Delphine lo siguió y notó, a diferencia de la primera vez, lo antiguas que eran las rocas de los peldaños. York parecía haber modernizado y habilitado completamente ese antiquísimo sótano de piedra construido en la Edad Media.

Al final de la escalera no había nada. York se detuvo frente a una pared, movió hacia un lado una gran loza de piedra y entonces quedó a la vista un pequeño pasadizo. En cuanto él y Delphine entraron, York volvió a cerrar la loza con cuidado.

—¿Cómo supiste que existía este pasadizo? —preguntó como por casualidad.

—Le seguí una noche que vino por aquí. Después habló con la botella, y yo le espié mientras lo hacía —respondió Delphine.

York asintió, como si ya conociera la respuesta, y avanzó.

Poco después llegaron al gran laboratorio al que los cazacabezas la habían llevado dos noches antes. Ahora Delphine tenía la mirada límpida y serena, y enseguida reconoció que estaba dotado con los mejores aparatos, los más finos, las máquinas más nuevas y los instrumentos más modernos. La caldera de cobre estaba especialmente diseñada para la elaboración de elixires muy costosos.

York la guió hacia un extremo del laboratorio, en donde había una puerta recubierta por un macizo vidrio de seguridad.

Después de abrirla, llegaron a una habitación alta y de techo abovedado. Figuras grotescas y demonios miraban tan fijamente hacia abajo, hacia Delphine, que ésta sintió cómo un escalofrío le recorría la espalda. En la pared más grande había una alta ventana orientada hacia el río. Junto ella había un pesado sofá de color rojo oscuro. A Delphine le pareció el lugar ideal para estar sola, sola con sus pensamientos. En la pared de enfrente había una estantería inmensa con anaqueles especiales para los recipientes de vidrio. Todos estaban pulcramente rotulados y marcados con distintos colores.

York se detuvo y contempló la estantería con un brillo en los ojos.

—¡Ah, divina despensa!

Un vistazo le bastó a Delphine para ver a qué se refería.

—Ciento catorce recipientes, el mismo número de elementos. De ellos se compone el universo entero, los ingredientes de todo lo puede existir en toda la galaxia. Yo mismo descubrí el número 114. Fue incubado en polvo solar, traído a la Tierra en una cápsula espacial. Es el elemento más extraño del mundo, millones de veces más costoso que el oro. Lo he llamado konstantinium.

Delphine volvió a quedarse perpleja ante la prepotencia con que York lucía su amor propio. A diferencia de los encuentros anteriores, tenía la sensación de que lo hacía para impresionarla. ¿Qué pretendía? ¿Por qué la había llevado hasta ahí, a su santuario? ¿Le estaría tendiendo una trampa? ¿O acaso esperaba que ella dejara de ser su enemiga?

—¿Y esos vasos amarillos de ahí? —preguntó ella.

—Medicinas, compuestos, mezclas —respondió York a la ligera—, desarrollados durante estos últimos años. Con ellos se podrían liquidar ciertos flagelos de la humanidad. Si los vendiera, sería el hombre más rico del mundo.

Delphine sintió que se acercaba el momento por el que había luchado desde el día en que había abandonado a su madre. Esperaba que York no notara su creciente angustia interior y recorría disimuladamente con la mirada toda la paleta de medicinas, distrayendo a York una y otra vez con preguntas insignificantes. Intentaba descifrar las pequeñas letras, leía las etiquetas, revisaba los datos con los que estaban marcados los vasos y planeaba mentalmente el momento en el que encontrara aquello que buscaba. Sin embargo, aún no había llegado ese momento. A continuación, se proponía entretener a York y no se imaginaba que él, por su parte, estaba a punto de anunciar la última fase del plan secreto con el que estremecería al mundo.

Sisyphos, el espantarenas

Gracias a la catapulta escondida en el Centro Dorado del País de Y, y a las indicaciones precisas de Cäsar, Silber aterrizó a salvo en el desierto del Psi.

En los minutos antes del lanzamiento, Silber se preguntaba dónde podría estar ese desierto de las decisiones. ¿Sería la gigantesca isla en el delta del río con forma de ocho que se elevaba hacia el cielo? ¿O no sería más que un Fata Morgana colectivo, imaginado por quienes tenían que recorrer el difícil camino de una decisión vital? ¿No tomaba cada uno sus decisiones a través de sus pensamientos, su fuerza de voluntad y sus sentimientos, cada uno dentro de sí? ¿No acechaban dentro de uno mismo los peligros que se debían enfrentar al tomar una decisión? ¿Acaso era posible encontrarse, en el camino hacia allí, con otros que también tenían que tomar una decisión, o incluso espiarlos? ¿Era ése el plan de Rímini? Silber presentía que era posible encontrarse con alguien en el Psi cuando las decisiones que se debían tomar tenían alguna relación entre sí.

Al chocar contra la arena caliente, como un meteorito de carne y hueso, todos los pensamientos de Silber acerca de la irrealidad del desierto del Psi desaparecieron.

Sólo le quedaron unos cuantos moratones.

El sol picaba desde lo alto y desprendía un calor insoportable. En un abrir y cerrar de ojos, su mirada se quedó clavada en la arena y no conseguía liberarse. Las piernas le pesaban y se hundían cada vez más, como en un pantano. Entonces supo lo que había querido decir Cäsar al afirmar que la arena del Valle de las Dudas haría todo lo posible por cautivarlo. El espectáculo que se le ofrecía era realmente fascinante: de un momento a otro, la arena se amontonaba formando columnas y, enseguida, se abrían abismos en el suelo, se elevaban montañas y el aire reprimido soplaba hacia lo alto en fuentes de arena que parecían géiseres. Todo estaba en movimiento, todo cambiaba. Desde ya, el desierto parecía un cosmos feroz consagrado a la destrucción. Pero ¿qué sucedería cuando este desierto impetuoso se pusiera de cabeza y todo lo que se movía en él quedara enterrado bajo un alud de arena? ¿Cuándo llegaría ese momento? Era imposible imaginar que algo pudiera tener allí alguna duración; cualquier plano habría envejecido, desconsolado, antes de que uno pudiera terminar de trazarlo. ¿Cómo podría alguien encontrar allí a otra persona? ¿Por dónde emprender la búsqueda? El lugar donde Rímini estuviera en ese instante podía desaparecer en el siguiente. Silber apenas empezaba a intuir cómo era realmente este desierto y se temía que, en efecto, sólo bastaría un paso para hundirse en él. Al mismo tiempo comprendió que en el Psi se tomarían decisiones de vida o muerte durante las próximas horas. Si Cäsar tenía razón, para

poder entrar realmente en el desierto, y salir, Silber tendría que tomar una decisión vital. Una decisión que no tenía que ver con Rímini ni con nadie más, sino sólo con él mismo. Tenía que hacerlo, pero quería esperar un rato más, asistir pasivamente al espectáculo, fortalecerse, aunque sabía muy bien que cada segundo contaba.

De pronto, sintió un ardiente dolor en la nuca.

—¡A ti te voy a poner a marchar, remolón infame! ¿Algo como tú pretende tomar una decisión? ¡Entonces muévete, antes de que el puente del Valle de las Dudas se derrumbe!

Silber sintió el ardor del latigazo en la piel y supuso que estaba frente a un espantarenas. Su piel era un solo paisaje volcánico de granos y surcos, y dos ojos oscuros le lanzaron un rayo de determinación que le caló hasta los tuétanos. Llevaba el cuerpo envuelto en un vestido ondeante que le llegaba hasta los tobillos y que estaba toscamente remendado con estopa.

—¡Rápido! ¡Corre! ¿O quieres ahogarte aquí de una vez? ¡Pronto será demasiado tarde! —gritó el espantarenas fuera de sí, haciendo restallar de nuevo el látigo.

Silber dudó un rato más, hasta que apartó la mirada del delirante espectáculo de arena y empezó a correr. Cuanto más sentía el aliento del espantarenas en la nuca, más rápido corría. A cierta distancia frente a él apareció un estrecho puente que franqueaba, formando un gran arco, un abismo del que brotaban nubes de arena. Tronaba y temblaba, y el puente vibraba constantemente con sacudidas breves e intensas. Al otro lado del barranco, Silber creyó vislumbrar un vehículo extraño, como un pequeño vagón.

Otro latigazo traspasó el aire.

—¡Adelante! —gritó el espantarenas tan alto que a Silber le dolió el tímpano.

Corrió más rápido y llegó hasta el puente. Sin embargo, al dar el primer paso se estremeció. Justo allí donde acababa de poner el pie, la arena se descuajó y se desmoronó hacia el precipicio.

—¡Si te quedas quieto, morirás! —gritó el espantarenas.

Silber corría, pero el puente parecía aguardar sólo para desmoronarse bajo sus pisadas. Con el menor movimiento, toneladas de arena se iban a pique bajo sus pies. Parecía como si corriera sobre agua, y no se atrevía a mirar atrás. ¿Lo seguiría el espantarenas? Cualquier vacilación, aunque fuese un vistazo fugaz, hubiera decretado de inmediato su sentencia de muerte.

Ya no corría, ahora casi volaba sobre el puente. Con cada sacudida, la mochila le golpeaba la cabeza por detrás.

El látigo volvió a restallar en su espalda dos veces, hasta que llegó al otro lado del puente. Se dejó caer en la arena, agotado y sin fuerzas, a punto de escupir los pulmones con sus jadeos.

Una explosión lo asustó antes de que hubiera recuperado el aliento. Levantó la cabeza de entre la arena y miró en la dirección de donde venía el ruido.

El espantarenas, a quien el esfuerzo por atravesar el puente a punto de desmoronarse parecía no haberle afectado en absoluto, intentaba poner en marcha con maniobras rápidas el curioso vehículo que Silber había visto antes desde el otro lado. Se levantó de inmediato y se acercó para ver mejor el vagón.

Era una mezcla extraña entre un cohete horizontal pequeñísimo y un trineo con llantas. Las pequeñas ruedas parecían hechas de metal y pensadas para un viaje sobre rieles, de los cuales no había rastro por ningún lado. El tronco estaba hecho con un grueso vidrio de brillo verdoso. Sólo la trompa estaba reforzada con metal. El trineo no tenía techo, sólo un parabrisas. Silber vio que dentro había dos bancos, uno detrás del otro, y frente a cada uno había una desgastada barra de seguridad forrada en cuero. ¿Acaso esas rayas y esas muescas eran huellas de los rasguños y zarpazos de pasajeros anteriores? De repente, Silber se dio cuenta de qué era lo que le recordaba este vehículo: ¡el vagón de una montaña rusa! ¿Una montaña rusa en medio del desierto? El relato de Rímini le vino a la mente como un rayo.

El espantarenas no se dejó distraer por los merodeos de Silber alrededor del vagón. Concentrado y sin desperdiciar un solo minuto, hizo una serie de ajustes en el aparato: levantó dos tubos de vidrio que estaban asegurados a la derecha y a la izquierda, que parecían dos cañones encogidos, y los orientó en la dirección del viaje. Ahora, los orificios de los tubos, que estaban doblados hacia abajo, parecían dos hocicos que husmeaban en la arena. Cuando el personaje trepó de un brinco en el vehículo, se acomodó en el asiento y se amarró con un grueso cinturón de cuero, Silber supo que la salida era inminente.

De repente, el espantarenas giró la cabeza y le lanzó a Silber otra mirada exterminadora:

—¿Y ahora a qué esperas? ¡Sube de una vez, tenemos una ruta que cumplir!

Silber se dio cuenta de que había mirado furtivamente hacia un pequeño reloj de arena en el delgado tablero de mando. Entonces subió al asiento trasero, aún sin fuerzas, y observó las maniobras del espantajo. El vagón tenía pocos instrumentos e indicaciones, incluso menos que la moto de Silber: un pequeño espejo retrovisor en el parabrisas, sólo un pesado pedal en el suelo y, a la altura del pecho del espantarenas, un volante en forma de medialuna, como el de los aviones. «Ninguna obra maravillosa de la tecnología», pensó Silber.

—¿Quién eres? —preguntó, intentando no dejarse impresionar por la mirada hostil del espantarenas.

—¿Qué te parezco que soy?

—¿Un espantarenas?

—¿«Un» espantarenas? ¿Así me agradeces por haberte espantado a través del Valle de las Dudas? ¡Yo soy Sisyphos, «el» espantarenas inolvidable! Sólo un instante basta para que yo me cuele en tu memoria. Aun así, tú necesitarás toda una vida para olvidarte de mí. Arena soy y en arena me convertiré cuando sea liberado de mi condena.

—¿Estás condenado? ¿A qué? —preguntó Silber.

—A espantar a gente como tú hasta el Punto de Escisión, día tras día. Una y otra vez. Con la misma ruta, pero con una sola diferencia, y es que tú, con tu parsimonia, has echado a perder desde el principio cualquier oportunidad de llegar a tiempo. Como si no fuera suficiente todo lo que nos espera por delante.

—¿No hay ninguna posibilidad de que te liberes de tu condena?

El semblante de Sisyphos se tornó feliz.

—Claro. Si consigo llegar a tiempo al Punto de Escisión. Entonces por fin me convertiré en un cúmulo de arena. ¡Sublime!

Como por casualidad, miró el reloj de la cabina de pilotaje y se horrorizó.

—¡Ya basta! —chilló—. ¡Dime tu nombre, para saber al menos a quién van a desollar vivo los escorpiones buitres en este instante!

Automáticamente, Silber miró hacia el cielo y vio una bandada de pájaros enormes revoloteando sobre ellos.

—Me llamo Silber.

—Bien. ¿Ya estás seguro de la decisión que vas a tomar? —bramó el espantarenas sin apartar la vista de los instrumentos.

Silber asintió.

—Quiero salvar a mi amigo Rímini.

—¿Qué? —gritó el espantarenas y giró la cabeza—. ¿No piensas tomar una decisión que te concierne a ti mismo?

De repente, como una campanada, Silber oyó las palabras de Cäsar.

—¡Sí, sí! —exclamó enseguida—. Debo decidir algo importante para mi vida futura, pero la decisión depende de si puedo salvar a Rímini.

El espantarenas parecía querer terminar de una vez con las preparaciones para el arranque y castigó a Silber con una mirada que le ardió en el rostro.

—Conque una decisión de «si esto, entonces aquello», ¿no? ¿Por qué me habré merecido yo un pasajero tan cobarde?

—¡Yo no soy cobarde! Es más, estoy dispuesto a morir para salvar a Rímini —gritó Silber.

—Y tendrás que hacerlo si no empezamos pronto —volvió a gritar el espantarenas, que oprimió un pequeño botón rojo en el que se podía ver el dibujo de una llama.

De repente, en la cola del vagón retumbó un encendido y, justo después, el estrépito de una especie de aspirador.

—Sisyphos, ¿puedes decirme las tres leyes del Psi? —preguntó Silber mientras el motor se calentaba.

Entonces advirtió cómo el espantarenas hacía una mueca. Lo que hasta entonces Silber había pensado que eran pústulas era una piel granulada como papel de lija.

—¡Ay! ¡Hasta hace nada comías arena a punto de desfallecer, y ahora otra vez desconfías! ¡Las tres leyes del Psi son una tontería prehistórica que ya nadie entiende! —se burló Sisyphos.

—No importa. ¡Dímelas! ¡Ya! —exigió Silber.

—Te puedo decir las tres leyes de Sisyphos: ¡amarrarse, no bajarse y no asomarse nunca durante el viaje! —El espantajo sonrió entre dientes.

—¡Di las leyes del Psi! ¡Si no, bajaré de inmediato!

Extrañamente, esta orden pareció surtir efecto. El espantarenas miró a Silber directo a los ojos.

—Primera: ¡visualiza tu meta! —gruñó—. Segunda: ¡actuar es decidir! Tercera: ¡no escatimes la recompensa!

A Silber, esas leyes le parecieron un tanto misteriosas. No tenía ni la menor idea de qué significaban. Aun así, presintió que el espantarenas decía la verdad y que las leyes podrían ser importantes más tarde. Por eso se las grabó en la memoria.

—Y ya que estamos en ello —murmuró Sisyphos—, en un par de segundos arrancamos... ¡No escatimes la recompensa! ¿Qué me ofrecerás de fianza? ¡Vamos, de una vez!

Silber no entendía de qué hablaba el espantarenas.

—¿Qué? ¿Una fianza? —preguntó. Con toda la agitación, se le había olvidado la advertencia de Cäsar.

—Ya me lo esperaba yo. Primero mucho dudar y mucho remolonear, ¡y ahora no quieres darme una fianza! Pero tienes que hacerlo. ¡Aquí y ahora! Es por tu propia seguridad. ¡Dame ya mismo algo que tenga que ver con tu decisión! Te lo devolveré en cuanto hayamos llegado al Punto de Escisión y tú hayas tomado tu decisión, lo que, viendo el reloj de arena, ya es casi imposible.

Silber lo pensó febrilmente. El espantarenas exigía una garantía de que, en realidad, tomaría una decisión. ¿Qué le podía ofrecer de fianza? Su mirada se posó sobre la mochila, que ahora estaba debajo del asiento. Entonces se le ocurrió una idea. Hurgó rápido por dentro y le pasó al espantarenas la postal que Coco le había enviado desde Rímini.

—¡Toma! —gritó—. ¡Coge esto de fianza! ¡Pero si no me la devuelves en buen estado, te haré papilla!

Sisyphos mostró una sonrisa de aprobación. Ese tono le gustaba. Cogió la postal, la puso debajo de su asiento e hizo aullar el motor del vagón, que, acto seguido, salió disparado como un cohete. En ese mismo instante, Silber resolvió el misterio acerca de cómo el trineo avanzaba sobre un suelo sin rieles. Los tubos de los lados aspiraban la arena por detrás y la llevaban hacia una pequeña cámara de combustión, donde ésta se calentaba a una temperatura muy alta para luego, convertida en un fino torrente de lava, ser expulsada justo por delante de las ruedas. La lava se enfriaba instantáneamente y formaba unos delgados rieles de vidrio sobre los que el trineo se deslizaba a una velocidad impresionante. El desierto entero era una reserva inagotable de combustible para el trineo de Sisyphos. Silber, a quien también le gustaba andar rápido en su moto, volvió a sentir el parecido con una montaña rusa... ¡Sobre rieles de vidrio a través del desierto más absurdo del mundo! Nunca se recorría el mismo tramo dos veces; el vagón tendía sus propios rieles siempre sobre nuevos caminos. ¿Cómo más habría podido moverse un vehículo por este paisaje viviente? Aquí uno sólo podía valerse de rieles que se amoldaran permanentemente al subsuelo. Después de haber entendido esto, Silber se sintió más seguro y empezó a mirar a su alrededor.

El vehículo luchaba en ese momento por subir la pendiente de una duna que se elevaba hacia el cielo casi en ángulo recto y, automáticamente, empezó a andar más despacio. Sisyphos, que no pudo ocultarle a Silber su intranquilidad, gritó hacia atrás luchando contra el ruido de los tubos de aspiración:

—¡Paso dudoso! ¡Remolinos intensos!

Silber asintió en señal de que había entendido.

—¡Mierda! ¡Perderemos aún más tiempo! —gritó el espantarenas furioso y dio un golpe en el parabrisas.

¿Paso dudoso? Silber se tragó el miedo y se aferró con fuerza a la barra de seguridad. «Paso dudoso» no era una expresión que infundiera mucha confianza que digamos. Mientras seguía pensando en qué le esperaría allí, el vagón llegó a la cima de la duna. Y entonces Silber pudo ver con claridad que la comparación con una montaña rusa no era del todo absurda. En una fracción de segundo, el tiempo se detuvo en su estómago y deseó poder sacudirse de la cabeza la conciencia del descenso que tenían por delante. El vagón se lanzó casi en caída libre hacia un hueco de arena; ni siquiera una avalancha lo habría podido adelantar. Abajo, al fondo, la llanura parecía un ojo negro que los miraba con avidez. Fuertes ráfagas de arena salpicaban el vagón por delante, por la derecha y por la izquierda, y hacían que se tambaleara de un lado para otro. Sin embargo, cuando ya habían superado casi la mitad del descenso en picado, Silber se quedó horrorizado, pues creía estar viendo un espejismo. De repente atravesaban un campo fértil que brotaba de la arena del desierto, hacia ambos lados del vagón, como si alguien lo cuidara y lo regara todos los días. Las plantas parecían trigo fresco y, por lo visto, resistían cualquier remolino o temblor de arena. Los tallos no eran muy altos, pero tenían unas espigas densas y hermosas y se mecían en el viento de un lado para otro, como un banco de peces que cambia de dirección en una calma absoluta. Silber sospechaba que no faltaba mucho para terminar de recorrerlo, pero, hasta donde alcanzaba a ver, el campo parecía no tener fin.

En cuanto el vagón se había acercado al campo, las puntas de las espigas empezaron a azotarlo como látigos y a frenar su velocidad, por más que el espantarenas acelerara. Se oía un murmullo, un susurro, primero muy suave, después cada vez más fuerte, hasta que Silber pudo entender: «¡Regresa!». Por instinto, agachó la cabeza y se acurrucó dentro del trineo. Espió la mirada de Sisyphos en el espejo: el paso por este campo tampoco parecía agradarle al experimentado espantarenas. «¡Aún estás a tiempo!», silbaban ahora las espigas. «¿No sería mejor renunciar?», el murmullo penetraba y después se alejaba. Silber miró fijamente las espigas. No había ningún indicio de que hubiera alguien que susurrara desde ahí. «¡Piensa en Delphine!», resopló desde el campo, y Silber se estremeció. «¡No lo lograrás jamás!», le zumbó al oído. Ahora venían de todos los lados. «¿Vale la pena jugarte la vida por Rímini?» «¡No hay esperanza!» «¡Él tiene la culpa!» «¿Qué ganas tú?» «¿Qué beneficio te traerá?» Silber giraba la cabeza hacia el lugar por donde venían los mensajes. «¡Podría salir mal!» «¿Hacia dónde te llevará?» «¡Fracasarás!» Se tapó los oídos. Hacía rato que se había dado cuenta de que estaban en medio de los Campos de la Incertidumbre. «¿Cómo así? ¿Por qué? ¿Para qué?», silbaba por todas partes, pero Silber tenía la impresión de que no debía buscar la fuente de los murmullos fuera del trineo, sino dentro de sí mismo. «¿Para qué arriesgar tanto?», volvió a resoplar, pero entonces el vagón ya había alcanzado el borde del campo malvado y se deslizaba una vez más sobre el suelo normal del desierto. Silber sintió que tenía seca la garganta y empezó a toser.

Sisyphos abrió un pequeño compartimiento en el suelo del vagón, sacó una botella de agua y se la pasó.

Silber bebió ansiosamente y enseguida se sintió un poco mejor. Se alegraba de haber dejado atrás los Campos de la Incertidumbre.

Sin embargo, el rostro de Sisyphos revelaba su preocupación.

—Hemos pasado el Valle de las Dudas y los Campos de la Incertidumbre con retraso, como si nos hubiéramos arrastrado por ellos a cámara lenta. ¡Me temo que ni siquiera alcanzaremos a llegar al Nihil Nisi! Y bueno, pensando en los nonos, los habitantes del Nihil Nisi, quizá sea mejor así…

El secreto de Konstantin York

Mientras espiaba a Konstantin York en las habitaciones de su laboratorio privado, Delphine se comportaba como una leona al acecho, siempre en la retaguardia y a la espera del momento adecuado para atacar. Para ello había puesto en práctica hábilmente sus dos armas más fuertes: su astucia y su instinto. Había simulado interés frente al director de la Escuela de las Preocupaciones, se había sentado en el enorme sofá rojo junto a la ventana y había escuchado con paciencia mientras él se explayaba emocionado al hablar acerca de la armonía de los elementos. Lo cierto es que le había costado escapar al hechizo de sus palabras. Además, la forma en la que hablaba había cambiado desde su último encuentro en la sala de cristal. Extrañamente, York se obstinaba en hacer que ella lo reconociera y lo admirara. Y por más que se rompiera la cabeza tratando de descifrar ese enigmático comportamiento, no lograba entenderlo. Tenía que hacer un esfuerzo permanente por ceñirse a su plan y escrutar en secreto la gran estantería con sustancias, polvos, elixires y medicamentos, en busca de lo que realmente le interesaba.

De repente, la voz de Konstantin York recuperó un matiz extraño. Era una mezcla de tristeza y decepción que Delphine ya le había oído antes.

—Espero no aburrirte —dijo.

—¡No, en absoluto! —contestó la chica, apartando discretamente la mirada de la estantería.

—Todo el tiempo miras hacia la estantería de las sustancias, ¿no? ¿Acaso buscas esto de aquí? —dijo York y tanteó en uno de los estantes, del que cogió un pequeño frasco. La víctima había olido a la leona.

—¿Es ésta la sustancia que debes llevarle a tu madre Charlotte? —preguntó York malicioso. Sin la menor señal de advertencia, convirtió a la leona cazadora en presa.

—¿Cómo sabe el nombre de mi madre? ¿Cómo sabe que ella necesita ese medicamento urgentemente? —exclamó Delphine sorprendida.

Sin embargo, York no quería responder su pregunta en ese momento.

—Mejor cuéntame tú a mí cómo supiste que ese polvo estaba aquí, en la Escuela de las Preocupaciones. No fue por una casualidad por la que te presentaste para convertirte en ayudante, ¿verdad?

Dada su nueva situación, Delphine ya no le veía sentido a seguir callando. Silber y Rímini estaban perdidos en el País de Y, y ella, por mucho que se esforzara por evitar esa sensación, era una prisionera de Konstantin York.

—Mi madre me habló de usted. Me dijo que es un hombre al que no le importa la muerte de millones de personas. Usted tiene en su poder los medicamentos necesarios para curar las epidemias de los pobres, o si no para curarlas, al menos para evitarlas. Sin embargo, se niega a ofrecerlos gratis o a bajo precio. Prefiere ver cómo muere toda esa gente. Cuando mi madre viajó a África conmigo, tras la muerte de mi padre, para ejercer allí como médica, yo tenía exactamente doce años. Poco después ella enfermó de malaria y comprobó que yo también tenía el bacilo en la sangre —dijo sollozando.

Con sorpresa, Delphine vio que su historia no había dejado impávido a York. Estaba como petrificado frente a ella.

—Mi madre empezó a entrenarme en las técnicas cuyo sentido, en conjunto, comprendí mucho más tarde. En un monasterio del Tíbet aprendí defensa personal y a escalar. En el laboratorio de ella aprendí mucho sobre los elementos, los elixires y la naturaleza de los humanos. Hasta que finalmente me mandó hacia aquí. Quería que yo robara de este lugar, de la Escuela de las Preocupaciones, el agente contra la malaria, porque, según dijo mi madre, éste le pertenece a todos los hombres, ¡no a uno solo!

La rabia se apoderó del rostro York. Cogió el envase que

contenía el agente contra la malaria y lo arrojó al suelo. El vidrio se reventó y el polvo que había en su interior se evaporó en una nubecita.

—¿Qué hace? —gritó Delphine horrorizada, antes de lanzarse al suelo.

—Ya no tiene ningún valor —dijo York con una mirada fría.

Delphine le clavó una mirada llena de odio y gritó:

—¿Que ya no tiene ningún valor? ¿También les dice eso a quienes se queman por dentro tras la picadura de un mosquito? ¡Desde que llegué al mundo han muerto más personas por esto que por todas las guerras juntas! ¡Por una enfermedad que se puede combatir!

Delphine estaba a punto de arrojarse sobre York.

—Este polvo no habría cambiado nada de eso, porque fue elaborado hace casi cuarenta años y ya no puede hacer nada contra el virus que desencadena la malaria. Hace mucho que se volvió resistente. —Delphine vio que York no mentía. No obstante, la ira le hacía hervir la sangre en la cabeza al oírlo hablar de una de las peores plagas de la humanidad como si tratara del clima. York prosiguió—: No obstante, hay algo en lo que sí tienes razón: la enfermedad se podría combatir. Hay polvos que la podrían reprimir en cuanto se ha despertado. Yo mismo descubrí un medio mucho más efectivo que el que ahora está en el suelo. ¡Aquí, en este recipiente, está la materia prima! Sólo falta terminar de desarrollarlo y probarlo. En todo caso, es muy eficaz. —York tomó de la estantería un frasco con polvo y lo sostuvo en alto—. Aun así, de todo corazón, ¿quién quiere pasar años y años desarrollando y probando este medicamento y gastarse una fortuna en ello? ¡No vale la pena! La inversión nunca se recuperaría con la venta del medicamento. La mayoría de los enfermos son pobres y no pueden pagarlo. Es mucho más lucrativo desarrollar medicinas para los ricos, para que no enfermen al irse de vacaciones a los países pobres. Son los ricos los que pueden pagar cualquier precio. Cualquier persona sensata piensa lo mismo.

—Los Magos del Mundo piensan distinto… —dijo en voz baja Delphine.

Su cólera se había desvanecido de golpe. Lo que el director

acababa de decir le daba asco y, de repente, creyó sentir un olor a podredumbre en su aliento. Sin embargo, tuvo que reconocer que había descrito el mundo tal como era.

—¿Los Magos del Mundo? —preguntó Konstantin York desconcertado, y no pudo evitar soltar un gallo.

—Quienes quieren hacer posible lo que usted rechaza por avaricia —murmuró Delphine, que vio que York respiraba cada vez más intranquilo. Por alguna razón nada evidente, sus palabras parecían hacerle daño—. Si los Magos del Mundo tuvieran un medicamento que pudiera ayudar a la gente, no lo ocultarían.

—Tuvieran... Pudiera... No tienes ni la menor idea de la realidad, mi niña... —graznó York y se sentó en un pequeño taburete—. No tienes idea de cómo puede arruinar una vida esa forma de pensar. Un breve instante de debilidad en el torbellino entre dos posibilidades puede destrozar la alegría de toda una vida.

Esto hizo dudar a Delphine. De un momento a otro, Konstantin York, que hasta hacía nada la aterrorizaba con su possibelium, parecía haberse transformado en un hombre roto. Con la mirada clavada en el vacío, empezó a hablar.

—La noche del 1 de febrero de 1967 está nublada y fría. Dos jóvenes tienen que esconderse de la policía por un gran error que han cometido. Se llaman Marie Montague y Leander Knips...

Delphine se puso pálida.

—¿Por qué sabe lo de Marie Montague?

York sacudió la cabeza.

—Espera. Presta atención... —susurró y continuó—: Marie tiene una fiebre alta. Yace sobre un par de mantas raídas en una derruida caseta del astillero en el puerto. Una vela infeliz alumbra débilmente. Un hombre les ha organizado este escondrijo a los dos. Se llama Henry James York. Él es quien ha buscado un médico y quien le pagará. York es uno de los directores de laboratorio en la fábrica de medicamentos que está en la isla. Marie y Leander lo conocen porque han trabajado con él. Cuando llega el doctor, Leander abandona la caseta para ocultar su desesperación. Después de examinar a Marie, el médico comunica a

York que avisará a la policía para que capturen a Leander por lo que le ha hecho a Marie. York negocia con el doctor un breve periodo de convalecencia y le comunica a Leander el diagnóstico. A Marie le quedan sólo unas pocas horas de vida. Leander sabe que la muerte de Marie le desgarrará el alma del cuerpo. Además, cuando se descubra que es el responsable de la muerte de Marie, no podrá volver a ejercer su vocación por el resto de su vida. Para Leander, esta imagen es más atroz que su propia muerte. Henry York le ofrece sacarlo del país de inmediato. Leander se debate consigo mismo… y se decide en contra de Marie. Durante las siguientes horas padece unos tormentos infernales, siente el deseo de regresar muchas veces, enmendar su decisión, retractarse, pero la imagen de la cárcel, de ser aún tan joven y estar tan acabado, lo devuelve una y otra vez a su decisión. La hora en la que el barco zarpa desde el gran puerto rumbo a otra ciudad en ultramar es, para Leander, la hora de la muerte de Marie. Frente al mar, desgarrado por un dolor indescriptible, se arranca del pecho el símbolo de los dos, el amuleto de Esculapio, y lo arroja por la borda.

Delphine se quedó de una pieza.

—Esculapio, un Mago del Mundo…

York suspiró y asintió débilmente.

—Desde ese momento, Leander empieza a odiar la idea que le costó la vida a Marie. Más tarde, Henry York lo adopta. Su juventud y su talento, su conocimiento y su ambición hacen de él un gran genio de las ciencias naturales. Se convierte en un reconocido médico, biólogo y químico. Cuando más adelante se hace cargo de la fábrica de medicamentos de su padre adoptivo y la transforma en un poderoso imperio, deja de llamarse Leander Knips. Ha desechado ese nombre, así como la vieja idea de los Magos del Mundo. Ahora se llama Konstantin York.

Delphine miraba a York estupefacta, la sangre le hervía en la cabeza. Más blanca que la tiza, balbució:

—¿Usted es…?

York asintió, visiblemente abatido.

—Sin embargo, Marie Montague no murió esa noche. El doctor se equivocó, o, lo que es aún más posible, nunca dijo eso. Probablemente, Henry James York le mintió a Leander para sacarle provecho a su genio, el cual había reconocido claramente. Marie estaba embarazada y medio año después dio a luz a una hija, a la que llamó Charlotte. Ella era la hija de Leander. Ella era... mi hija.

—¡Y mi madre! —gritó Delphine, sin entender aún lo que esto implicaba en su relación con York.

Éste no movió ni una sola pestaña. Alzó el brazo derecho hacia el hombro de Delphine, pero lo dejó caer a medio camino.

—Cuando me enteré de toda la verdad sobre el destino de Marie, mandé hacer algunas averiguaciones. Tu madre Charlotte murió hace medio año por la malaria.

El silencio se posó sobre el laboratorio, y Delphine empezó a llorar sin hacer ruido. Unos pocos minutos no le bastaban para entenderlo todo. También el rostro de York estaba como petrificado. De repente, Delphine empezó a menear la cabeza, como si quisiera sacudirse de los oídos lo que acababa de oír. Y sólo en ese momento se abrió paso en su conciencia la noticia que acababa de recibir.

—Entonces tú eres mi... —murmuró horrorizada.

—Sí, yo soy tu abuelo —dijo Konstantin York.

Molinos de la Encrucijada en el Dilemaya

A Silber no le quedó mucho tiempo para reponerse de los Campos de las Dudas, ya que poco después de haber alcanzado el siguiente valle de arena, el espantarenas Sisyphos aceleró la marcha y se apresuró hacia un bloque montañoso cuyo aspecto le quitó el aliento. La montaña parecía un torno que se elevaba hacia el cielo en espirales, semejante a un sacacorchos, y estaba poblada por muchísimas cabañas.

—¡Nihil Nisi! —gritó Sisyphos, lo que a Silber le sonó como una maldición desconocida—. El portal hacia la sierra del Dilemaya.

Silber no tuvo que atar demasiados cabos para entender que su travesía por la montaña rusa de rieles de vidrio debía atravesar esa montaña, y al ver las empinadas serpentinas se sintió realmente mareado. Su sensación no mejoró mucho que digamos al ver la bandera que ondeaba en la cima de la montaña. En ella descollaba una cabeza negra feroz que parecía cobrar vida al moverse de un lado para otro a causa del viento.

—La cabeza ondulante, el estandarte de los nonos —gruñó Sisyphos sin esforzarse por ocultar su desprecio y disminuyendo un poco la velocidad, lo que redujo considerablemente el ruido del motor.

—Suena aterrador —exclamó un Silber preocupado, que intentaba controlar su imaginación.

—Los nonos tienen un olfato infalible para la gente que se deja contagiar fácilmente por la enfermedad que ellos mismos padecen. La llaman «el tormento de la elección». Consiste en no poder decidir entre dos posibilidades para las que se tienen buenas razones. Cuando los nonos encuentran una víctima, se granjean su confianza y la ponen en una situación casi insoluble, en un dilema espinoso. Algo que no se suele resolver por mucho reflexionar o por mucho que uno se rompa la cabeza y que le ha dado su nombre a la gran sierra que está al otro lado de Nihil Nisi.

—¿Y qué ganan los nonos con atormentar así a sus víctimas? —preguntó Silber, que se daba cuenta de cómo Sisyphos disminuía aún más la marcha, probablemente para no salir volando después por las curvas de las serpentinas a causa de una velocidad excesiva.

—¡Buena pregunta! Quieren ponerlas en un dilema que les rompa el corazón. Así las víctimas se convierten en nonos.

—¿Y cómo puedo reconocer a un nono?

—Ellos menean la cabeza en silencio todo el tiempo. Así... —Sisyphos le mostró a Silber el modo en el que lo hacían—. Y, por supuesto, por el algodón en las orejas —añadió.

—¿Qué?

—Se meten algodón en las orejas para no oír cómo se rompe el corazón de sus víctimas. Pues eso es lo que pasa cuando uno se debate demasiado tiempo en un dilema. Un ruido asqueroso, de verdad. Ojalá hoy nos lo podamos ahorrar.

—Sisyphos, ¿de verdad tenemos que pasar por ahí? —preguntó Silber cauteloso, aunque ya conocía la respuesta.

—Da miedo, ¿no? —gritó el espantajo, y por poco se atraganta con un par de granos de arena—. ¡Por supuesto! Para llegar al Dilemaya hay que pasar por estas serpentinas. Es una auténtica carrera de baquetas, ya lo verás. Aun así, no nos pueden hacer nada si nos mantenemos en la vía. No tienen ningún poder si no nos dejamos alterar, hagan lo que hagan.

Los tubos laterales del trineo empezaron a fundir los primeros rieles en la primera curva, y comenzó el ascenso escarpado. Sisyphos conducía su vagón casi como jugando sobre los rieles de vidrio; ni un bote aerodeslizador habría podido hacerlo con tal estabilidad. Hasta que se oyó un crujido, entonces el trineo empezó a luchar para escalar el empinado sendero montañoso, ondulado como una espiral. Dadas las circunstancias, Sisyphos conducía con cuidado a través de las curvas angostas. El camino estaba bordeado por las pequeñas cabañas de los nonos.

Al principio, Silber no se atrevía a mirar hacia las cabañas sin puertas construidas en las laderas de las serpentinas. Sin embargo, cuando se obligó a hacerlo, se sintió decepcionado. Dos nonos, sentados a una mesa redonda con tres asientos, meneaban la cabeza. El algodón parecía brotar de sus orejas. Sobre la mesa había un pequeño ramo de espigas dudosas en un florero de piedra arenisca.

En la mirada vacía de los nonos, así como en los alrededores de las cabañas, Silber sintió sólo una cosa: una tristeza profunda que se mezclaba con la desesperación. Como una ola de frío, este ánimo lo empapó e inundó.

El camino subía y subía por la espiral, y ofrecía siempre el mismo triste paisaje que Silber ya conocía. No le parecía tan espantoso a la larga, los Campos de las Dudas habían sido mucho peores.

—¡Vamos casi bien de tiempo, excepcionalmente! —dijo Sisyphos, pero su tono de voz delataba que esa tranquilidad no le daba mucha confianza.

De repente, Silber vio que al borde del camino había alguien que parecía estar esperando el vagón. Por acto reflejo, Sisyphos aceleró todo lo que el terreno le permitió.

—¡Mantente alerta! —gritó y agarró el látigo con firmeza.

Al pasar junto a la figura que estaba al borde del camino, Silber vio a una chica rubia vestida con ropas humildes que se parecía a su hermana Merle.

—¡Llevadme, por favor! —les pidió.

—¡Trata de ver si tiene algodón en las orejas! —susurró Sisyphos—. Si es así, ¡es una trampa! ¡Quieren que paremos, pero eso sería el principio del fin!

Después de haberla dejado atrás, la chica empezó a correr para alcanzar al vagón.

—¡Llevadme! ¿O queréis que los nonos me rompan el corazón? —gritó y empezó a llorar desconsoladamente.

Silber sintió que un escalofrío le recorría la espalda. El corazón le decía que nadie puede ser capaz de fingir una desesperación semejante, pero el pelo largo de la chica le impedía ver si tenía algodón en las orejas.

—¡Deteneos, por favor! —gritaba con la voz ahogada en

lágrimas—. ¿Seguiréis adelante sin mí? ¿Cómo podréis volver a ser felices si me dejáis aquí?

Sisyphos estaba en las mismas que Silber. Se desgarraban entre dos posibilidades. ¿Seguir adelante sin compasión y no arriesgarse, o detenerse y evitar una decisión equivocada? La chica se había aferrado ya al borde del vagón y estaba a punto de saltar en él. En ese momento, Sisyphos detuvo la marcha. Por un segundo, a Silber se le pasó por la mente la idea de que un espantarenas también podía sucumbir a las trampas de los nonos. Sin embargo, Sisyphos parecía tener la situación totalmente controlada. Como un domador, dirigió el látigo hacia la chica.

—¿Cuál es la segunda ley? —preguntó, y Silber estaba seguro de haber sentido cierta inseguridad en su voz.

—Eso no es tan importante —gritó la chica—. Tened piedad de una pobre víctima de los nonos.

—¡La segunda ley! —repitió Sisyphos, y parecía aún más inseguro que antes.

—Decidir… —empezó—. ¡Decidir es dudar! —gritó súbitamente.

Sisyphos no esperó ni un segundo más. Con la velocidad de un rayo, le alzó el pelo a la chica con el látigo y bastó sólo un breve instante para que también Silber pudiera ver el manojo de algodón blanco. ¡La chica era, sin duda, una trampa de los nonos! Entonces rió maliciosamente y escapó.

—¡Otra vez lo hemos logrado justo a tiempo! —comentó Sisyphos, mirando hacia atrás, al tiempo que intentaba volver a poner en marcha el vehículo. Sin embargo, enseguida se dio cuenta de que Silber estaba a punto de bajarse y gritó—: Silber, ¡quédate aquí!

Silber no contestó. Tenía la mirada clavada, como bajo un hechizo, en una de las cabañas de los nonos al borde del camino. ¡Allí estaban Rímini y Delphine, sentados ante una pequeña mesa con tres asientos! Estaba perplejo. La nostalgia le empujaba hacia la cabaña.

—¡Siéntate con nosotros, Silber! —gritó Delphine mostrándole una sonrisa preciosa—. Aquí podrás decidirte con toda tranquilidad. No le hagas caso al viejo espantarenas, ¡él sólo piensa en su ruta!

Silber se sentía como en sueños y no podía controlarlo. Ya casi había llegado hasta la entrada de la cabaña.

Un latigazo azotó el marco de la puerta de repente y se levantó el polvo de la arena desmigajada.

—¡Silber, regresa! ¡Es una trampa! —gritó Sisyphos.

Sin embargo, Silber siguió caminando imperturbable. Su deseo de volver a reunirse con Delphine y Rímini era más fuerte.

El segundo latigazo azotó la cabaña de los nonos y partió en dos el florero de espigas dudosas. Por un segundo, Rímini y Delphine se transformaron en lo que realmente eran: dos nonos mañosos en busca de una víctima. Entonces Silber pudo ver el algodón en sus orejas y supo que había caído en su trampa. Rápidamente, dio tres pasos hacia atrás, aunque Rímini le gritaba:

—¡Oye, Silber, ven! ¡Te echamos de menos!

Sin oponer resistencia, Silber se dejó empujar por Sisyphos hasta el vagón y, hundido en el asiento trasero, lanzó una última mirada hacia la cabaña. Delphine y Rímini habían desaparecido, y la tristeza de la mirada de los nonos que ahora estaban ahí en su lugar se había transformado en una cólera intensa.

Sisyphos hizo aullar de inmediato el motor de los tubos de vidrio y arrancó a toda velocidad, con lo que se arriesgaba a salir volando por el borde de las curvas de las serpentinas y a que quedasen sepultados bajo un alud de arena y escombros. Aun así, sólo cuando dejaron tras de sí la bandera de los nonos que ondeaba en el viento y llegaron al nuevo paso, Sisyphos volvió a disminuir la velocidad y se detuvo.

—¡Mierda! ¡Eso estuvo muy cerca! —gruñó el espantarenas, que guardó el látigo en el compartimento del suelo.

Silber asintió, débil y lánguido. Una tristeza enorme se había apoderado de él. Los nonos no habían conseguido atraparlo en un dilema, pero le habían despertado sentimientos que le costaba controlar. Merle, Delphine, Rímini… ¿Volvería a verlos alguna vez? ¿Y a su padre, con quien había sido tan injusto?

Acto seguido, deseó tener los algodones de los nonos. Primero creyó que el vagón se había vuelto a poner en marcha a todo trapo, pero, en realidad, era un grito que le atravesaba el corazón, un grito espantoso que hablaba de tormentos infernales.

—¡Son los molinos de la Encrucijada! —exclamó Sisyphos—. Ese grito ha sido sólo una pequeña muestra. Los molinos están en las praderas a la derecha y a la izquierda del peñasco por el que debemos atravesar ahora. ¡Pero no los mires de frente! ¡Cierra los ojos... y resiste!

—Sisyphos, ¿tú crees que hay alguna diferencia entre un dilema y una encrucijada? —preguntó Silber.

—¡Que si hay una diferencia, pregunta! —gritó el espantarenas—. Pues son vecinos, pero no son lo mismo. Si caes en un dilema, tienes el tormento de la elección. No puedes decidirte por dos posibilidades al mismo tiempo. Y cuanto más te atormentas, más te paralizas. Si las dos posibilidades tienen buenas razones a su favor, decídete rápido por una y así saldrás del paso rápidamente. Sin embargo, de los molinos de la Encrucijada no hay salida. Sea cual sea la posibilidad que escojas, todo está en tu contra. Piensa en el juego de las damas. Lo mejor que le puede pasar a tu rival es que caigas en una posición de vaivén. Hagas lo que hagas, él te quitará una pieza.

Mientras avanzaban por la vía del peñasco, Silber reflexionó sobre las palabras de Sisyphos. Subían y bajaban como en una montaña rusa, y Silber casi no se atrevía a mirar hacia el precipicio que se hundía a derecha e izquierda. Las pendientes estaban cubiertas por grandes rocas de arena. Silber creyó ver huesos de esqueletos que se asomaban por aquí y por allá entre la arena.

Los gritos empezaron a aumentar poco a poco, se hacían cada vez más fuertes y se multiplicaban, eran una mezcla de gemidos, llantos, lamentos, sollozos y gimoteos. Silber y Sisyphos se acercaban a toda velocidad a los molinos de la Encrucijada, cuyo tamaño dejó a Silber sin aliento. ¡Frente a ellos había un bosque de molinos que parecían rasgar las nubes! Por puro reflejo, Silber se tapó los oídos con las manos. ¡Eran los gritos más atroces y desgarradores que uno podía imaginar! Venían desde el interior de los molinos, soberbios ejemplares con cuatro enormes mamparas, hábilmente elaboradas con hojas de palma y varas de bambú.

—Unas verdaderas obras de arte, ¿no? Para los molinos de la Encrucijada se utilizan sólo los mejores materiales de los oasis de Eventualia. ¡Los yonos darían hasta su última palma para sus molinos! —gritó Sisyphos.

Las ruedas de los molinos rotaban cada vez más rápido por el frío helado de la sierra y lanzaban gritos aterradores.

Poco antes de pasar junto al primer molino, Sisyphos le recordó una vez más a Silber que no debía mirarlos de frente, por ningún motivo. Silber cerró los ojos y se metió las yemas de los índices en las orejas hasta tocar el conducto auditivo. El vagón avanzaba despacio por la vía entre las hileras de los molinos de la Encrucijada. Después de haber recorrido unos metros, Silber sintió que los gritos ligeramente amortiguados le revolvían el estómago, pero estaba decidido a soportarlos. A ello le ayudó una idea que se le había ocurrido cuando Sisyphos había mencionado que los yonos se encargaban de los molinos. Había intentado comunicársela al espantarenas, pero aquí los gritos acallaban cualquier palabra.

El suelo temblaba y se estremecía por la molienda y la trituración en las piedras molares. A ratos, Silber sentía que la tierra se hundía unos cuantos metros bajo sus pies, y entonces pensaba en lo importante que era que la vía no estuviese construida con rieles fijos, pues ya se habrían despeñado hacía mucho y habrían sido pulverizados por los molinos, o habrían quedado empalados en las dentadas rocas de arena.

De repente volvió a pensar en la misma idea de antes. ¿Para qué construirían los yonos los molinos de la Encrucijada? ¿De qué le servía a ese pérfido pueblo del oasis que él muriera en lugar de decidirse de una buena vez? No conseguía sacarse esos pensamientos de la cabeza. Sin embargo, cuando la tierra volvió a temblar con fuerza y sintió que el suelo de vidrio del vagón se rompía bajo sus pies, la respuesta a su pregunta sobre los espantos de los molinos de la Encrucijada le iluminó la mente como un rayo. Entonces echó por la borda todas las advertencias de Sisyphos y abrió los ojos.

Su mirada se clavó de inmediato en la piedra molar que estaba en el centro del molino junto al que pasaban en ese momento. No obstante, donde esperaba encontrarse con lo peor, vio sólo arena. ¡Estos molinos no molían nada más que arena! Pequeños aludes de escombros caían sin cesar entre los molinos y quedaban pulverizados en arena fina, bajo los horripilantes aullidos y chillidos que cualquiera que no abriera los ojos tomaría por gritos humanos salidos de una cámara de torturas. De los molinos fluía un camino de arena molida y fina que se amontonaba en un extenso valle y después se convertía en un gran río.

—¡La fuente del Nihil! —gritó Silber—. ¡Los molinos abastecen el río de arena!

Justo en ese momento, los gritos se transformaron en crujidos y chasquidos fácilmente soportables.

—¡La fuente del Nihil! —repitió Silber para que Sisyphos pudiera oír—. ¡No son gritos de seres atormentados! ¡Los molinos sólo convierten las rocas en arena!

Sisyphos abrió los ojos. Todavía estaban entre las hileras de molinos, pero los gritos ahora eran ruidos normales de molienda y no tenían nada de espantoso. El espantarenas se dio unos golpecitos en las orejas y, después de rociar un poco de arena, asintió con un gesto de aprobación.

—¡Has resuelto el enigma de los molinos de la Encrucijada! ¿Cómo se te ha ocurrido?

—Tú mismo me has dado la clave al contarme que el material de construcción de los molinos viene de los oasis de Eventualia. Esto me ha hecho preguntarme por qué podría interesarles a los yonos que uno les tenga miedo a los molinos de la Encrucijada. Y se me ha ocurrido que estos tormentos no son más que un invento de los yonos. Un truco malvado, nada más. El temor ante los molinos de la Encrucijada y ante las decisiones incómodas hace que nuevas reservas de víctimas lleguen mucho más rápido a los oasis de Eventualia.

Sisyphos no disimuló su admiración.

—Jamás se me habría ocurrido. Y por este truco malévolo le restallaré un autógrafo en la espalda al próximo yono que me encuentre —gruñó el espantarenas, que desahogó su rabia contra el acelerador, a pesar de que ahora viajaban cuesta abajo.

El ruido del vagón volvió a aumentar de inmediato, pero Silber no necesitó oír los jadeos de Sisyphos para darse cuenta de que algo le inquietaba.

Abajo, a lo lejos, sobre el valle del Nihil se extendía una

niebla que parecía una sopa gris burbujeante. Comparado con esto, el aire de Nibelungia era diáfano.

—¡Hace mucho que esto no se veía! —gritó el espantajo, con el pie listo para frenar—. Allí se está cociendo algo serio.

—Cäsar dijo que se desataría la batalla de la decisión, y con seguridad tiene que ver con mi amigo Rímini, una posibilidad que fue rechazada hace mucho tiempo y que ahora quiere liquidar el asunto.

Silber le contó a Sisyphos la historia de Rímini brevemente, pero antes de que hubiera terminado de contársela, el espantajo hundió el freno con fuerza. Al verle su cara, Silber notó que Sisyphos estaba más pálido que de costumbre. Tenía el ceño fruncido y las arrugas le rociaban arena sobre el rostro.

Rápidamente, el espantajo hurgó en el compartimiento de debajo del asiento y sacó un telescopio.

—Me temo que ya sé lo que planea... —balbució. Desarmó a toda prisa el telescopio y observó el valle fijamente a través de la lente—. En efecto, el Nihil lleva más arenas movedizas que nunca... —murmuró—. ¡Ya sé qué pretende hacer tu amigo!

—¡Qué!

—Pretende obstruir el Nihil en el puente que está justo antes del Punto de Escisión, para poner de cabeza el Psi antes de tiempo. Tu amigo está buscando, con todas sus fuerzas, un camino de regreso hacia el mundo de las realidades. Y al parecer no le importa que todos nos hundamos con él.

Yorkium

Delphine no sabía cuánto tiempo había pasado sentada frente a la ventana contemplando el río y la ciudad. Entre tanto, el frío de los gruesos muros de la Escuela de las Preocupaciones había empezado a calarle los huesos, pero la larga contemplación del agua apacible y las canoas que se deslizaban por encima la había tranquilizado y le había ayudado a comprender las terribles noticias que acababa de recibir. Su madre, Charlotte Blanche, había muerto por la fiebre de la malaria. Ya nada podía salvarla, traerla de regreso. Incluso aunque Delphine tuviera ahora un remedio contra la enfermedad maligna. Era demasiado tarde.

Supuso que al enviarla a la Escuela de las Preocupaciones, su madre había presentido la cercanía de su muerte. Había querido que al menos su hija tuviese una oportunidad de sobrevivir a la enfermedad y esperaba que el soberano de los elementos, el médico, biólogo y químico Konstantin York tuviese un remedio contra la enfermedad. Su madre la había puesto sobre la pista del director premeditadamente. Ella tenía que saber que Leander Knips se había convertido en Konstantin York, que se había hecho cargo de la fábrica de medicamentos de su padre adoptivo Henry James York. También tenía que haber sabido, quizá por el diario de su propia madre, la suerte que habían corrido Marie y Leander, y con toda seguridad le había seguido la pista a Leander después de su fuga.

De repente, Delphine sintió la mano de Konstantin York sobre el hombro, lo que la arrancó de sus pensamientos.

—¿Por qué regresaste y fundaste la Escuela de las Preocupaciones? ¿Por qué no te dedicaste a ser un fabricante de medicamentos? ¿Por qué regresaste hasta aquí? ¿Aquí, donde empezó la tragedia de la abuela Marie? ¿Qué pretendes? —Delphine provocó que su abuelo tuviera que enfrentarse con algunas de las preguntas que revoloteaban en su cabeza.

York tomó aire ruidosamente y paseó la mirada por la habitación. Quitó la mano que había puesto sobre el hombro de Delphine, la estiró hacia la gran estantería y oprimió un pequeño botón que estaba escondido. Casi sin hacer ruido, la enorme estantería se abrió por la mitad y dejó a la vista un armario empotrado, iluminado y transitable, lleno de botellitas de porcelana y vidrio. Debían de ser miles. A Delphine le recordó el depósito de una farmacia moderna.

—Yo no quería seguir investigando síntomas, y mucho menos elaborar un remedio contra una enfermedad cualquiera. Yo quería hacerle a la humanidad… —dijo, señalando el armario y abriendo los brazos de par en par— ¡un verdadero regalo!

—¿Qué es esto? —preguntó Delphine.

—Los novecientos noventa y nueve tipos de «possibelium».

—Ya lo has mencionado antes, pero ¿qué es?

—Es una sustancia que hasta los alquimistas buscaban. Es un elixir compuesto de mil sustancias. Sólo me falta una. En sus diversas variantes, este elixir será conocido como yorkium. ¡Un recurso milagroso! Un polvo celestial que he extraído de los errores mundanos.

—¿Y qué efecto debe producir tu yorkium?

—¡Posibilita un camino de vida perfecto! Es el elixir más noble que se haya podido preparar. Durante años he destilado sus componentes a través de un trabajo manual.

—¿Destilado? ¿De dónde?

—De los ayudantes.

La respuesta de York le cayó como un rayo a Delphine, que no pudo esconder su espanto. ¿Era posible que el director utilizara a todos y cada uno de los estudiantes de la Escuela de las Preocupaciones como ratas de laboratorio? ¿Era éste el verdadero propósito de la escuela?

—¿Destilas algo de los ayudantes? ¿De qué se trata? —le increpó.

—De su possibelium personal. La hormona de las posibilidades, que está almacenada en una pequeña parte de nuestro cerebro: el potencial.

—¿Qué es eso de una hormona de las posibilidades?

—¿Cuál es la explicación que prefieres: la fácil o la científica? —preguntó York con tono malicioso.

—Probemos en primer lugar con la fácil —dijo Delphine.

—Possibelium es todo lo que no hacemos. Lo que habría sido posible. Lo que desechamos como posibilidad. Y yo he sido el primero en descubrirlo —dijo York orgulloso.

—Bueno, entonces la científica... —rezongó Delphine.

—Possibelium es algo que se produce cuando tomas una decisión. Cuando te decides por un camino. Como el sudor que producimos al hacer deporte. Cuando tomamos una decisión, producimos possibelium. Éste contiene la posibilidad rechazada, aquello por lo que no te has decidido al tomar una decisión.

—¿Y para qué lo necesitas? —preguntó Delphine.

—El yorkium es una mezcla de los más diversos tipos de possibelium, un suero contra los errores, o mejor dicho, contra los desaciertos. Los graves, pero también los pequeños, los cotidianos. El possibelium es como una señal de advertencia en las bifurcaciones más importantes en el camino de la vida: muestra la dirección acertada.

Delphine tuvo que sacudir un poco la cabeza para asegurarse de que no estaba soñando.

—¿Y cómo funciona? —preguntó—. ¿Puedes darme un ejemplo?

—Con sumo gusto. Uno muy sencillo: vas por la calle y ves que dos matones le están dando una paliza a un chico. ¿Sales corriendo? ¿Le ayudas? ¿Qué decisión tomas?

Delphine no sabía si debía dejarse atrapar en este jueguecito mental. Aún no tenía ni la menor idea de hacia dónde apuntaba York. ¿Salir corriendo o ayudar? Sabía que no tenía sentido pensar en un tercer camino: por ejemplo, salir corriendo y buscar ayuda. Pura teoría. Sin embargo, a la larga, en cada decisión quedan, en realidad, sólo dos posibilidades.

—¡Le ayudo! Me pongo de su lado. ¡Entre dos podemos espantar a los matones! —respondió después de pensarlo un rato.

York suspiró.

—¡Error! ¡Craso error! Ninguna persona sensata haría eso. ¡Acabas de causar un rasguño a tu inmaculado historial!

—¿Y eso qué tiene que ver con el possibelium? —quiso saber Delphine.

—En el momento en que decides ayudar a la víctima, se produce el possibelium. Éste contiene la posibilidad rechazada de «no» ayudar a la víctima y salir corriendo. Yo desarrollé un mecanismo para destilar el possibelium, es totalmente inocuo. Sólo se necesitan un par de pelos, ya que el possibelium se almacena en las raíces capilares, muy por debajo de la piel de la cabeza.

Delphine pensó automáticamente en Daphne Roth, la Pitonisa del Pelo. Sin embargo, volvió a concentrarse al instante, puesto que no quería perderse ni una sola palabra de lo que estaba diciendo York, que continuó:

—Con el possibelium y unas cuantas sustancias adicionales preparé un antisuero contra de la decisión de «arriesgar algo para ayudar a alguien que está en peligro».

Delphine examinó la mirada de su abuelo para verificar que realmente no se había vuelto completamente loco, pero sus ojos demostraban que estaba en su sano juicio. Sintió escalofríos. ¿No acababa de oír el plan de manipulación más pérfido que alguien pudiera haber desarrollado jamás? ¡Comparados con esto, el lavado de cerebro y los anuncios subliminales, u otros medios para ejercer influencia, eran completamente inofensivos! ¿Acaso su abuelo, con el descubrimiento del possibelium, trabajaba en un proyecto para crear una nueva generación de «humanos intachables»? Tenía que averiguar más, ahora, mientras fuera posible, pues una sensación incierta le decía que la traca final aún estaba por venir.

—Interesante —dijo fingiendo—. ¿Eso quiere decir que destilas la hormona de las posibilidades del pelo de los ayudantes y a partir de allí desarrollas un medio contra las decisiones erróneas?

—¡Correcto, mi niña! ¡Sabía que lo entenderías! Parece que has heredado la aguda inteligencia de tu abuela.

Delphine tuvo que reprimir su furia.

—¿Y qué más has descubierto acerca del possibelium?

—Algo tan interesante como aterrador. ¡El possibelium envejece! Se sale del cuerpo a medida que la edad aumenta, por decirlo así. Sólo los jóvenes almacenan el possibelium fresco y eficaz. Sus errores son los mejores. El primer corte siempre es el más profundo, tú sabes a qué me refiero, ¿verdad? Yo atribuyo esta triste circunstancia de los adultos a la rutina de las decisiones. Inexplicablemente, éstos no se enfrentan con asombro a sus posibilidades y suelen decidir apáticos, por pura costumbre. La consecuencia de esto es un possibelium de baja calidad, o su ausencia —suspiró York.

—¿Y qué pasa con las decisiones sencillas? Digamos... alguien que siempre deja las cosas sin terminar —preguntó Delphine.

York sonrió fugazmente.

—¡Muy buena pregunta! Cuando alguien que se enfrenta a las dos posibilidades «terminar » o «interrumpir» y se decide siempre por «interrumpir», almacena el possibelium de «terminar». A partir de éste, y de algunos otros ingredientes, pude preparar un yorkium extraordinario. Tiene el efecto de «quien dice A, también debe decir B». De este modo, alguien que tenga que decidirse después de haber tomado yorkium, elegirá siempre «terminar», sin que importe lo mucho que le atormente. No puede hacer lo contrario.

—Ahora entiendo por qué sólo admitías ayudantes que ya habían cometido errores muy graves a una edad muy temprana. ¡Los utilizaste para desarrollar una cosa que destruye la libertad de decidir!

—No lo estás expresando bien. Estos jóvenes fracasados tenían un possibelium excelente, pues todos habían cometido los errores más tontos y habían almacenado un buen surtido de la posibilidad de la decisión correcta. Eran unas verdaderas minas de oro para un possibelium magnífico.

Delphine se cogió la cabeza con las dos manos, pero York apenas empezaba.

—¿Conoces la historia de Pedro el desgreñado? ¿O la de Felipe el travieso? ¿O la de Pablito, que quedó reducido, junto con sus dos gatos, a un montoncito de ceniza? No hay nada como evitar los desaciertos bien intencionados de los niños. ¡Algo bastante superficial, en realidad! ¿Y los padres? ¿Los pedagogos? ¿Acaso ellos consiguen disminuir la cuota de desaciertos cometidos por los jóvenes? No obstante, con el yorkium finalmente tendremos en nuestras manos la esencia de la piedra filosofal. Un poder que los humanos nunca antes habían tenido sobre su propia naturaleza. Podremos evitar decisiones erróneas en todas las edades. ¡El yorkium es el elixir que buscaban los alquimistas! ¡En las situaciones decisivas haremos siempre lo correcto! ¿No es fantástico?

Delphine se levantó de un brinco y gritó:

—¡Pero entonces el yorkium nos roba todas las posibilidades! ¿No te das cuenta?

York sacudió la cabeza enérgicamente.

—¡No nos roba nada! ¡Nada en absoluto! Nos ofrece la posibilidad de una vida sin errores. ¿Qué podría ser más hermoso? Elegir siempre la posibilidad correcta. ¡Una vida sin preocupaciones, sin disgustos, sin dolores y sin arrepentimientos!

Delphine tuvo que hacer un esfuerzo. El tiempo de las tácticas se había acabado. Su abuelo no estaba loco ni había perdido el juicio. Estaba tan endurecido por las heridas del gran error que él mismo había cometido, que realmente creía que le estaba haciendo un gran servicio a la humanidad con su descubrimiento.

—¿Quien dice A, también debe decir B? ¡Eso es quizá lo más tonto que haya oído en mi vida! Vivir significa que uno siempre puede tomar nuevas decisiones. Cada uno por sí mismo. Tú cometiste un error que no pudiste enmendar con tu propia fuerza. Eso pasa. Así es la vida. Pero cada situación es distinta. Uno siempre tiene nuevos horizontes y debe tomar nuevas decisiones. ¡Sólo podemos programar las decisiones de los robots!

York le lanzó una sonrisa extrañamente tierna y calló. Delphine lo interpretó como una señal de alarma. Parecía tener un as bajo la manga y estar muy seguro de lo que decía. ¿Qué pretendía?

—Abuelo, piénsalo una vez más. El yorkium define por completo las acciones de una persona. Le quita la libertad.

York pareció reflexionar seriamente acerca de las palabras de Delphine.

—Te equivocas de nuevo. El yorkium, en realidad, nos hace libres. Tú no tienes ni la menor idea del infierno que es tomar una decisión de vida o muerte. No sabes cuánto se puede parecer a una pequeña muerte el camino que conduce a tomar una decisión de estas características.

Delphine sintió que estaba hablando de su propia experiencia, que debía de haberlo devastado. Hablaba de aquella gran decisión que le había cambiado la vida por completo.

—¡Eso es precisamente lo que yo quiero ahorrarles a los jóvenes, Delphine! ¡Han de saber de inmediato cuál es el camino correcto!

En ese momento llamaron a la puerta del laboratorio secreto. Al instante, York dejó a un lado el papel de abuelo para volver a ser el director de la Escuela de las Preocupaciones. Su mirada y su voz se transformaron cuando gritó impaciente:

—¿Qué pasa?

Delphine aprovechó el momento de distracción y no esperó ni un segundo para saltar e intentar tumbar la estantería con las botellitas llenas de possibelium destilado: tenía que destruir el yorkium a toda costa. Sin embargo, York dio media vuelta y la detuvo en el último instante, de modo que sólo cayeron unas cuantas y se rompieron. Entonces se abrió la puerta y Van Lunteren entró a toda prisa con dos de sus asistentes. Éstos sujetaron a Delphine por las muñecas y los tobillos y la retuvieron.

—¡Delphine, has de ser sensata! ¡Al fin y al cabo soy tu abuelo! —gritó York.

—¡Mi abuelo se llamaba Leander Knips —replicó Delphine— y murió hace treinta y ocho años!

Tener que escuchar estas palabras irritó a York, que echaba humo mientras reprendía a Van Lunteren:

—¿Qué significa esta interrupción?

El cazacabezas, que podía percibir los humores con las puntas de su bigote, respondió sumiso:

—Un contratiempo, señor York. ¡A la isla ha llegado un bote timoneado por una persona que afirma tener que hablar urgentemente con usted!

—¡Muchos quieren hablar conmigo! ¡Pero ahora no! —dijo York malhumorado.

—¡Ay, sí, aquí y ahora mismo! ¡Ya me he escondido de ti demasiado tiempo! —gritó alguien desde el pasillo, antes de abrir violentamente la puerta.

Cuando York reconoció a la persona que había entrado en la habitación, su rostro perdió de inmediato todos los colores.

—¡Daphne Roth! —balbució, como si se le hubiera aparecido una bruja en persona.

El secreto de la partera

Los cazacabezas, especialmente Van Lunteren, estaban tan desconcertados que disminuyeron un poco la fuerza con que sujetaban a Delphine. Ésta aprovechó para liberarse, corrió hacia Daphne y la abrazó.

—Delphine, perdóname por favor, pero he tardado un poco de tiempo en comprenderlo todo. ¿Dónde están Finn y Rímini? —preguntó Daphne, mirando a su alrededor.

—¡En el País de Y, para siempre! —respondió Delphine cabizbaja, antes de contarle rápidamente lo que había sucedido desde su despedida en Nibelungia, y lo que había averiguado allí.

Daphne tuvo que hacer un gran esfuerzo para controlar su consternación y volver a hablar.

—Primero, Finn con esa botella. Él descubrió que en el barco había dos jóvenes haciendo un juramento. Aunque la historia me sonó, porque alguien me la había contado hace años, no le presté mucha atención. Después Finn trajo a Rímini... Yo sencillamente no quise a aceptar que, de alguna manera, el chico me recordaba a Konstantin York. Después te trajo a ti. Y yo creí tener a tu abuela Marie frente a mí. Ella fue una mujer muy, muy valiente.

—¿Tú conociste a Marie? —gritó York con voz ronca.

Delphine también la miró sorprendida.

—¡Por supuesto que la conoció! —ladró Van Lunteren—. ¡Ella es la partera que trajo al mundo al bebé de Marie Montague!

El cazacabezas parecía a punto de echársele al cuello a Daphne. Sin embargo, York le señaló el armario con la mirada. Por un minuto reinó el silencio.

—Eso es verdad —susurró Daphne finalmente—. Marie tenía una enfermedad mortal y el padre de su futuro hijo la había abandonado. ¡Y ése eras tú, Konstantin!

—¿Cómo lo descubriste? —preguntó York con un ligero temblor en la voz.

—La noche en que Rímini creyó ver a Marie, al ver a Delphine, empecé a preguntarme dónde podía haberla conocido. Entonces comparé sistemáticamente cada oráculo del pelo, prestando atención a las coincidencias... ¡y sólo tuve que sumar dos más dos!

—¿Eso quiere decir que tienes en tu poder un par de pelos de Rímini? —preguntó York de inmediato. Delphine se alarmó, pues conocía el porqué del interés de York en el pelo y en las sustancias que éste contenía.

—Por supuesto —respondió Daphne—. A Leander Knips no lo conocí personalmente en esa época, hace más de treinta y siete años. Ya se había evaporado desde hacía mucho tiempo cuando ayudé a tu abuela a traer al mundo a tu madre.

Delphine asintió con tristeza.

—Pero entonces, ¿cómo es posible que conozcas a Konstantin York? —preguntó.

—Cuando él construyó la Escuela de las Preocupaciones, yo ya había dejado el oficio de partera y había empezado a interesarme por la bioquímica. Estudié lo más importante por mi cuenta y al poco tiempo ya podía medirme con bioquímicos especializados. ¡Además, en aquel entonces, era la única mujer de toda la ciudad que conocía el oficio! Cuando llegó Konstantin York y me enteré de que quería instalar un gran laboratorio en la Roca de las Preocupaciones, le ofrecí mis servicios. Monté su laboratorio y les enseñé a los doctores secretos a manejar los instrumentos. Fui yo quien le inició en el método del oráculo del pelo. Cuando presentí cómo pretendía abusar de mis conocimientos, se desató una lucha encarnizada entre nosotros. Yo temí su poder, huí de la Roca de las Preocupaciones y me escondí durante años justo delante de sus narices. Como él se aisló del resto del mundo casi por completo, no me resultó muy difícil.

—Daphne, no eres más que una alquimista quejica... ¡Pero

no te imaginas cuán invaluable es el servicio que me has prestado! —gritó York casi de buen humor.

Daphne lo miró confundida.

—Sólo me hacía falta un tipo de possibelium para culminar el yorkium en sus miles y beneficiosos agentes activos. ¡Con éste, el yorkium estará listo para impedir los mil peores desaciertos y podrá garantizar el transcurso de una vida perfecta! Durante años he buscado en vano a un ayudante que trajera consigo este possibelium. ¡Y ahora apareces tú y me lo traes en bandeja de plata!

—¿Qué quieres decir? —preguntó Daphne enfadada.

—¡Él busca el possibelium que se produjo por su propio desacierto hace treinta y ocho años! —gritó Delphine—. ¡Así podrá acabar el yorkium!

York asintió con gesto de aprobación.

—¡Muy bien, mi niña!

—Pero tú mismo deberías de llevar el possibelium en tu cuerpo —replicó Daphne.

—¡Claro que sí! —gritó York—. Por supuesto que intenté destilarlo de mi propio pelo. Podía verlo claramente: «Ayudar a los pobres que no tienen con qué comprar medicamentos no vale la pena y sólo lleva a la propia desgracia». Entonces vino el sobresalto, cuando descubrí que era demasiado viejo. ¡Inservible! Sólo se manifestaba en unos pocos restos. ¡Un triste descubrimiento! Sin embargo, felizmente, vosotras dos habéis contribuido a que pueda acabar el yorkium. Tú, Delphine, al robarme la botella: un estúpido recordatorio de una decisión errónea que yo mismo tomé alguna vez. Quienquiera que me la haya regalado, la reina del País de Y o el emperador de China, ya no tiene ninguna importancia. En todo caso, con la botella se ha liberado la fuerza de mi propio «yo», ¡pero treinta y ocho años más joven! ¡Gracias a ello, ahora tengo la oportunidad única de destilar mi propio possibelium y completar mi obra!

—¡Y por eso querías que te trajera a Rímini sin falta, desgraciado! —gritó Delphine fuera de sí.

York asintió.

—Así es, pero, Delphine, fracasaste. Dejaste ir al chico al País de Y o a no sé qué lugar. Y tú, Daphne, vieja curandera, tienes en tu poder una muestra del pelo de mi «yo» joven. ¡Eso es lo que yo llamo «destino»!

Delphine estaba horrorizada ante la autoridad con que hablaba York después de una breve fase en la que se había convertido en un entrañable abuelo. Parecía querer aprovechar a toda costa la gran oportunidad de terminar el yorkium. Daphne, que ahora reconocía el error de haberle mencionado a York lo del pelo de Rímini, se mordía los labios. Y antes de poder siquiera pensar en cómo disuadirlo de su propósito, él dijo con su voz fría de director:

—¡Van Lunteren! ¡Escuche mis instrucciones! Dígales a los suyos que las encierren a las dos en la cueva de las estrellas. ¡No ha de faltarles nada! Serán mis invitadas de honor mañana en la subasta. ¡Al fin y al cabo, las dos han tenido mucho que ver en que el yorkium alcanzara a estar terminado a tiempo!

Van Lunteren y los otros dos cazacabezas cogieron a Daphne y a Delphine para cumplir, de inmediato, la orden de York.

—¡Un momento! —exigió—. Primero, tráiganme del laboratorio de mi «colega» —York se esforzó por poner todo su sarcasmo en esta palabra— la muestra de pelo de un tal Leander Knips, también conocido como Rímini. No puede tener más de cuatro días. Pónganlo todo patas arriba hasta encontrarla y entréguensela de inmediato a los doctores secretos; ellos se pasarán la noche entera destilando el possibelium. Cuando éstos hayan terminado, preparen la sala de cristal para la subasta de mañana. ¡Ha sido un verdadero acierto no haber cambiado la fecha! ¡El 1 de febrero, el trigésimo octavo aniversario del glorioso día en que se puso todo en marcha!

Van Lunteren asintió. En su rostro se reflejó la ilusión que le causaba el día siguiente. En la Roca de las Preocupaciones pulularían fabricantes de polvos venidos de todas partes el mundo, en ella reinaría una atmósfera como la de una manada de hienas. Todos esperaban un milagro de la ciencia, pues no se les había anunciado nada menos en la invitación.

—¿Qué pretendes hacer mañana Konstantin? —preguntó Daphne.

—¡En este día histórico le regalaré al mundo el yorkium, una vez terminado! Los mezcladores de polvos más hábiles y menos escrupulosos se encargarán de mezclarlo en todo lo que consumen los jóvenes: comidas, bebidas, cosméticos... Ya estoy trabajando incluso en una variante acústica. ¡Algún día los jóvenes oirán una música en la que habré mezclado mi yorkium! ¡Eso les posibilitará un transcurso de vida perfecto lleno de decisiones correctas! ¡Será como un paraíso terrenal!

Con sólo mirar a Daphne, Delphine supo que no se había resignado a perder la batalla.

—¿También les contarás cuáles son los incómodos efectos secundarios del yorkium? ¿Les dirás cuál es el precio que deben pagar por este recurso milagroso?

—¿A quién le puede interesar un par de inofensivos efectos secundarios ante un resultado tan sublime?

—¿De verdad piensas ocultar las consecuencias que tiene tomar yorkium?

Por la agitación de Daphne, Delphine supo que se trataba de algo muy grave.

—¡Sáquenla de aquí! —ordenó York.

Sin embargo, los cazacabezas vacilaron. Era evidente que ellos también querían saber cuáles eran los supuestos efectos secundarios del yorkium.

—¿A qué te refieres Daphne? —preguntó Delphine—. ¡Vamos, dilo!

Daphne mantuvo la mirada clavada en Konstantin York, pero el director de la Escuela de las Preocupaciones la esquivó.

A Daphne le costaba expresar lo que tenía que decir. Se debatía consigo misma, pero finalmente cobró ánimo.

—Estoy aterrada de ver lo que ha resultado de un hombre que alguna vez fue conocido por su visión poética y mágica de las ciencias naturales. Un hombre que quería convertirse en un Mago del Mundo para hacer posible lo que los demás desechan a la ligera. En ese entonces eras joven, de acuerdo. ¡Pero de todos modos no puedo creer que estés dispuesto a prometer un transcurso de vida perfecto y a arruinar esas jóvenes vidas de una forma tan criminal y abominable!

—¿A qué te refieres, Daphne? —gritó Delphine a todo pulmón.

—¡El yorkium, que garantiza un transcurso de vida perfecto, libera de las decisiones erróneas y ahorra dolor y sufrimiento, tiene un precio demasiado alto, pues arruina cada gramo de vida que hay en ti!

—¿Cómo? —preguntó Delphine.

—El precio del transcurso de vida perfecto es la revelación de la fecha del día de tu muerte. ¡Te enteras de cuál será el día de tu muerte y no puedes borrarlo nunca de tu memoria!

Delphine sintió que se le doblaban las piernas.

—¡Sáquenla de aquí! —gritó York enérgicamente. Los cazacabezas obedecieron de inmediato.

Ya la habían sacado de la habitación, pero ella no se había rendido todavía, y gritó:

—¡No puedo creer que éste sea el hombre para el que he estado guardando una carta durante treinta y siete años! ¡Una carta por la que Marie, quien tanto lo amaba, dio su último aliento!

—¡Deténganse! —gritó York, haciendo una señal a los cazacabezas—. ¿Qué estás diciendo?

—¡Cógela! Está en el bolsillo de mi abrigo. ¡Cógela y léela! ¡Ojalá que su lectura te llegue al corazón de alguna forma, sólo para que éste siga ocupando su lugar!

Konstantin York cogió la carta y se topó con la mirada de su nieta.

—No creas nada de lo que dice esta vieja bruja —murmuró, a pesar de que no impidió que los cazacabezas se llevaran a Daphne y a Delphine hacia la cueva de las estrellas, en las profundidades, debajo del río, en el corazón de la Roca de las Preocupaciones.

Sólo un poco más tarde, un gesto de dolor ahogado se posó sobre el rostro de Konstantin York como una máscara de cera. Estaba sentado en el sofá de su cámara de tesoros secreta, rodeado por todo lo que había obtenido de la naturaleza. Hasta hace nada estaba totalmente conmovido por su plan de regalarle al mundo el yorkium, justo al día siguiente, en el aniversario de la muerte de su gran amor, a pesar de un efecto secundario que hasta entonces nadie, aparte de Daphne, conocía. Sin embargo, después de leer la carta que Marie Montague le escribiera el 14 de julio de 1968, el día del nacimiento de Charlotte, la hija de los dos, sentía que el corazón se le diluía en un baño de ácido. De repente, todo aquello por lo que había trabajado durante casi cuarenta años se tambaleaba. Nada era como antes. Ahora tenía que volver a pensarse por completo aquello que había considerado como la decisión más importante y más correcta de su vida, pues todo lo que había conseguido se había basado en un error trágico. Tenía que volver a decidir, otra vez decidir…

Con este pensamiento in mente, se levantó del sofá y se acercó a la ventana. Contempló el río durante un buen rato. Y al cerrar los ojos, de inmediato, le llegó a la nariz un olor que no percibía desde hacía mucho tiempo: el aroma del soplo cálido de la arena del desierto…

Decisiones en el Punto de Escisión

Sisyphos conducía como un endemoniado la montaña rusa sobre rieles de vidrio. Desde los molinos de la Encrucijada no había desperdiciado ni una sola oportunidad para demostrar que era el mejor piloto del desierto migratorio. Descensos vertiginosos en los que la arena apenas salpicaba el vidrio del vagón; emocionantes recorridos sobre las afiladas crestas de las dunas traicioneras, siempre en peligro de despeñarse; bajadas a plomo a través de largos túneles; irrupciones en remolinos maléficos y breves travesías con el vagón inclinado hacia un lado... Silber tuvo que experimentar todo esto, y en más de una ocasión tuvo que taparse los ojos con las manos para no ver cómo se precipitaban hacia la desgracia.

Sin embargo, el espectáculo del gran puente sobre el Nihil eclipsó todo lo anterior. La niebla arenosa envolvía todo con un velo fantasmal. Aun así, se podía ver un mar de arena molida y fina que se deslizaba hacia el puente y que ya había empezado a inundarlo por varios lados. La tierra temblaba. Grandes cráteres se abrían antes de que uno pudiera darse cuenta. De vez en cuando, un burbujeo anunciaba que el Psi estaba próximo a dar la vuelta, tal como lo había advertido el espantarenas.

Muerto de preocupación, Silber pensaba cada vez más desesperadamente en Rímini. Tal vez sin justificación, pues si Sisyphos tenía razón, Rímini estaba a salvo más allá de las masas de arena que amenazaban con inundarlo todo.

Poco antes de llegar al puente, Sisyphos pisó el freno con furia y el vagón se detuvo.

—¡No podemos seguir! —gritó el espantarenas.

—¿Por qué no?

—Los rieles de vidrio no consiguen fundirse con la arena del Nihil. ¡Es demasiado fina! Además, la corriente es demasiado fuerte como para deslizarnos por encima de ella. Eso sólo en un caso de extrema necesidad. ¡Es demasiado peligroso!

—¿Es como una especie de arenas movedizas? —preguntó Silber.

—¿Como una especie? —gritó el espantarenas con tono sarcástico—. ¡El Nihil es el padre de todas las arenas movedizas! Lo que atrapa una vez, no lo devuelve jamás. Sin embargo, no hay otra opción... ¡Tenemos que continuar! Me temo que el Psi está a punto de dar la vuelta.

—¿Y por qué ahora? Si aún estamos en medio del camino según la ruta, ¿no?

—Eso ya no importa. Alguien, probablemente tu amigo, ha obstruido el Nihil antes de las cataratas.

—¿Y por qué es eso tan malo?

—Porque sólo con el Nihil en estado normal puedes llegar hasta el Punto de Escisión. Sólo allí puedes decidir entre dos posibilidades y, entonces, salir del desierto del Psi. Por eso has venido hasta aquí. Sin embargo, ahora estas arenas movedizas traidoras desbordan las orillas y lo inundan todo. Esta arena no fluye sino que diluye la arena normal del Psi. Se desliza mucho más rápido por el ojo de aguja del reloj de arena.

—¿Y no podemos impedirlo?

—Tenemos que impedirlo, si quieres salir con vida del Psi. ¡Sujétate bien! En primer lugar, debemos intentar cruzar el puente. Bajo tu asiento hay una criba salvavidas contra arenas movedizas. Si caemos al río, acurrúcate dentro de ella. Sólo retardará tu hundimiento, ¡aunque de todos modos!

Sisyphos aceleró para tomar impulso. El espantarenas quería cruzar el puente sólo sobre las ruedas, sin los rieles de vidrio. Silber sintió un poco de angustia; todavía se acordaba demasiado bien del Puente de las Dudas. Más o menos hacia la mitad del puente, el vagón empezó a resbalarse y a balancearse porque le hacía falta el apoyo de los rieles. Silber clavó las uñas en la barra de seguridad que tenía delante, cogió con una mano la criba salvavidas y estuvo cerca de romper el suelo con los pies. Sin embargo, Sisyphos consiguió evitar la caída del vagón con un frenazo. El trineo giró sobre su propio eje y se detuvo. Después ya no se movió ni un solo milímetro más. Ni hacia delante ni hacia atrás; no importaba cuanto lo intentara Sisyphos.

—Bueno, ya me habría sorprendido —gruñó el espantarenas.

—¿Qué? —preguntó Silber.

—Que el Nihil no se hubiera cobrado su víctima. Aquí he experimentado cientos de vueltas del Psi. ¡Aquí y a veces también allí! —Sisyphos señaló hacia el centro de las burbujeantes arenas movedizas.

Sin embargo, Silber ya no le oía. Se había quedado paralizado, como una figura de piedra, pegado al asiento trasero. Tenía los ojos abiertos de par en par, clavados en una mancha en la marea del Nihil.

—¡Silber! ¿Qué te pasa? ¡Habla! —gritó Sisyphos mientras lo sacudía.

—Allí…, allí… Mira… —tartamudeó—. ¡Alguien se ahoga en la arena!

—¿Dónde? —aulló el espantarenas, pero su visión experta ya había divisado el cuerpo, que flotaba en medio del Nihil, inalcanzable, mientras las arenas movedizas lo absorbían antes de que pudiera llegar al puente. Sisyphos volvió a coger el telescopio que estaba bajo su asiento y en cuanto pudo enfocar al náufrago, murmuró—: ¡La arena tira de él y lo arrastra violentamente, ya no tiene ningún sentido de orientación, no sabe dónde es arriba ni dónde es abajo, parece haberse rendido!

Cuando dejó al lado el telescopio, Silber lo cogió de inmediato y miró fijamente.

—Pero si es… Sisyphos, ése es… ¡Konstantin York, el director de la Escuela de las Preocupaciones!

—Ni idea. ¿Quién diablos se supone que es ése?

—Un miserable. Un tipo que deja que los niños mueran antes de recibir un nombre.

Silber nunca olvidaría el momento en el tejado en que Delphine se lo contó.

—¡Entonces dejemos que se ahogue! —propuso el espantarenas—. Si alguien se ahoga aquí, es por su culpa. Ya no hay forma de ayudarle.

—¡Pero tengo que hacerlo! —gritó Silber—. Si se ahoga aquí, no habrá quien ayude a Delphine. ¡Ella necesita el remedio contra la malaria, y York lo tiene!

Silber se quitó las botas plateadas. Sisyphos no se movió.

—Silber, no lo hagas. ¡Será tu muerte segura!

—No importa. ¡De todos modos nos hundiremos!

Era evidente que Sisyphos se debatía por dentro, hasta que tomó una decisión.

—¡Tú te quedas aquí! —gruñó—. ¡Si ha de hundirse alguien, que sea yo!

Entonces empezó a quitarse el vestido para que no le estorbara en la marea de arenas movedizas.

—No tienes que hacerlo, Sisyphos. ¡Sabrá el diablo cómo ha llegado hasta aquí ese tipo, pero tú no lo conoces!

Sisyphos sacudió la cabeza.

—Si he entendido bien, muchas cosas dependen de que llegues al Punto de Escisión antes de que el Psi dé la vuelta. Bueno, yo soñaba con llegar algún día a tiempo. ¡Y podríamos haberlo logrado! Hemos hecho un buen equipo. ¡Pero no ha podido ser! Alguien te espera más allá del Psi. Y a mí cada pasajero me trae una nueva posibilidad. Quizá la próxima vez me libere de mi condena.

Después de quitarse el vestido, Sisyphos quedó sólo con su ropa interior de espantarenas, que parecía una apretada camiseta de malla fina como las de los caballeros medievales. Silber pensó que eso debía de ser lo que mantenía el cuerpo de arena en su lugar para que no se desmoronara antes de tiempo. Sisyphos se encaramó en el borde del trineo y ubicó la posición de York en medio de la corriente. Justo antes de saltar, miró a Silber.

—Ya has visto cómo funciona mi vagón. Sólo hazme un favor: si no regreso, no dejes que caiga en manos de los yonos. ¡Mejor que se hunda!

—Sisyphos, ¿qué dices? —gritó Silber.

—Presta atención, Silber. De aquí en adelante, déjate arrastrar. No opongas resistencia contra la marea todopoderosa del río. El vagón resistirá un buen rato. Si llegas al Punto de Escisión, lo que te deseo de todo corazón, piensa en las leyes del Psi. Son traicioneras.

—Sisyphos, esto me suena a despedida. ¡No puedes dejarme solo! Dentro de nada estarás aquí de nuevo, ¿verdad?

En una mirada que le rompió el corazón, Silber pudo leer la respuesta del espantarenas.

—¡Toma, es posible que lo necesites! —dijo Sisyphos sin hacer caso a la pregunta de Silber—. No lo sueltes hasta que no hayas puesto los dos pies sobre el Punto de Escisión. —El espantajo le entregó su látigo a Silber—. Y si te topas con un yono, acuérdate de la cuenta que tengo pendiente con ellos por los molinos de la Encrucijada.

El espantarenas saltó antes de que Silber pudiera decir cualquier cosa, y se deslizó con tal elegancia entre la corriente que no salpicó ni un solo grano de arena. Con fuertes brazadas, empezó a empujar la arena traicionera hacia los lados. Brazada tras brazada, una ola tras otra, se fue abriendo camino hacia adelante.

—¡Vas bien! —gritó Silber, que había cogido el telescopio y comparaba la posición de Konstantin York con la de Sisyphos.

Silber no dejaba de preguntarse qué habría llevado a York hasta allí. ¿Qué decisión tendría que tomar en el Psi? ¿Acaso el director de la Escuela de las Preocupaciones no había dejado ya tras de sí todas las decisiones importantes? ¿Y cómo había ido a parar a la traicionera corriente de arena del Psi? ¿Se equivocaba Silber, o York no mostraba ninguna intención de nadar? ¿Acaso se dejaba arrastrar y hundirse? ¿Habría perdido ya las ganas de vivir?

Silber desplazó la mirada hacia Sisyphos. Sólo unas pocas brazadas y alcanzaría a Konstantin York. ¿Sería suficiente la fuerza del espantajo como para arrastrar al náufrago hasta el puente?

York estaba hundido en la marea hasta el cuello. De golpe, Silber perdió de vista a Sisyphos.

—Mierda, Sisyphos, ¿dónde estás?

Silber agitó el telescopio a toda prisa sobre la corriente. ¡Allí! ¡Había vuelto a aparecer! ¡Muy cerca de York! Ya lo había alcanzado y el éxito era evidente. El cuerpo del director se levantó un poco por encima de la marea. Sisyphos pasó un brazo por debajo de los hombros del náufrago y empezó a nadar de regreso.

Con el otro brazo, infatigable, empujaba hacia un lado la arena traicionera, y al poco tiempo ya había recorrido un tercio del camino hacia el puente. Sin embargo, de repente sacó el brazo que tenía bajo los hombros de York y agarró el cuerpo de éste con las piernas. Silber supo cuál era el motivo de este cambio. No era que le faltasen las fuerzas, sino que había perdido el brazo derecho, diluido entre las olas de arena del Nihil. La manga de la camiseta de malla flotaba impotente sobre la corriente. Silber vio cómo el rostro del audaz piloto se desgarraba de dolor, cubierto de lágrimas, y, con templanza, sostuvo el telescopio ante la batalla mortal que se representaba ante él. Sisyphos parecía gritar con fuerza y repetidas veces, quizá para sacudir a York de su letargo o para darle ánimos. Aunque también con seguridad para impulsarse a sí mismo en el último tercio del camino. El espantajo tenía que estar padeciendo un sufrimiento inimaginable, y Silber no podía hacer nada más que menear el látigo. Lanzarse a la marea habría sido un suicidio, ya se había convencido de eso. Ningún ser de carne y hueso podía vencer con su propia fuerza esa corriente de arenas movedizas.

En esto, Sisyphos se había acercado tanto al puente que Silber ya podía oír sus jadeos y suspiros. Sólo un cuantos metros más y conseguiría prenderse de la punta del látigo.

—¡Sisyphos, lo lograrás! —gritó—. ¡Vamos, Sisyphos! ¡Sigue! —le animó. Ahora también podía ver que York todavía respiraba. Había tragado arena, pero estaba vivo.

De pronto, Sisyphos desapareció…

—¡No te hundas! —gritó Silber, pero estaba claro que el espantarenas había aprovechado su última oportunidad para evitar que York se hundiera definitivamente. Debía de haberse sumergido por debajo de York para sostenerlo con la cabeza, pues el otro brazo acababa de disolverse en la arena.

Silber sintió que perdía los nervios a causa de su impotencia.

—¡Sisyphos! —gritó como un condenado—. ¡Resiste! ¡Ya casi lo has logrado!

Saltó del vagón y se estiró cuan largo era sobre el puente, extendiendo al máximo los brazos y la parte superior del cuerpo hacia el espantarenas.

—¡Sólo un esfuerzo más, Sisyphos! Ya nada podrá detenernos. Llegaremos a tiempo al Punto de Escisión. ¡Te lo prometo! —chilló, viendo cómo el audaz espantarenas daba de sí sus últimas fuerzas.

Ya casi podía coger los hombros de York cuando, de repente, el cuerpo de éste recibió un impulso hacia delante y Silber pudo agarrarlo de la camisa. Lo arrastró hasta el puente con todas sus fuerzas y, de inmediato, volvió a extenderse sobre su barriga para sacar a Sisyphos de la corriente de arena. Sin embargo, justo allí, donde hasta hacía un instante se podía ver la cabeza del espantarenas, ahora flotaba sólo la camiseta de malla. Ya no había ningún cuerpo dentro de ella. Silber la sacó y la lanzó contra el vagón, en una mezcla de furia y tristeza. Las lágrimas le rodaban por el rostro, y se sobrecogió al pensar en lo que estaba a punto de sucederles a York y a él. La idea de que Sisyphos se había inmolado para nada le dolía demasiado. No obstante, también lo empujó hacia delante, pues le debía al espantarenas hacer todo lo posible por llegar a tiempo al Punto de Escisión y salir de ese infierno de arena. Se volvió hacia York lleno de ira y le azotó el pecho con la punta del látigo.

—¡Ni siquiera te lo merecías! —le gritó.

Sin embargo, se arrepintió enseguida al pensar en Delphine y en su enfermedad. Comprobó que York todavía respiraba y le quitó la arena de los ojos. No obstante, no había tiempo para hacer preguntas, pues en ese momento se dio cuenta de que el suelo se deshacía bajo sus pies. Con sus últimas fuerzas, subió al desfallecido York al vagón y trepó después. Un chasquido sospechoso bajo las ruedas le anunció que se caían del puente. «¿Qué puente?», pensó Silber al comprobar que ya no quedaba ni un solo pedazo de lo que había sido su tabla de salvación.

No obstante, el vagón no se hundió tan pronto como imaginaba. El impetuoso Nihil les dio impulso y velocidad, pero entonces se le detuvo el corazón al descubrir, espantado, que las orillas también se hundían. La corriente demoledora del Nihil arrasaba con todo lo que había a su alrededor. Era evidente que el Psi estaba próximo a dar la vuelta.

El vagón de Sisyphos volvió a recuperar el ritmo, como si le rindiera un último servicio a su antiguo piloto. Sin embargo, un poco más adelante, un bote que navegaba más o menos a la misma velocidad se les cruzó en el camino. Parecía oscilar entre una orilla y la otra, pero al ver que había unas palmeras dentro del bote, Silber supo que se trataba de uno de los oasis flotantes de Eventualia. Entonces empuñó el látigo con más fuerza. Cäsar y Sisyphos le habían advertido constantemente acerca de los yonos, los temibles habitantes de los oasis. Y justo en ese momento vio una figura en el borde del mismo.

—¡Buenos días! —gritó Silber cuando se acercó al oasis a una distancia en la que se alcanzaba a oír.

—¡Por un lado, hola, por otro, hasta luego!

La figura que le había saludado chirrió. Llevaba un extraño traje con un estampado de tablero de ajedrez. En el pecho se destacaba el estandarte de los yonos: ¡un péndulo! Su mirada no era especialmente maligna, pero al descubrir que detrás de ésta había otra figura que parecía su gemela, en una especie de canoa muy similar, Silber empezó a tramar febrilmente su huida. No podía esperar ningún apoyo de Konstantin York, quien yacía casi inerte en el asiento trasero. Estaba seguro de que los yonos sólo podían pretender una cosa: cerrarle el camino para impedir que llegase a tiempo al Punto de Escisión.

—¡Detente de inmediato eventualmente! —exigió el yono.

Silber pudo hacerse entonces una idea de cómo pensaban estos péndulos maliciosos. Era evidente que odiaban las decisiones y que no entendían cómo los demás podían ceñirse a un solo camino. Por un instante, paseó la mirada más allá de las criaturas de los oasis flotantes y creyó ver, en el horizonte, que la sierra del Dilemaya se desvanecía en una columna de polvo. Ya no había duda de que el Psi había empezado a dar la vuelta. Quedaban pocos minutos antes de que un remolino gigante se los llevara a él y a York, y al vagón. Quedaban pocos instantes para que quedaran sepultados bajo una violenta avalancha, como una nigua bajo la pezuña de un camello.

—¿Eso significa que tengo que detenerme enseguida? —preguntó Silber.

El chico vio cómo la figura que estaba detrás cargaba la canoa con arena. Un simple golpe en el vagón bastaría para que se hundiera como una piedra, pues la arena del Nihil empezaba a estrellarse contra los bordes.

—¡Si..., no...! —gritó el yono.

Esa respuesta le dio una idea a Silber. ¿Acaso podía ser tan fácil? ¿Podría tener en jaque a los yonos sólo con insistir en ponerlos a decidirse? Silber hizo un intento para comprobarlo.

—Vaya, ¿entonces habéis decidido dispararle a este vagón desde vuestra canoa de arenas movedizas? —gritó.

—¡Por un lado, sí! ¡Por otro lado, quizá después! —gritó el yono, esforzándose por poner una gran seguridad en el tono de su respuesta. Sin embargo, las palabras hablaban otro idioma.

—O no, en absoluto. ¡Depende! —añadió el de la canoa.

Silber ya estaba muy cerca de los oasis, así que cogió el látigo de Sisyphos de un modo que le permitiera azotarlo en cualquier momento.

—¿Eso significa que la decisión de impedir que yo continúe mi camino es definitiva?

Silber vio cómo un gesto atormentado cubría el rostro del yono al oír la palabra «definitiva».

—Por supuesto. O todo lo contrario: ¡depende! —farfulló el de la canoa.

Silber siguió disparando:

—¿Terminante? ¿Inapelable?

Los yonos se encogieron al oír estas palabras, como si alguien hubiera arañado un tablero con una uña, y no respondieron más.

—¿Indiscutible? ¿Irrevocable? ¿De una vez por todas? ¿Punto final? ¿Basta? —gritó Silber, regodeándose en el sufrimiento ajeno.

Los yonos habían dejado de asustarlo hacía rato. Les gritó otras cuantas palabras y los dejó atrás, desesperados y sin poder decidirse a utilizar su canoa de arena.

Silber tuvo que pasar otra docena de oasis flotantes y los atajó con la misma estrategia. Al hacerlo se dio cuenta de que estaban ordenados de tal forma que impedían el flujo ininterrumpido del Nihil. ¿Sería obra de Rímini, como había dicho Sisyphos? ¿O pura casualidad? En cuanto logró superar la última barrera de yonos, Silber azotó la canoa con el látigo con tal fuerza que ésta se tambaleó y se hundió. ¡Se lo debía al espantarenas!

Aún seguía pensando en esto cuando un murmullo le rozó los oídos. Primero de un modo suave, para irse intensificando progresivamente. Silber supo que sólo podía provenir de las inmensas cataratas de arena por las que se precipitaba el Nihil al final del camino.

Cuando la primera ola de arena cayó sobre el vagón, Silber intentó sacarla manualmente. Aun así, tuvo que darse por vencido con la segunda, pues la arena era demasiado fina como para cogerla con las manos. El vagón, como todo lo demás, se hundía en el Psi. El burbujeo y la polvareda que lo rodeaban se hacían cada vez más intensos.

Silber se empinó y escrutó hacia lo lejos; lo que vio le dejó de una sola pieza. A menos de cincuenta metros, una pequeña isla dividía el inmenso Nihil en medio de la corriente. En esa roca, los dos brazos se separaban en una Y enorme y se precipitaban al abismo por dos caminos distintos. Uno caía hacia la izquierda, el otro descendía por la derecha. El ímpetu del río de arena hacía que sobre los dos lados de las cataratas se levantaran delgadas nubes de arena pulverizada que formaban dos arcos. Silber las reconoció de inmediato por el brillo dorado que les daba la luz.

—¡Las Puertas Doradas! —gritó, antes de mirar hacia el asiento de atrás. Tenía la sensación de que Konstantin York empezaba a reponerse de su batalla mortal.

Inmediatamente después volvió a clavar la vista en las Puertas Doradas. ¿No eran las luces del observatorio meteorológico del desierto migratorio lo que centelleaba a lo lejos, más allá de la puerta de la izquierda? Y más allá del arco iris de arena sobre el brazo derecho del Nihil, ¿no resplandecía allí la Roca de las Preocupaciones? ¿La silueta de la ciudad de los campanarios y las chimeneas? ¿No había allí un halcón que sembraba angustia y terror entre las palomas? ¿Acaso le jugaba una mala pasada su imaginación? No, Silber estaba seguro de que el brazo derecho del Nihil caía hacia el mundo de las realidades. Allí, en esa pequeña isla que no era más que una roca en medio del estrepitoso mar de arenas movedizas, se decidía todo. ¡Allí se escindían las posibilidades! Sólo allí se decidía qué se hacía realidad y qué se rechazaba.

Silber saltó sobre la piedra arenosa de la roca y le lanzó el látigo a Konstantin York, que seguía en el vagón. Éste se agarró débilmente y Silber lo arrastró con todas sus fuerzas hasta la orilla. Entonces el vagón de la montaña rusa con rieles de vidrio corrió la misma suerte que su piloto y se hundió en el Nihil.

—¡Silber! —gritó de repente una voz desde el otro extremo de la roca.

Silber giró la cabeza y vio el rostro de Rímini. Se levantó y corrió hacia su amigo, pero al instante advirtió que la mirada de éste permanecía inalterada.

Rímini observaba como paralizado a Konstantin York, que yacía aún desfallecido sobre el suelo.

—¡Rímini! —gritó Silber al abrazarlo—. Pensaba que no volvería a verte. ¿Por qué te escapaste hacia aquí? ¡Debías haberte quedado en el País de Y con la reina Carisma!

Rímini pareció despertar de su estupefacción y miró a Silber a los ojos.

—¿Para pudrirme allí como una posibilidad rechazada? ¡No! Yo quería volver, regresar al mundo de las realidades. Sin embargo, no me fue posible. ¡Y ahora tú lo has traído hasta aquí para que yo pueda vengarme de él! ¡Gracias, amigo mío! Es él, a quien amablemente has traído, ¿verdad? —Rímini señaló a York.

Al seguir la mirada de su amigo, Silber vio que Konstantin York empezaba a incorporarse y se arrastraba sobre sus cuatro extremidades por el Punto de Escisión. Instintivamente, como una tortuga marina que conoce su camino hacia el mar al deslizarse sobre la arena caliente de la playa, se dirigía hacia el brazo derecho del Nihil, que llevaba al mundo de las realidades. Rímini contemplaba cada uno de sus movimientos como un juez a un boxeador vencido.

—Rímini, ¿qué pretendes hacer? —preguntó Silber, mientras miraba fijamente a su amigo.

—Silber, hace casi exactamente treinta y ocho años estuvo justo aquí un chico que tuvo que decidir entre dos posibilidades. ¡Y mira por lo que se decidió! ¡Mira en lo que se convirtió! En ese infeliz pedazo de basura que está allí. ¡Traicionó a los Magos del Mundo por esto! Silber, míralo. ¿Crees que valió la pena? ¿Necesitamos algo así?

No sólo la atronadora ola de arena que oscureció el cielo, a punto de devorarlo todo, le recordó a Silber que debía apresurarse. Ahora comprobaría si funcionaba el plan que había empezado a urdir desde el momento en que supo que sólo podría salir de ese desierto al tomar una decisión profundamente vital. No obstante, si hasta entonces había tenido dudas, en ese preciso instante se le reveló ante sus ojos la solución de todo, como una escultura de vidrio fundida con arena del Psi, clara y transparente.

—¡Rímini! —gritó Silber—. Tú eres mi amigo, y yo juré que prefería morirme antes de verte morir. Nos quedan sólo unos segundos para tomar una decisión libre. De lo contrario, la decisión nos tomará a nosotros.

Rímini no le quitaba los ojos de encima a York, que luchaba por acercarse, con gran esfuerzo, al borde de la Roca de la Escisión. Sin embargo, de repente, se quedó quieto. Evitó mirar directamente a Rímini y se sacó del bolsillo un papel. Sin decir nada, lo dejó a un lado y siguió arrastrándose hacia el borde, el cual se había inclinado aún un poco más.

Rímini quería echársele encima, pero Silber lo detuvo. Luego se acercó a York y alzó el papel.

—Dáselo, Silber —graznó York, que siguió arrastrándose.

Silber regresó junto a Rímini y le entregó el papel.

Era la carta que Daphne Roth había guardado durante treinta y ocho años para entregársela a Leander Knips. Rímini no necesitó ver la arena del Nihil que chocaba contra el Punto de Escisión para saber que quedaba muy poco tiempo.

—¡Rímini, date prisa! —gritó Silber.

Por muy rápido que leyera, no pudo evitar que las lágrimas le rodaran por las mejillas. Sollozaba y se atragantaba. Sin embargo, era un tono distinto al del lamento desesperado durante la audiencia con Carisma. Silber no se equivocó al reconocer un ligero tono de liberación en esos sollozos.

—Silber, ella vivió y... ¡perdonó! —Rímini hablaba con voz ronca—. Le perdonó que la hubiera abandonado aquella noche. Sólo así era posible, escribe en esta carta, que su juramento mutuo no muriera también con ella. Y en su memoria, él debía convertirse en un Mago del Mundo. Silber, ¿puede un hombre soportar todo esto? Ella tuvo una hija. Yo tuve una hija y... Delphine es mi nieta...

No pudo pronunciar ni una sola palabra más. Silber lo abrazó.

Rímini, que hasta ese momento estaba dispuesto a aplastar a York como a una colilla, contempló casi impávido cómo el que alguna vez fuera el soberbio director de la Escuela de las Preocupaciones ahora luchaba por acercarse al Punto de Escisión.

—Silber, ¿qué debo hacer? —susurró Rímini.

—¡Créeme, yo sé lo que hay que hacer! —dijo Silber, y los dos vieron cómo York se lanzaba al precipicio—. Tenemos que tomar nuestras propias decisiones.

En el instante en que York salió del Punto de Escisión, Silber tuvo la sensación de que su cuerpo se dividía y cada mitad caía por uno de los brazos del Nihil. Silber supo de inmediato lo que eso significaba. Konstantin York había abandonado el desierto del Psi al tomar una decisión definitiva entre dos posibilidades.

La marea de arena empezaba a lanzar su sombra lúgubre sobre el Punto de Escisión. El cielo granizaba arena. La panza de la ola se cernía sobre la roca.

—¿Qué hacemos ahora? —preguntó Rímini mientras guardaba con cuidado la carta de Marie Montague en el bolsillo interior de su chaqueta.

Silber se acercó con Rímini al borde del Punto de Escisión y señaló hacia el horizonte, que se oscurecía a toda velocidad.

—¿Ves las luces del observatorio meteorológico del desierto migratorio?

Rímini asintió.

—¡Salta! No puedes regresar a las realidades. Sin embargo, el País de Y está más cerca de lo que imaginas. Esta vez Phos no tendrá que fabricarnos un transbordador, y Kryptos no tendrá que darnos ningún número. Salta, y no pierdas de vista las luces de Cäsar. Antes de que el Psi haya dado la vuelta, volveremos a reunirnos.

Un estruendo ensordecedor acalló las palabras de Silber. La poderosa rueda de viento de uno de los molinos de la Encrucijada voló sobre sus cabezas como una hélice descuajada y se rompió en mil pedazos al chocar contra la arena trepidante del Nihil. Rímini miró por última vez a Silber, ¡y saltó!

Silber sabía que ya no le quedaba más tiempo para tomar

su decisión. Estaba al borde del Punto de Escisión. Aunque la arena le caía encima a borbotones y apenas podía sostenerse, todavía podía distinguir los dos brazos del Nihil.

Entonces se sorprendió. Ya había decidido hacía rato, ¡pero no pasaba nada! De repente, recordó el consejo de Sisyphos de que pensara en las leyes del Psi. Las repasó mentalmente y se detuvo en la segunda. «Decidir es actuar», susurró. Y en ese mismo instante, comprendió. Sintió sus dos posibilidades dentro de sí como nunca antes y se lanzó al precipicio.

Posibilidades

Finn Hasselblatt regresó una sola vez a su guarida en el tejado de la jefatura de policía. Lo único que se llevó fue una ratonera. Al salir, no ató ningún hilo entre las tejas y el tragaluz; en su nueva vida ya no cargaba con ninguna angustia de ser descubierto y con ningún miedo ante el dolor. Era el 1 de febrero, un día frío pero despejado, y mientras caminaba hacia la Roca de las Preocupaciones crecía su determinación de hacer lo que había decidido.

Al poner el pie en el paso hacia la isla que, extrañamente, no estaba hundido bajo la corriente del río, vio a un niño de unos siete u ocho años sentado junto con otro en el asiento de una moto plateada, soñando con poder conducirla algún día. Finn no los espantó, como habría hecho antes. En cambio se alegró en secreto por lo que implicaba que esa moto, que él no volvería a conducir jamás, estuviera en ese lugar, entre las viejas casetas del astillero. Después de escrutar el cielo en busca de un viejo amigo, su mirada se posó sobre la barcaza de Daphne Roth, amarrada con dos pesados cabos a los bloques de basalto.

Finn corrió por el sendero, sin titubear, y espantó con una sonrisa al fantasma del dolor punzante que recorría su espalda. Al entrar en la Escuela de las Preocupaciones y atravesar las puertas de madera con las dos alas, pensó de inmediato en la imagen de una oruga que empieza a transformarse en una mariposa. Vio a los personajes sospechosos de semblante hosco que, gruñendo y cuchicheando, subían a la barcaza de Daphne Roth bajo la vigilancia de los doctores secretos Lámass y Smith. Observó a los grupitos de ayudantes, acurrucados como pequeños nidos humanos contra los corredores de ladrillo rojo, y cómo discutían, tapándose la boca con la mano, sobre las últimas conjeturas sobre la suerte del director.

Cual guardianes de tesoros, los doctores secretos González y Jungbluth patrullaban por entre la exuberante biblioteca y los laboratorios lujosamente dotados de la Escuela de las Preocupaciones que, según los planes de la nueva directora, Daphne Roth, quedaría abierta a todos los estudiantes de la región. El camino hacia la cumbre de la escuela había quedado libre para esta bioquímica tras la aparición, en las tempranas horas de la madrugada del 1 de febrero, de un hombre que todos afirmaban que era el antiguo director Konstantin York. Después de que Bleck van Lunteren y sus hombres sacaran en pocas horas todo su laboratorio privado y los tesoros de su bóveda subterránea, éste había desaparecido, solo y sin dejar rastro. El sofá rojo que estaba junto a la ventana, en frente del río, era el único vestigio de la época en que las inmensas habitaciones de las entrañas de la isla albergaron la caldera de unos elixires cuya existencia nunca se pudo probar ni desechar. No se encontró ningún rastro de los novecientos noventa y nueve tipos de possibelium, ni siquiera de pociones que se parecieran lejanamente al yorkium. Era como si alguien hubiera echado todos los polvos en el río para liberar a la isla de una maldición.

Finn encontró a Delphine en la sala de cristal bajo la cúpula de la torre, mientras contemplaba absorta el amuleto de Esculapio que descollaba en el techo de vidrio. Frente a ella, sobre la rueda de los elementos tallada en la mesa de mármol negro, estaba la única botella que York había dejado en la Escuela de las Preocupaciones. A primera vista, parecía que sólo contenía unas semillas.

Después de un abrazo, que en materia de intimidad le hizo justicia a la gravedad de la aventura que Delphine y Finn habían vivido separados pero también juntos, la chica pensó preguntar por aquél a quien Finn había rechazado, pero los dos se distrajeron con el vuelo de un halcón que surcó el cielo sobre el tejado de la Escuela de las Preocupaciones en ese preciso momento.

Y

Unos días más tarde, Finn visitó con su padre y su hermana una tumba sencilla en el cementerio central de la ciudad. Minutos antes, alguien había pintado una obra de arte sobre la losa: las iniciales de Carsten Kiel, de 14 años, conocido como Coco, que había muerto hacía un año y medio en un trágico accidente, al ser atropellado por un tren.

Bajo la dirección de la exitosa directora Daphne Roth, la Escuela de las Preocupaciones se transformó rápidamente en un famoso centro de investigación para jóvenes. Desde entonces fue conocida como la Escuela Marie Montague. Sobre los supuestos rituales del pelo practicados en la bóveda subterránea, que según las habladurías eran parte esencial de las clases, nunca volvió a saberse nada.

Sólo habían pasado unas pocas semanas cuando en la Escuela Marie Montague apareció un hombre de expresión astuta y traje elegante. Después se supo que era un abogado enviado por un tal Konstantin York. La fortuna que York había dejado en herencia a su única nieta Delphine Blanche, antes de embarcarse en un pequeño yate a recorrer el océano sin un destino conocido, dejó mudo incluso al director del banco más grande la ciudad de los campanarios y las chimeneas.

York dejó otra herencia enigmática: un pedazo de tierra del tamaño de una ciudad al oriente del continente negro. En las escrituras de la propiedad, York había anotado unas palabras: «Velad para que todos reciban un nombre. Tiempo de siembra para los Magos del Mundo…». Fue a Finn Hasselblatt a quien se le ocurrió la relación con la botella que había dejado York y que a simple vista sólo contenía unas semillas.

De ahí en adelante todo pasó muy deprisa. El contenido de la botella fue identificado en los laboratorios de la escuela como semillas de la «artemisia de un año», una planta conocida por los médicos de la Antigüedad como *Artemisia annua*. Unas semanas más tarde, las semillas fueron plantadas en el pedazo de tierra al oriente del continente negro y se empezó con la siembra sistemática de la planta.

Apenas un año después se construyó allí una sucursal de la Escuela Marie Montague, y Delphine se convirtió en la directora de laboratorio más joven de la historia. Allí, a partir de la cosecha de la *Artemisia annua*, se desarrolló un medio eficaz contra la malaria elaborado en pequeñas pastillas. Delphine dedicó toda su herencia y su energía para que el precio de esa pastilla estuviese al alcance de todos los bolsillos. El número de niños que morían de malaria y que no recibían un nombre por la baja esperanza de vida empezó a reducirse drásticamente. Delphine hizo todo lo que estuvo a su alcance para sacar adelante este ideal.

Después de lograr cierto reconocimiento para la cría de los halcones vulgares, Finn Hasselblatt visitó una célebre escuela de pintura y se convirtió en un artista famoso. Una noche, antes de casarse con Delphine, encontró un recuerdo en la puerta de su habitación. Era una postal que al estar tan manoseada sólo dejaba ver su lugar de procedencia tras un fuerte ejercicio de imaginación: Rímini. El sello en forma de una Y pequeña emanaba una frescura que nunca se desvanecería. Finn Hasselblatt guardó la postal como recuerdo de un amigo y de la otra posibilidad de su vida.

Este libro utiliza el tipo Aldus, que toma su nombre
del vanguardista impresor del Renacimiento
italiano, Aldus Manutius. Hermann Zapf
diseñó el tipo Aldus para la imprenta
Stempel en 1954, como una réplica
más ligera y elegante del
popular tipo
Palatino

* * *

* *

*

El dilema de Ypsilon se acabó de
imprimir en un día de invierno
de 2006, en los talleres
gráficos de Puresa,
calle Girona, 206
08203 Sabadell
(Barcelona)

* * *

* *

*